斜阳

しゃよう

[日]太宰治 著

常非常 译

Dazai Osamu

江苏人民出版社

图书在版编目（CIP）数据

斜阳 /（日）太宰治著；常非常译．— 南京：江苏人民出版社，2021.7
ISBN 978-7-214-26188-5

Ⅰ．①斜… Ⅱ．①太… ②常… Ⅲ．①短篇小说—小说集—日本—现代 Ⅳ．①I313.45

中国版本图书馆 CIP 数据核字 (2021) 第 089446 号

书　　名	斜阳
著　　者	[日]太宰治
译　　者	常非常
责任编辑	胡海弘
装帧设计	凤凰含章
出版发行	江苏人民出版社
地　　址	南京市湖南路 1 号 A 楼，邮编：210009
网　　址	http://www.jspph.com
印　　刷	天津旭丰源印刷有限公司
开　　本	880 mm × 1230 mm　1/32
印　　张	8
字　　数	199 千字
版　　次	2021 年 7 月第 1 版
印　　次	2021 年 7 月第 1 次印刷
标准书号	ISBN 978-7-214-26188-5
定　　价	32.00 元

（江苏人民出版社图书凡印装错误可向承印厂调换）

目录

CONTENTS しゃよう

逆行

刚刚过了二十五岁，还不算老，然而，他已经是个老人了

しゃよう

しゃよう

蝴蝶

刚刚过了二十五岁，还不算老，然而，他已经是个老人了。同样的岁月，对于普通人只是一年，对于他却相当于三年。自杀过两次。其中一次是殉情。在拘留所待过三次，罪名是思想罪。写过一百多篇小说，一篇也没卖出去。不过，这些事没有一件是老人真心想做的，顶多算是旅途中随意采撷的野花野草罢了。而今，只有在醉眼迷离之时，或是凝望别的女子、想入非非之时，他压扁的胸口才会怦怦直跳，瘦削的脸才会泛起潮红。可惜，这两件事也已成为追忆了。压扁的胸，瘦削的脸，并非虚言。老人这天就要死了。在他漫长的生涯中，只有生死两件大事不会说谎。直到临死前那一刻，他都在说谎。

老人此刻躺在病床上。病是因寻花问柳得来。老人略有资产，日常生活不至于陷入困顿。但这些钱也不够支撑他流连花街柳巷。对于自己的死，老人并不觉得遗憾。捉襟见肘的生活，老人从未体验过，也不能理解。

一般人在大限将至时，都会反复盯着自己的双掌，或是与亲人木然对视，而这位老人却老是闭着眼，有时也将紧紧闭着的眼慢慢睁开，转动着眼珠子，只是静静地重复这些动作。据他说，他看到了蝴蝶。他不厌其烦地讲到，深蓝色的蝴蝶，黑蝴蝶，黄蝴蝶，白蝴蝶，紫蝴蝶，天蓝色的蝴蝶，成千上万只蝴蝶在他脑袋周围翩翩飞舞。绵延数十里的蝴蝶的云霞啊。百万只蝴蝶的振翅声，如同正午时分牛虻的低鸣，或是一场飞虫界的大战，蝶翼的粉末，折断的脚，眼珠子，触角，雨点般纷纷落下。

想吃点什么呢？听到这声问话，老人答，想要小豆粥。老人十八岁开始写小说，曾写到一位临终的老人念叨着想喝小豆粥，如今他自己再现了小说里的情节。

小豆粥做好了。无非是在米粥上撒点小豆，再加点盐调味。这是老人在乡下时候的美食。他闭着眼仰着头，喝了两汤匙，说：好了，够了。还要别的什么呢？听到这个问题，老人浅笑起来，回答道，想去买春。老人那位年轻美貌的妻子虽然没读过书，却也伶俐贤能，听到这话脸红起来，倒不是因为嫉妒。她拿着汤匙低声啜泣起来。

盗贼

今年肯定要挂科了。不过，考试还要参加的。此乃无意义的努力之美。对这种美，我是心向往之的。今天特意起了个大早，几乎一年没穿的学生服也穿上了。来到学校高大的铁门前，看见铁门上那闪闪发光的菊花校徽，我心里七上八下的。一进门就是两行银杏树，左右各十株，都是参天大树。枝叶浓密时，这条林荫路有些幽暗，如同一条地下道。而今，没有留下一片叶子。林荫路尽头，是一座正面贴着红色装饰砖的巨大建筑，那是礼堂。我只在入学典礼的时候进去过一次，里面给我的印象如同寺院。礼堂上方有个装了电子钟的塔楼，抬眼望去，还有十五分钟开考。前方是侦探小说之父的铜像，我注视着他那慈祥的眼神，走下右手边长长的坡道，来到庭院里。这里，往昔是某位大名的庭院。五六年前，这里还有一对仙鹤。而今，草丛里仍有蛇出没。大雁、野鸭之类的候鸟会在这里的池沼中休憩。庭院的大小实际不过二百坪，但看起来却像有上千坪，这都是高超的造园艺术的功劳。我在池畔的山白竹上方，背靠着栎木墩子坐着，两腿向前方伸展开。小径对面是大大小小、凹凹凸凸的岩石，岩石后头有一方池塘，水面广阔，云天之下，波光潋滟，荡漾着一圈圈的涟漪。我将右腿搭在左腿上，喃喃自语道：

——我乃盗贼也。

大学生们络绎不绝、三三两两地走过前面的小径。他们每一个都是故乡引以为傲的翘楚，了不起的人才。每一个都读着笔记里的文章，尽量想背诵下来。我从口袋里掏出一支烟衔在嘴里。可是没有火柴。

——借个火吧。

我叫住一位英姿飒爽的大学生。这位身穿一件浅绿色外套，即令停住脚步后，眼光也没离开过笔记，将自己嘴里衔着的金嘴香烟递给我，又迤逦而去。大学里也有比我阔的人，可恨。我用那金嘴香烟点着了自己手里的便宜货，慢慢起身，将金嘴香烟狠狠掷于地上，又用鞋底碾压揉碎。接着悠然进了考场。

考场里一百多个大学生，全都尽量挨着挤着往后面坐，这是担心若是坐在前面就不能从容自如地答卷啊。我呢，拿出才子派头，坐到了最前一排，夹在指间的烟微微有些颤抖。我是既没有笔记可以藏在课桌底下以供参考，也没有友人在身侧可以小声商量。

不久，一位脸膛红红的教授提着一个鼓鼓囊囊的皮包进来。这位是日本一流的法国文学评论家。我还是第一次见到这位的尊容。他体格魁梧，眉宇间有种不怒自威之感。据传，他的高徒中有日本头号诗人与头号评论家。一门心思要做日本头号小说家的我，想到这里不禁两颊发热。教授在黑板上洋洋洒洒写下考题的工夫，背后的大学生都在交头接耳，只是没人讨论学问，而是在聊满洲景不景气的话题。黑板上写下了五六行法语。教授在讲台上的扶手椅靠坐着，一脸不悦地开口道：

——题目这么简单，就是想挂科也不容易哦。

考生们都无可奈何地笑了笑。我也笑了。教授又用法语咕哝了几句不知所云的话，便伏在讲桌上开始写什么东西。

不懂法语的我，不管什么题目，全都写福楼拜是个孩子。先故作思索状，轻轻闭着眼，掸一掸短发上的头皮屑，又端详了一阵自己指甲的颜色，这才拿起笔开始答卷。

——福楼拜是个孩子。他的弟子莫泊桑却是个大人。归根究底，艺术之美是服务于市民、奉献给布尔乔亚（资产阶级）的美。对于这一悲哀的现实，福楼拜一无所知，莫泊桑却洞若观火。福楼拜的处女作《圣安东尼的诱惑》[①]恶评如潮，这让他深感屈辱，他一生都致力

①文中这段话虽说是胡编乱造，但其实是半真半假的。比如说福楼拜呕心沥血、不厌其烦地修改自己的作品即是事实。不过，《圣安东尼的诱惑》并非福楼拜的处女作，也谈不上恶评如潮。

于洗刷这一耻辱。他呕心沥血、孜孜矻矻地一遍又一遍修改自己的作品，每完成一部，且不论反响如何，他那屈辱的伤口就又撕裂一回，痛楚无比。他内心的空洞越来越大，越来越深，总也无法填满，直到死去方休。杰作的幻影欺骗了他，永恒之美令他感到魅惑、陶醉，最终，他非但拯救不了亲人，就连自身也难保。波德莱尔才是孩子。以上。

敬请老师准予及格之类可怜兮兮的话，我没有写。又从头到尾重新读了一遍自己的答卷，没发现有什么书写错误，就左手拿起外套、帽子，右手捏着写了一页的答卷站起身来。坐在我背后的那位才子见我起身，一下慌得手足无措，看来，我的脊背对他来说是防风林啊。啊，我瞥了一眼那兔子一样可爱的才子，他答卷上所写的本人姓名是我见过的，原来是一位新生作家。我一边为这有名的新生作家的狼狈相感到可怜，一边向那位老态龙钟的教授意味深长地鞠了一躬，交出自己的答卷，便静悄悄地出了考场。一出门就大步流星地跑下了台阶。

来到户外，年轻的盗贼不免有些悲伤。这忧愁是何物，又从何而来呢？盗贼怀揣忧愁，挺胸昂首走在银杏树间宽阔的砂石路上，恍然大悟，原来是肚子饿了的缘故啊。29号教室地下便是一个大食堂，且向那边去也。

食堂里满是腹中空空如也的大学生，都溢出到了门外，他们排成一字长蛇阵，一直排到地上，队伍的末尾延伸到了银杏树附近。在这个食堂里，只需十五钱即可享受一顿丰盛的午餐。为了一盘饭菜，要排这么长的队，悲哉。

——我乃盗贼也。旷世少有的怪胎。过去的艺术家戒杀、戒盗。至于我呢，最爱耍微不足道的小伎俩。

我推搡着那些学生，好不容易挤到了食堂入口。那里贴着一小张告示：今天大家的食堂迎来了三周年纪念，为表示庆祝，我们准备了一份菜品，敬请大家免费品尝。分量不多，只是一点心意。

那道让人免费品尝的菜品，就摆在入口处的玻璃橱柜内，红色虾，上面放几片香芹叶子，对半切开的煮鸡蛋，断面上用琼脂写了个“寿”字，字体龙飞凤舞，洋气十足。

又瞧了瞧食堂里面，领取免费菜品的大学生黑压压一大片，如森林一般，穿着白色围裙的年轻女招待来回穿梭，如蝴蝶一般翩翩飞舞。啊啊，天花板上还悬挂着万国旗，壮哉。

大学的地下蓝色的花朵芳香四溢，权当为这里令人发痒的空气消毒。良辰吉日，幸会幸会。共祝贺。同祝贺。

那盗贼如一片落叶飘然落下，依附于在地上蜿蜒的长蛇之尾，转瞬之间，其踪影便消失不见。

决斗

绝非对外国的拙劣模仿。毫不夸张地说，这是出于杀死对手的渴望。至于想杀死对方的动机，没有那么深刻复杂。并不是因为对方长相跟我酷似，而我本应独一无二，便从心底里对他产生了刻骨仇恨，与他势不两立[①]，也不是因为对方与我的妻子有过私情，并且以自然主义之风向别人大肆宣扬那两三次韵事的细节[②]。我决斗的对手，是

①美国作家爱伦・坡的小说《威廉・威尔逊》与俄国作家陀思妥耶夫斯基的小说《双重人格》都写过主人公杀死与自己一模一样的对手的故事。

②普希金曾为妻子的名誉与一个浪荡子弟丹特士决斗并因之而死。不少欧洲小说里也有类似情节。

一个穿着狗皮坎肩的年轻农民，那天晚上在酒馆与我初次见面。我偷了他的酒。所谓动机，不过如此。

我是北方城郊的一个高中生，喜欢花天酒地，可在用钱上很是悭吝。平常我老是抽朋友的烟，也不怎么理发，辛辛苦苦攒够了五块钱，就一个人偷偷溜出去花得一分不剩。一晚上总是不多不少，刚好花五块钱。可以说我把这五块钱发挥到了极致。我先是将自己一分一毛攒起来的零钱从友人那里换一张五元大钞，若恰好是一张崭新挺括的钞票，我的心总是为之雀跃不已，但却故作淡然地将其装入口袋，然后便逛街去也。

我活着，只为了一个月内有一两次这样的外出挥霍。此时，我正为一股无名忧愁所折磨。绝对的孤独与对世间万事万物的怀疑之心。甫一开口，污言秽语就滔滔不绝！私以为，与尼采、拜伦、佐藤春夫这些人相比，莫泊桑、梅里美、森鸥外这些人才是真品。

进入酒馆，我不会露出兴奋的样子，而是摆出一副玩累了的姿态。若是夏天，就要冰镇啤酒。冬天呢，则要烫过的日本酒。我想让人觉得自己要酒喝单纯是出于季节所需。对于店里美丽的女招待，从不正眼去看，只是闷闷不乐地在那里独酌独饮。而不管哪家酒馆，都会有一个姿色平平而色心不减的中年女招待，我会跟她们闲扯几句，无非是聊聊天气啊，物价啊之类的。至于我的拿手好戏，则是扫一眼自己喝光的酒瓶，便迅速推算出酒钱几何。若是啤酒瓶有了六个，或是日本酒壶有了十个，就蓦地想起什么事似的，起身嘟囔着说要结账，不过我从不一下子掏出那张五元大钞，而是故意把各个口袋都翻一遍，像是忘记了自己的钞票所在，然后才在自己裤子口袋里找到了，又用右手在里面摸索了一阵子，假装是从五六张钞票里挑选一张，最终将一张钞票掏出来，拿到眼前确认一下是五块还是十块，这才递给女招待，说，零钱就一点，不用找了，接着便耸了耸肩，大步出了酒馆，一直回到学校宿舍，一次都不会回头。次日，我又开始了一分一毛地攒钱的日子。

决斗那天晚上，我进的是一家叫“向日葵”的酒馆。身上披了一件长斗篷，手上戴了一副白色皮手套。我不会连续两次去同一家酒馆，以免总是掏出五块钱，引起别人的怀疑。离上次去“向日葵”，已经两个月了。

当时有个刚出道的外国电影演员，我的样子跟他有些像，因此吸引了一些女人的目光。坐在酒馆角落，穿着各色和服的四个女招待全都来到我面前。正是冬天，我要了烫过的热酒，接着像怕冷似的缩了缩脖子。因为相貌酷似那位电影演员，带来了显著的利益。没等我开口要，一个年轻的女招待就给了我一支烟。

“向日葵”是个又小又脏的地方。东边墙上有张海报，上面有个束发女子懒懒地托着腮，脸蛋足有一尺宽二尺长，龇牙咧嘴傻笑着，牙齿有核桃那么大，海报下方印有一行黑字：“加武登啤酒”。对面墙上有一面镜子，一坪大小，镶在涂了金粉的边框里。北侧入口处挂着红黑条纹细布的门帘，脏兮兮的。门上方的写真，有一个在池畔草地上玉体横陈的西洋女子，正在大笑——被图钉钉在墙上。南边墙上，贴着一个纸气球，就在我脑袋上空。其有失协调的程度令人心头冒火。屋里摆着三张桌子，十把椅子。中间有个火炉。土间也铺了地板。这个酒馆环境，很难说让人心旷神怡。好在电灯光比较黯淡，不必去讲究这些琐屑之事。

这一晚，我得到了特殊优待。喝光了中年女招待热好的一壶日本酒，刚才给我烟抽的那位年轻女招待突然向我伸出右手，手心差点碰到我的鼻尖。我沉着自若地慢慢抬起头，看了眼那女招待的小眼睛。给我算算命吧，她说。我恍然大悟。哪怕沉默不语，我的身体也会散发出浓烈的预言家的气味。我没有碰女人的手，只是瞥了一眼，就低声说，你昨天失恋了。说中了。特殊优待就这样拉开序幕。有一个胖乎乎的女招待尊称我为老师。每个人都要我看手相。你是十九岁吧；你是属虎的吧；你正在苦心追求一个男人；你喜欢蔷薇花；你家里的狗下崽了，生了六个。无一不中。那个身材消瘦，眼里含情脉脉的中年女招待，听我说她已经失去了两个丈夫，渐渐垂下头去。为这不可思议的神机妙算的本领最为感到兴奋的，还是我本人。我已经喝光了六壶酒。正在此时，一个穿着狗皮坎肩的年轻农民现身在门口。

这个农民背对我坐到了邻桌的座位，狗皮坎肩正朝着我，说要喝威士忌。狗皮的纹样是花狗皮。这个农民的现身，让我这边的热闹气氛一下子冷落下来。我真后悔这么快就喝了六壶酒，真想喝他个一醉方休，完全沉浸在今晚的欢喜里。顶多再喝四壶酒了，那怎么够呢。偷吧。偷喝掉这杯威士忌。女招待们会说我不是因为缺钱才偷酒喝，而是把这当成预言家异想天开的玩笑，说不定会反过来为我喝彩呢。至于这个农民，只会把这当成一个醉汉的恶作剧，苦笑一声也就作罢。偷吧！我伸出手去，拿过邻桌的威士忌酒杯，若无其事地一口灌了下去。喝彩声压根没听到。非常安静。农民转向我，站起身。“咱出去说话。”说着，向门外走去。我冷笑着跟在他后面向外走去。经过镶在涂金镜框的镜子时，我偷偷瞥了一眼里面。咱也是一个风流倜傥的美男子哩。镜中，一张一尺宽二尺长的笑脸消失在深处。我的心恢复了平静，做出自信的样子，呼啦一下掀开细布门帘来到外边。

写着黄色罗马字“THE HIMAWARI”[①]的四角门灯下，我们面对面站立。微暗的门口，浮动着四个女招待白色的脸。

我们开始了下面的争论：

——你别瞧不起人。

---

①即用拉丁字母拼写的“向日葵”。

——没有瞧不起人，只是想套个近乎。

——咱是乡下人，不喜欢别人这么套近乎。

我又上下打量了一下这个农民的脸。他长了个小脑袋，剃得很短的平头，浅眉毛，单眼皮，三白眼，皮肤黝黑。身材大概比我矮五寸左右。我想开个玩笑把这个事搪塞过去。

——我想喝威士忌了。看起来很好喝的样子，就喝了呗。

——我自己也想喝。放在那里，还没舍得喝哩……

——看来你很率直，很可爱。

——别说这种逞能的话了。你不就是个学生吗？你看你那样，油头粉面的小白脸！

——我可是个算命的，是个预言家。你没料到吧。

——别装醉了。赶紧跪下求饶。别啰嗦。

——理解我的话，最需要的是勇气。这句话怎么样？我是弗里德里希·尼采。

我心里急切盼望着女招待能为我讲几句话。然而她们都在周围冷眼旁观，等着看我挨揍。右勾拳飞过来，我缩了一下脖子，打出去几十米远。幸好是我的学生帽替我挨了这一拳。我继续微笑着，故意慢腾腾地去捡那顶帽子。接连好多天的雨雪，路上满是泥泞。我想，将那沾了泥的帽子捡起来的时候，不如干脆跑掉，这样就可以省下那五块钱了。再另外找个地方，继续喝。于是跑了两三步，结果一下滑倒了，四脚朝天摔了个大跟头，姿势就像一只被踩扁了的青蛙。出这样的洋相，让我很恼火。手套、上衣、裤子，还有斗篷都沾满了泥。我缓缓站起来，昂着头又折返到农民那里。农民为女招待们所包围、守护着。谁都没有丝毫的同情的表示。这个发现唤起了我内心的凶暴。

——那我可要回敬一下下了。来而不往非礼也。

我笑着脱下手套扔在一边，就连昂贵的斗篷也毫不吝惜地扔在泥地里。刚才这句颇有古风的台词和我潇洒倜傥的姿态让我内心很是满意。要是有人过来劝架就好了。

农民不慌不忙脱掉狗皮坎肩，递给那个曾经给我烟抽的漂亮女招待，手伸进怀里——

——不能耍流氓手段！

我正在摆架势，提醒了他一句。

农民从怀里掏出的是一支银笛。银笛在门灯的照耀下闪闪发亮。他把银笛交给了失去两任丈夫的中年女招待。

农民的这一过人之处，让我感觉如在梦中。这居然不是小说里的情节，而是确确实实发生的事。我真想把他杀掉。

——出手吧。

这么喊了一嗓子，我抬起泥腿使劲踢过去。踢倒他以后，就将他的三白眼挖出来。可惜，泥腿踢空了。居然这么丢人现眼，可悲啊，我想。微温的拳头，打中了我从左眼到鼻子的部位，眼里冒出通红的火来。我是确确实实看到了火。右耳朵到脸颊的部位又挨了一巴掌。我两手撑在泥地里，一狠心张口去咬农民的腿。这条腿怎么这么硬？原来是路边的白杨树桩子。我趴在泥泞之中，想大放悲声嗷嗷大哭一场，可惜，一滴泪也没有流出来。

黑人

黑人被关在笼子里。笼子里大概一坪大小。幽暗的角落摆着一个圆木做的座位，黑人就坐在那上面刺绣。那么暗的地方，能绣出什么鬼东西来？少年以无可挑剔的绅士风度皱起鼻子，咧了咧嘴，冷笑着。

日本马戏团带来一个黑人。这轰动了全村的男女老少。黑人会吃人哪。黑人长着红犄角哦。黑人全身都是花斑啊。对这些传言，少年一概不相信。少年想，村里人对这些捕风捉影的说法也是不信的，只是平素的生活太无聊乏味了，只有在这种时候才可以添油加醋任意编一些谎，自欺欺人且陶醉其中。每每听到村里人乐此不疲地散播这种太容易戳穿的谣言，少年就咬牙切齿，捂着耳朵，飞奔回到家里。这些谣言太没劲儿了，这些人就不能谈论一些更重要的事儿吗？那个黑人不是女人吗？

马戏团的乐队在村里狭窄的街道上前行。街道两侧只有三座茅草房。从这一头走到那一头总共花了不到六十秒的时间，就完成了演出宣传。来到村外，乐队并没有停歇，而是反复演奏着《萤火虫之光》这首曲子，穿过油菜花地，来到正在插秧的稻田，沿着田埂排成一列转了一圈，以确保村里人一个不落地看到他们。之后，他们又上了浮桥，跨过小河，穿过树林，向两公里外的邻村进发。

村东头是小学。小学东面有一个牧场。牧场有一百坪左右，种满了荷兰紫云英。经常有两头牛、六头猪在里面优哉游哉地吃草。马戏团的灰色帐篷就搭在这个牧场上。牛与猪转移到了牧场主的库房。

到了晚上，村里人蒙着脸、三两成群地进了帐篷。观众有六七十人。少年在一群大人里面拼命推搡着终于挤到了前面。圆形的舞台周围用粗绳子拦着。少年下颚靠着绳子，定定地看着舞台，有时轻轻眯着眼，显出陶醉于其中的样子。

各类杂技节目纷纷上演。滚木桶。穿着绒线裤的小丑。鞭声。魔术师的华丽金缎。瘦骨嶙峋的老马。稀稀拉拉的喝彩。电石的气味。有二十盏电石灯按照适当的间隔悬挂在帐篷里，夜里的昆虫被吸引过去，在四周飞舞。帐篷的布料像是不够的样子，在上方开了一个十坪大的洞，从那里可以看到满天星斗。

两个男人将黑人的笼子推上舞台。笼子底下好像装了轮子，推到舞台上的时候，“咔啦咔啦”地响着。蒙着脸的观众又是大喊，又是拍手。少年忧闷地扬起眉头，静静地看着笼子里。

少年的脸上再也看不到冷笑。黑人所刺绣的，是太阳旗[①]。少年的心怦怦直跳。不是为军队或者类似的概念所激动，而是因为黑人并没有欺骗他。她确实会在黑暗中刺绣。太阳旗的刺绣尽管简单，黑暗中这样摸索着刺绣也算是能手了。难得啊。这个黑人是诚实的。

接着，一个身穿燕尾服、留着仁丹胡的大师上场了，向观众介绍了黑人的来历，然后向笼子里喊了两声：“凯鲁丽！凯鲁丽！”右手拿着鞭子在空中甩出一个鞭花。尖锐的鞭声刺痛了少年的心。他开始嫉妒大师。黑人站了起来。

在鞭声的威胁下，黑人慢吞吞地表演了几个杂耍。都是些卑下猥琐的动作。但除了少年，别的观众都没有留意这其中的含义。她吃不吃人？有没有长红犄角？这些才是他们关心的问题。

黑人的腰间系着浅绿色的草裙，全身都涂了油，亮闪闪的。最后，在大师的鞭声伴奏下，她唱了一首歌。这首歌只有Japan，Japan这种简单的词。少年很喜欢这首歌的音律。不管多么粗陋的歌词，若包含了苦闷的心声，都能在听者的心弦上引发共鸣，余音缭绕。少年想着想着紧紧闭上了双眼。

这天夜里，想着黑人，少年自渎了。

次日一早去上学，少年从教室窗户跳出去，跨过后门的小河沟，向马戏团的帐篷跑去。从帐篷的缝隙间可以窥视到幽暗的内部。舞台上铺了被子，马戏团的人都在上面横七竖八躺着，像菜青虫一动不动地在睡觉。学校的钟响了。要上课了。少年纹丝未动。黑人没有在睡

---

①太阳旗是日本国旗，二战时为日本军队所使用。

觉的人里面。找了一遍又一遍，都没有找到。开始上课了吧。“第二课，亚历山大大帝与菲利普医生。从前，欧洲有个叫亚历山大大帝的英雄……”少女琅琅的读书声清晰可闻。少年仍没有动。他相信那个黑人也只是个女人而已。平常大约会从笼子里出来与大家玩乐，洗洗涮涮，抽烟，用日语发脾气。少女朗读完了，接着是老师沙哑的讲课声。“信赖别人是一种美德。亚历山大大帝因为有这种美德，才保住了自己的性命。同学们……”少年依然没动。笼子肯定已经空了。少年的肩膀有些僵硬。正当我这么往里窥探的时候，黑人兴许会偷偷从后面过来，紧紧抱住我的肩膀。为此少年特意瞅了一下身后，缩紧肩膀，做好了被拥抱的姿态。黑人估计会给我一面她刺绣的太阳旗，那时我不能显得太弱鸡，要大胆问她：我是你第几个？

黑人始终没有现身。离开帐篷，少年用和服袖子擦拭了一下窄窄的额头上的汗，慢条斯理地回到了学校。“我发烧了，据说是肺不大好……”就这么糊弄了几句，那位穿着和服裙和高帮鞋的老教师也没有起疑心。他回到自己的座位，仍假装咳嗽了好一阵子。

照村里人的说法，黑人仍关在笼子里，坐着大篷马车离开了村子。那位大师为了防身，口袋里还有一把手枪。

跑啊，迈洛斯

迈洛斯怒火冲天，决意已定，必要除去那凶邪暴虐的国王

しゃよう

しゃよう

迈洛斯[1]怒火冲天，决意已定，必要除去那凶邪暴虐的国王！

---

①本故事最早见于拉丁作家许基努斯所著《故事集》，故事真实性已不可考，但提到的暴君实有其人。丢尼斯（或译作丢尼修，前431—前367），叙拉古僭主。席勒根据这个故事写的叙事诗题为《人质》。《跑啊，迈洛斯》在席勒原诗基础上，补充了很多细节，但最重要的改编，是增添了迈洛斯在途中"噩梦"的情节。又据檀一雄所作《小说太宰治》披露，两人在外吃喝玩乐之后，无钱结账，太宰治声称去借钱，留下檀一雄做人质，说好三天内回来。结果等了十多天也未见人影。老板只好跟着檀一雄去找太宰治，却在某友人家里发现他正在跟友人下棋。太宰治辩称正在为找不到借钱的理由而发愁。檀一雄将其大骂了一顿。于是太宰治感慨："不知道是等人难过，还是被等的人难过？"檀一雄认为这件事是小说的灵感。

迈洛斯对政治一无所知，只是一个村子里的牧人，终日吹着笛子与羊群为伴。但他对邪恶有超乎常人的敏感。今日未明时分，迈洛斯从村子里出发，翻山越岭来到四十公里外的叙拉古[①]城。他父母皆已不在，也无妻室，只有一个十六岁的内向腼腆的妹妹，与他相依为命。妹妹与村子里一位正派淳朴的牧人近日订了亲事。为了这个缘故，迈洛斯来到都城为新娘置办衣装，为婚宴准备酒食。他先买好了各色物品，便在都城的大路上逛游。迈洛斯有个自幼交好的朋友，名叫塞里奈泰乌斯，如今在叙拉古城里做石匠。他们好久不见了，他打算去拜访这位朋友，把酒言欢。走在路上，他感觉城里的气氛很是古怪。已然是日落时分，城里自然也暗了下来。但不知为何，并不仅仅是黑夜的缘故，整个街市都异常冷清。迈洛斯慢悠悠地走着，渐渐有些忐忑不安了。他拦住路上遇到的一位年轻人，问他："出了什么事？两年前来城里的时候，即令是夜间，街市上都熙熙攘攘很是热闹，大家也都是载歌载舞，一片欢腾的啊。" 这年轻人摇头不语。不久，他遇上一位过路的老者，这次他用更为强硬的口气询问，老者没有作答。迈洛斯两手摇撼着老者，又问了一遍，老者见四下无人，低声说：

"国王老是杀人。"

"为什么杀人？"

"说是人心险恶，可并不是谁都那么歹毒啊。"

"杀了很多人吗？"

"嗯，刚开始杀了国王的妹夫。接着又杀了自己的世子，又杀了自己的妹妹。然后又杀了妹妹的孩子，之后是王后，再之后是贤臣阿莱吉斯。"

---

①叙拉古，位于西西里岛的古希腊城邦。

“可怕！国王他疯了吗？”

“没有疯。说是不相信人，最近，对臣下的忠心也起了怀疑，有人生活稍微铺张一点，就要他们交出一个人质，若是抗旨不遵，就挂到十字架上处死。就在今天，已经杀了六个人了。”

闻听此言，迈洛斯怒不可遏，说：“这个昏君！不能再让他活下去了！”

迈洛斯天性单纯，没有多想，就这么背着购置的货品，昂昂然进了王城。很快，他就被巡逻的警吏抓获，一搜，从他怀里找到一把短剑。迈洛斯被带到国王面前。

“你带着这把短刀意欲何为，说！”

暴君丢尼斯平静而又威严地喝问。国王脸色苍白，眉间的皱纹很深，如刀刻一般。

“从暴君手里拯救城邦！”迈洛斯气势堂堂地回答。

“就凭你？”国王轻蔑而怜悯地笑着说，“不可救药的家伙。你不懂得我的孤独。”

“别说了！”迈洛斯怒气冲冲地反驳，“怀疑人心，是最可耻的恶劣品德。国王现在连臣民的忠诚都怀疑起来了。”

“怀疑的想法，再正当不过。教我这么做的，正是你们啊。人心是动摇不定、最不可靠的，只是私欲郁结的块垒，怎么相信？”暴君淡然地喃喃道，又叹了口气，“我也指望着天下太平哪。”

“您想要什么样的天下太平？不过是为了保住自己的权势罢了。”这次迈洛斯嘲笑地答道，“滥杀无辜就是您所说的天下太平吗？”

“闭嘴，你这贱民！”国王蓦地一下抬起头说道，“嘴上说得天花乱坠，心底深处在想什么，我可是看透了。你哪，马上就送你上十字架，到时候哭也好，求饶也好，我是不会听的。”

“陛下英明，只是未免太不可一世了。我明白自己大限已至，绝不顾惜生命。只是……” 说着，迈洛斯低下头看着自己的脚，犹豫着，“只是我还有些遗憾，希望在受刑之前给我三天的期限。好让我给自己唯一的妹妹成亲。三天之内，在村子里操办完婚礼，我肯定会再回到这里。”

“混账！”暴君声音沙哑地低声笑着，“别再讲这种荒唐的谎话了。逃走的小鸟还会再回来吗？”

“对。会回来的。”迈洛斯坚定地应道。“我是守约的人。只需要给我三天时间，妹妹在等我回去。要是不相信我的话，好吧，在这城里有一个叫塞里奈泰乌斯的石匠，是我最要好的朋友。可以让他作为人质放在这里，要是我走之后，第三天日落时分还没回到这里，就将那位友人杀掉。拜托。请您允准。”

听闻此言，国王怀着残虐之心暗自欣喜。说这种漂亮话，肯定不会回来的。不过，现在假装信了他的话，把他放了，也很有趣。这样就可以在第三天将那替他的人杀了，这正中我下怀。那时便可以说人皆是不可信的，再摆出一脸悲伤的样子，将那替身处以磔刑。让世上那些所谓的正人君子好好看看。

“你的请求我听到了。那个替你的人，赶快叫他来吧。第三天日落之前，你一定回来，稍迟一点我就将替你的人杀了。你不妨晚来一会儿，这样你的罪就永远赦免了。”

“什么，您说什么？”

“哈哈，要是惜命尽可以晚来一会儿，你的心情我是明白的。”

迈洛斯懊悔气愤得直跺脚，没再说什么。

自幼在一起玩的好朋友塞里奈泰乌斯，深夜被召进了王城。在暴君丢尼斯的面前，两年多未曾晤面的好朋友相见了。迈洛斯将原委讲了一遍，塞里奈泰乌斯默默无语地点点头，紧紧地抱了抱迈洛斯。塞里奈泰乌斯被绳索捆绑上了。迈洛斯也立刻动身出发。初夏的夜晚满天星斗。

迈洛斯一宿未睡，星夜赶路，奔走了四十多公里，回到村里已是第二天上午，日上三竿。村里人都去野地外面干活了。迈洛斯十六岁的妹妹今天也出来替哥哥放羊。当她看到哥哥走在路上，步履蹒跚、疲劳困惫的样子，大吃一惊，急忙向前百般询问。

“没什么。”迈洛斯勉强笑了笑。“城里还有要做的事，还得马上回去。明天就给你们举办婚礼。还是早点儿办了好吧？”

妹妹的脸飞红了。

“好啦。漂亮衣裳也都买回来了。这就回去通知村里人，说婚礼就在明天举行。”

迈洛斯脚步踉跄地走着。回到家里装点了一下诸神的祭坛，安排好庆祝的宴席，躺在床上，一会儿就陷入像是停止了呼吸一样深沉的睡眠。

醒来时，已是夜晚。迈洛斯马上起床，来到新郎家里。对新郎说，“由于还有些事情，明天就举行婚礼。” 也是做牧人的妹婿一听，吃了一惊，回答说，“这可不行。这边什么也没有准备呢，本想等到收葡萄的季节的。” 迈洛斯表明不能再等了，不管怎样都要明天举行。放牧的妹婿也是一个性子倔强的人，好说歹说都不答应。一直争执到天将黎明，终于算是说定了。婚礼就在中午进行。新郎新娘在诸神面前宣誓完毕，天空乌云密布，啪嗒啪嗒下起了雨，不久就变成了滂沱大雨。出席婚宴的都觉得这是不祥之兆。尽管如此，人们还是振作起精神，在狭窄逼仄的小屋里，在酷热天气的包围中，兴致高昂地拍手歌唱。迈洛斯满面洋溢着喜色，有好一阵子都忘却了与国王的约定。入夜之后，婚宴上的人浑然不顾外面的暴雨，越发热火朝天地喧闹起来。迈洛斯想，但愿一辈子都这样与这些好人儿在一起生活，可就好啦。然而，如今他的身体不是自己的。真是无可奈何的事。迈洛斯激励着自己，决定动身了。离明天日落还有不少时间，稍微睡点觉，马上就出发。到那时雨也会小一些吧。真想在家里多磨蹭一会儿。哪怕像迈洛斯这样的人，也是对家依依不舍的。新娘沉浸于新婚的喜悦中，有些恍惚了。迈洛斯来到她身边，说：

“祝福你啊，妹妹，我累了，要离席去睡点觉。醒来后马上再去城里，还有很重要的事。我不在了，你还有个疼你的好丈夫，不会觉得寂寞的。哥哥平生最讨厌的，就是无端猜疑别人和说谎了，这个你也知道。你跟丈夫之间，也别掖着藏着什么秘密。哥哥是个顶天立地的人，你会以哥哥为荣耀的。”

新娘听着这番话，如在梦中，点头答应着。迈洛斯又拍拍新郎的肩膀，说：

“这次我们彼此都没有准备什么。我家里能称得上是珍宝的，就只有妹妹和羊群。除此之外就别无所有了。都给你了。以后，请为是迈洛斯的妹夫而骄傲吧。”

新郎害羞地搓着手。迈洛斯又笑着与乡邻道别，离开宴席，一头钻进羊圈，死一样沉沉睡去。

醒来时正是天色微明。迈洛斯猛地跳起来，天哪，睡过头了吗？还好，没有睡过头，不要紧，现在马上就走，时间还绰绰有余。今天一定要让大家见识一下诚实守信之人，然后就可以笑着上磔刑台了。迈洛斯从容地收拾着行装。雨下得小些了。万事大吉。迈洛斯挥动双臂，箭一般冲了出去。

我今晚就要被杀了。为了被杀，跑啊。为了替我的朋友，跑啊。为了打破国王的奸佞凶邪，跑啊。不得不这样跑啊。然后，被杀掉。从年轻时候起，就要守护好名誉。别了，故乡。年轻的迈洛斯好难过啊，有好几次都差点止步不前，但紧接着就嗷嗷痛斥着自己。跑出了村子，越过田野，穿过树林，来到邻村时，雨停了，太阳高高升起，渐渐变热了。迈洛斯举起拳头擦拭着额头上的汗水，想，已经来到这里了，没事儿了，不要紧，不再对故乡怀着眷恋了。妹妹与丈夫肯定会成为一对好夫妻的。我应该不用牵挂他们啦。一直去向王城就好。如此急切地前去，也没有必要。慢慢走吧。迈洛斯回转到他悠然自得的天性，大声唱着喜欢的小曲，这么慢条斯理地走了十来公里，渐渐走了全程的一半。而灾难突如其来，让迈洛斯裹足不前。看啊，前面的河流。昨天的瓢泼大雨让山里的溪水泛滥，浊流滔滔而下，在下游汇集，水势汹涌，一下冲垮了桥梁，轰鸣咆哮的激流将桥板冲得七零八落。迈洛斯茫然无措，站在那里。东张西望了一阵子，又竭力呼唤了好多声，系在岸边的渡船早已踪迹全无。波涛之中，船夫的身影更是难以寻觅。河水奔流上涌，就如大海一般。迈洛斯站在岸边，呆若木鸡，继而放声大哭，向宙斯举手哀告：

“神啊，让激流平息一些吧！时间在一点一点地流失，太阳已过中天。若在日落之前没有赶到王城，我的好友就要为我而死了！”

浊流像是在嘲笑迈洛斯，越发湍急澎湃了。一浪卷起又一浪，一浪吞没又一浪。时间在飞逝。迈洛斯恍然大悟：除了游过去，别无他法。就在今天发挥爱与诚实伟大的力量吧，骇浪滔天亦不能将其挫败！迈洛斯再不犹豫，纵身跃入洪流，如同一百条大蛇一样的狂涛巨浪翻滚而来，他奋力将其分开，与之殊死搏斗着。他将全身力量集中于双臂，拨开汹涌而来的涡流，以狮子奋迅之威与洪波缠斗，神灵见到这人子之姿也生恻隐之心，垂怜于他。终于在激流的冲击中，他抓住了对岸的树木，上得岸来。谢天谢地。迈洛斯像马一样抖了抖身子，又向前急行。眼下一刻也不能耽搁了。日已西斜。他喘着粗气登上山巅，刚要松口气，一队山贼忽而出现在面前。

“站住！”

“有何贵干？日落之前我必须赶赴王城，请各位让开。”

“怎么可能放你走。东西全留下。”

“除了这条命，我别无所有。就连这条命，也要拿去献给国王哩。”

“要的就是你这条命！”

“原来你们是奉王命而来，在这里伏击我的！”

众山贼不再言语，挥舞着棍棒一哄而上。迈洛斯突然弯下腰，飞鸟一般袭击了贴近身边的一人，夺过了他的棍棒。

“为了正义，就不客气了！”他猛地一击，打倒三个山贼，其余几个不禁魂飞魄丧。迈洛斯一口气奔下山，由于刚才的疲劳，再加午后灼热的太阳火辣辣直射下来，他几度感到头晕目眩，心想，不行了，又催促自己，摇摇晃晃往前挪了几步，终于，膝盖一弯，跪倒在地上，再也站不起来。迈洛斯仰望苍天，悔恨交加，哭泣连连：啊啊，游过了浊流，打翻了三人，突破重重险阻，凭借勇力来到这里，迈洛斯啊，你是真的勇者！而今，就在这里精疲力尽、再也走不动了，太可悲、太遗憾了。友人只因为相信你，将不得不被杀掉了。你啊，就是个旷世少有的背信弃义之辈，让那个国王正中下怀！他呵斥着自己，可全身却动弹不得，只能卧在路边草丛里。

身体倦怠了，精神也萎靡了：算了，爱咋样就咋样，随他去吧。与勇者不相称的自暴自弃的念头，也在心底一个角落里盘踞着。迄今为止我都努力过了。我从未有过要打破约定的心。丝毫也没有过。诸神明鉴，跑到这里，我已竭尽全力。我一直跑，跑到跑不动了才停下。我不是背信弃义之人。若有可能，我情愿剖开自己的胸膛，将一颗红心呈现在世人面前，这颗心里只流淌着爱与诚实的血液。然而，在这重要关头，我的精力已经全部耗尽。我实在是一个不幸之人啊，必定将被人唾弃。我的家人也会遭人耻笑。我背叛了朋友。中途倒下，与从最初什么都不干，结果都一样。唉，怎么样都无所谓了。可能命中注定如此吧。塞里奈泰乌斯，宽恕我吧。你一直相信我。我没有背叛你。我们是真正的好朋友啊。彼此胸中从未有过猜疑的阴云。此刻，你也在心无杂念地等待着我。啊，你还在等着我，谢谢你这么相信我，塞里奈泰乌斯。

这么想着，真是难以忍受。友人之间的信任，是时间最值得夸耀的宝物啊。塞里奈泰乌斯，我是一路狂奔来到这里的。泅渡过山洪的激流，挣脱了山贼的围困，一口气从山顶冲到这里。正因为是我，才做到这一步啊。再对我有更高的要求，那是我力所不及的了。放手吧。怎么说我都行。我是输了。没有出息了。耻笑我吧。国王曾对我耳语说，来得不妨晚一点，晚了，就会杀掉人质，而我则会得救，当初就是这么约定的。当时我憎恨国王的卑劣。可是，如今看来，我竟然如他所言，十有八九要迟到了。国王大概会自鸣得意地讥讽我哪。我成了永远的背叛者，世上最不光彩的人。塞里奈泰乌斯，我也去死吧，与你一起去死吧。只有你是相信我的。不，这也许是我一厢情愿。啊，难道我的余生要作为背信弃义之辈苟活于世吗？村里有我的家，有羊群，有妹妹和妹夫，他们总不会把我赶出村子。正义，诚实，爱，这些东西想起来其实都无足重轻。让别人死掉，自己活下来，这不是人类世界的法则吗？啊，这简直是胡说八道。我也是，丑恶的背叛者啊。随他去吧，顺其自然吧，一切都完了。迈洛斯摊开四肢，迷迷糊糊地打了个盹。

忽然，耳畔传来潺潺水声。迈洛斯抬起头，屏息静听，发现脚边似有流水。踉跄着站起来一看，原来是从岩缝里流淌出来的清泉，淙淙细流发出窃窃私语一般的声响。为这清泉所吸引，迈洛斯弯下腰，用两手掬起水，喝了一口，如梦方醒似的长出了口气。我还能走，继续前进吧！肉体疲劳恢复的同时，又生出了微薄的希望。完成义务的希望。杀身成仁，守护名誉的希望。斜阳将红光投在树叶上，枝叶如同着了火一般闪耀着。日落之前，还有时间。还有人在等我。有人在一丝也不怀疑，静静地期待着我。我是被相信的。我的生命没什么要紧。以死谢罪之类的冠冕堂皇的话，不说也罢。我必须报答他对我的信任。而今天地间唯有这一件事。跑啊，迈洛斯！

我是受人信赖的。我是受人信赖的。之前那恶魔的地狱，只是一场梦。是一场噩梦。忘掉吧。只因太过疲乏了，才会做这种噩梦。迈洛斯，这不是你的耻辱。你仍然是真的勇者。不是再次站起来，继续奔跑了吗？伟哉！我要作为正义者死去！啊，太阳将要西沉，很快就要落山了。等等啊，宙斯大神。我生来就是义人，且让我作为义人死去吧。

迈洛斯旋风一样地狂奔，一路之上，他推开行人，大步流星。原野里有人在摆酒宴，他从宴席正中穿过，令众多宾客目瞪口呆。他踢开拦路狗，跃过小河流，用比那渐渐沉没的太阳快十倍的速度奔跑着。在与一队旅人擦肩而过的瞬间，耳边响起他们不祥的话语："那人就要上刑台了。"啊，那人，我正是为了那人才一路飞奔的啊。不能让那人去死。快，迈洛斯，不要迟到。让世人看看爱与诚实的力量。管什么体面不体面之类，由他去吧。迈洛斯，已是身无寸缕。他几乎无法呼吸，口中接二连三喷出血来。看见了。前方远处的叙拉古的塔楼，可以看见了。塔楼在夕阳映照下熠熠生辉。

"啊，是迈洛斯，您呐！"随风传来如呻吟一般的叫声。

"是谁？"迈洛斯一边跑一边问。

"菲罗斯特拉托斯，您朋友塞里奈泰乌斯的徒弟，"这年轻的石匠在迈洛斯身后跑着喊，"已经来不及了，没用了，不必再跑了，救不了师傅了。"

"不，太阳还没落呢。"

“现在他已经押赴刑场，马上就处刑了。啊，你来晚了，太遗憾了，稍微再早一点就好了，再快一点就好了。”

“不，太阳还没落。”迈洛斯悲痛难耐，只盯着红彤彤的巨大夕阳，一门心思只是拼命奔跑。

“算了吧，甭跑了。还是爱惜自己的性命要紧。他一直相信着你，到了刑场上也很平静。国王万般嘲弄他，他只是回答：迈洛斯会来的。终究对您充满了信心。”

“正因如此，我才要不停跑下去。被人相信才会这样奔跑啊。赶得上，赶不上，无所谓。活着，死去，无所谓。我是为了更远大的目标而奔跑！跟上来，菲罗斯特拉托斯。”

“啊，你疯了吗？既然如此，那你就接着跑吧。说不定，也未必赶不上呢。跑吧，跑吧。”

哪里用得着他说，太阳仍未沉没，迈洛斯拼尽最后一丝力气，死命跑着，他的头脑一片空白，什么都不想，只是任凭一股不知从何而来的力量牵引着他向前飞奔。太阳悠然沉到地平线，就在最后一缕残光消退之际，迈洛斯疾风一般冲入刑场。正好赶上了。

“等等！不要杀他，迈洛斯回来了。按照约定，现在回来了。”他想朝着刑场上的人群高声叫喊，可喉咙干涩，只发出一点点嘶哑的声音。众人对他的现身都没怎么注意到。

刑柱高高立起，塞里奈泰乌斯被绳索绑缚着，慢慢吊了上去。见此情景，迈洛斯鼓起最后的勇气，就如先前游过浊流那样，奋力拨开众人。

“是我，刑吏！该杀的人是我，迈洛斯。让他做人质的是我，现在来了！”他以嘶哑的声音全力喊叫着，终于登上刑台，抱住吊上去的友人的双腿。众人群情激昂，纷纷喊道：“好样的！放了那人吧。”塞里奈泰乌斯身上的绳索被松开了。

“塞里奈泰乌斯，”迈洛斯眼泪夺眶而出，“你打我吧。使劲打我吧。我曾经在途中做了噩梦。你不打我的话，我没有拥抱你的资格，打我吧。”

塞里奈泰乌斯像是全然明白事情的原委，点点头，使劲打了一下迈洛斯的右脸，响声震动整个刑场。之后他又和蔼地微笑着：“迈洛斯，你也要打我，以同样大的响声打我的脸。在这三天里，我又一次短暂地怀疑过你。有生以来第一次怀疑你。你不打我的话，我也没有拥抱你的资格。”

迈洛斯抡起胳膊用力打了塞里奈泰乌斯的脸。

“谢谢你，朋友。”二人同时说道，接着紧紧抱在一起，然后喜极而泣，放声大哭。

人群中也传出抽泣之声。暴君丢尼斯在众人后面目不转睛凝视着二人，最后静悄悄地靠近他们，红着脸说：

“你们的愿望实现了，你们战胜了我的心，诚实、信任并非空虚的妄想。让我也加入你们吧。如何？答应我吧，把我也当作你们的一员。”

人群中欢声一片。

“万岁！国王万岁！”

一位少女将一件绯红色斗篷递给迈洛斯。迈洛斯茫然不知所措，好友赶紧提醒他：迈洛斯，你现在是赤身裸体啊。快点披上这斗篷吧。这位可爱的姑娘，觉得你这样子给大家看见，很不好意思呢。

勇者羞得面红耳赤。

（改编自古代传说与席勒的诗）

东京八景

伊豆南部有一个无聊的小山村，除了有温泉涌出，别无值得一提之处

しゃよう

しやよう

（赠苦难中的某人）

伊豆南部有一个无聊的小山村，除了有温泉涌出，别无值得一提之处。感觉上也就三十户人家。我选择这个萧索落寞的地方住下来，只是因为住宿费低廉。

这是昭和十五年七月三日的事。我手头稍稍宽裕了点，以后会怎样，还是一片昏暗。可能小说根本写不下去，如果两个月内什么都没写的话，就会重新落到之前一文不名的境地。

回想起来，手头有点余钱不算什么了不起的事，但对我来说这还是十多年来头一遭。

我开始在东京生活，是在昭和五年的春天，那时我与H女士[①]同居。乡村的大哥每月都会给我充足的生活费，两个人也都互相提醒不要太奢侈，但每逢月底总要拿一两样东西去当铺当掉才能度日。终于在第六年的时候，与H分手了。我只留下了被子、桌子、电炉子与行李箱子，此外还有可怕的巨额债务。又过了两年，在某位前辈[②]的介绍下，跟普通人一样相亲结婚，又过了两年，才开始稍微得以喘息。乏善可陈的作品集已经出版了近十册，即便没有约稿，只要我仍然努力写作，总会有两三篇可以卖出去的吧。并不想为了讨好谁而写作，只写自己想写的东西。

现在的宽裕里虽说也还带着忧虑不安，但我还是打心底高兴。至少有一个月，我不用担心钱的问题，可以写自己喜欢的东西了。只是自己这时的状态，不安与恍惚交错，心里有异样的波动，有种虚幻之感，反而不知如何是好，无法安定下来工作。

东京八景。何时能慢慢地、用心地把这篇小说写出来呢。我想借各处的风景来写出自己十年间的东京生活。我今年三十岁了。在日本一般人看来这个年龄已经意味着进入中年了。即使我尝试寻找自己肉体的热情，也无法否认这悲哀的事实。牢牢记住，你已失去了青春，是不折不扣的三十岁男人了，脸上已经满是沧桑。东京八景。我要把这当作与青春的诀别写出来，不想谄媚什么人。

“那个人也渐渐变成俗物了。”一些没头脑的家伙在背后这样说我的坏话，随着微风悄悄传到我耳朵里。我在心里强烈回答：我从一

---

①H，真名是小山初代。H是“初代”用拉丁罗马字拼写时的首字母。

②前辈，有的译本作“学长”，误。这里的前辈是指作家井伏鳟二（1898—1993），太宰治文学上的老师。他是早稻田大学的法学生，太宰治不可能称他为学长。

开始便是个俗物，你们没发现吗？我偏偏要跟你们拧着来，我如果说自己将文学作为一生的事业，这些愚人只会轻蔑地看待我。对此我只能一笑了之。演员的世界里才要求永远年轻，文学里没这回事儿。

东京八景。如今正是写这篇小说的时候。没有一定要完成的其他工作，手里有一百多元余钱。我不能继续在恍惚与不安交集的情绪下，在狭窄的小屋里来回徘徊了，我必须不断前行。

我买了一张东京市的大地图，从东京站坐上了去米原的列车。我反复对自己说，这次不是出去游玩，而是要为我过去的生涯全心建造一座重要的纪念碑。我在热海换乘了去伊东的列车，又从伊东坐了到下田的巴士，沿着伊豆东海岸走了三小时后，转向南方，就来到这只有三十户人家的荒凉山村。我想在这里住一晚不会超过三元吧。

四家破旧的小旅馆并排，阴阴沉沉得令人难以忍受。我选择了F旅馆，只有它看起来还稍微像样点。

一个看起来心眼不太好的、样子粗俗的女招待领我上楼看了房间。我想到自己已经是成年人，还是这个样子，禁不住想哭。这间屋子让我想起在荻洼租的一间屋子，那间屋子哪怕在荻洼也是最便宜的，然而这个被褥间隔壁的六铺席间，看上去比那间租屋还要廉价、凄凉。

“没有别的房间了吗？”

“都满了。这里挺凉快的。”

“这样啊。”我感觉自己被愚弄了，是因为自己穿得不好吗？

“住宿费有三块半的和四块的，餐费要另外给，你选哪个？”

“就三块半的吧。饭想吃的时候再说。我要在这里好好学习十天。”

“等一等，”女招待下了楼，过了一阵子，又来到房间里，“要是长住的话，得先交钱。”

“是吗？要交多少呢？”

“多少都行。”她说话含糊不清。

“先给你五十元吧。”

“啊？”

我把纸币放到桌上，真是受不了，“我全都给你吧，九十元，我钱包里就剩了点买烟的钱。”

自己怎么会来这种地方啊。

女招待走了，我简直怒火中烧。不过，要紧的是工作，也许对我现在的身份而言，就应当接受这样的待遇。我这么勉强宽解着自己，从行李箱中拿出笔、墨水与稿纸。

十年才会有的宽裕的日子，结果是这样，唉。然而，这种悲凉也是我命中注定的吧，我对自己讲着这种似是而非的话，憋着火开始工作。我不是来玩儿的，是来认真工作的。当天晚上，在昏暗的电灯下面，我将东京的大地图整个儿展开来。

好多年没这么展开看东京地图了。十年前，刚开始在东京住的时候，我怕被人嘲笑为乡巴佬，甚至耻于买这种地图。再三犹豫后，终于还是一下子决定了买一份，于是带着种粗暴的自嘲心态去买了，揣在怀里，急慌慌回到租屋里。到了晚上才关上门，悄悄地展开地图。红、绿、黄，各种颜色组成的美丽的图案。我屏息观瞧。浅草。牛进。赤坂。都在这儿呢。想去哪里，随时都可以去。我就像是见到了奇迹。

如今看着这好似被蚕咬过的桑叶一样的东京全图，也会想象着在那里的居民各式各样的生活状况。如此无趣的平原上，居然让全日本国的人纷纷涌入，挤得汗流浃背，寸土必争，互相反目成仇，忧喜参半。女人召唤着男人，男人则忽忽若狂东游西荡。我莫名地想起《埋木》这篇小说中的一句话，这句话与前后都无关联，与东京也没有直接的因缘：“恋爱就是……梦见美丽的事，造下污秽的业。”

户塚。——我最初就是住在这儿。我最小的哥哥[①]一个人在这儿租了一间房子，学习雕刻。我在昭和五年从弘前高中毕业，进了东京帝国大学法文系。尽管对法语一窍不通，却想听听法国文学的讲课，对辰野隆先生有朦朦胧胧的敬畏。我住在距离哥哥三百米远的新筑的出租屋后面的一个房间。尽管是同胞手足，在同一个町，但在同一个屋檐下生活，难保不出什么嫌隙，故而我们两个人虽然都没有明说，却客客气气地在相距三百米远处各住各的，在这种做法上保持了默契。过了三个月，这个哥哥因病而死，只有二十七岁。

哥哥死后，我住进了他住过的租屋，从第二学期开始就几乎没有再踏进学校大门。我参与协助了非法的秘密学生运动，世人觉得这是最为恐怖的事，我却满不在乎。文学是这一运动的重要一翼，但那些作品喜欢虚张声势，我接触时对其带着轻蔑的态度。这时我可以说是纯粹的政治家。

这年秋天，叫H的女人从乡下来到东京，是我叫她来的。我在进高中那年的初秋认识了她，之后三年间经常在一起玩。她是个天真无邪的艺妓。我为了她在本所区的东驹形租了一个房间，一个木工店的二楼。我的大哥为了这女人的事从故乡过来。父亲亡故后暌违七年之久的兄弟两个在户塚的租屋，那个微暗的房间里相会。哥哥为急剧变化的弟弟如此顽劣不堪潸然泪下。在保证让我们结婚的条件下，我答应把这个女人交给哥哥带回去。比起傲慢的弟弟，接受这个事儿的哥哥肯定更为痛苦好几倍。在交接的前一晚，我才和女人有了初夜。哥哥带着这个女人回到了乡下。女人始终是懵懵懂懂的。回家后她只写了一封报告平安到家的信给我，是僵硬的公文口气，之后便再也没有写信过来。女人看上去很安心，我心里却愤愤不平。我这边让所有人都震惊不已，

①太宰治有三个哥哥，这个是最小的哥哥圭治。

让母亲饱尝地狱之苦，而你呢，却因为无知的自信而软塌塌的，这太不像话了。照理说，你该每天都给我写信才对。你该加倍地爱我。然而这个女人不会写信也不爱写信。我绝望至极，只好一天到晚都去为秘密工作而奔走，要我去做的事，我从来不回绝。然而自己在这方面的能力限度也显出来了，于是我陷入了双重绝望。

这时，银座后面的酒吧有个女子爱上了我。谁都有过这样被爱的时候吧。后来发生的事是我一生的污点。我邀请这个女子一起去镰仓跳海。违心地协助非法运动，而且有些工作已经超出了我肉体上所能承受的限度，我怕人说我卑怯，也勉强答应下来。我想工作失败之时我就去死吧。而H呢，只考虑自己一个人的幸福，这样子真没女人味。你不知道我内心的苦楚，我要报复你。看着吧。为了你，我的亲人，母亲，哥哥，婶婶，都大为失望痛心，我都没法去见他们了，这样一种痛苦的自觉，是我投海最直接的原因。相约投海的女人死了，而我活了下来。

以前写过几次死者的事，这是我一生的污点。我为此进了拘留所。调查最后的结果是免于起诉。这是昭和五年岁末的事。哥哥们对去赴死的弟弟都很和气。第二年二月，像洁癖一样守信的哥哥为H赎了身，并把她送到我身边。H浑然无事的样子。我们在五反田的岛津公分让地①旁边租了房子，月租三十元。H干活很麻利。我二十三岁。H二十岁。

在五反田，我过着傻瓜蛋一般的日子。完全没有自己的意志，丝毫没有重新出发的希望，偶尔与来访的一二友人，高兴地聊聊玩玩，如此而已。对自己丑陋的往事，非但不以为耻，反而暗自夸耀。真是

①岛津公（久光）是江户末期到明治初期的权臣，分让地是指分成若干块出售的土地。

没有廉耻的低能儿啊。我几乎不去学校，厌恶一切努力，只是与H木然相对，浑浑噩噩地生活着。一个无事可做的混账。又开始协助秘密工作了，但这一回拖拖拉拉的，毫无热情。只是无业游民的虚无。我在东京刚成家时的状态便是如此。

这年夏天我搬家了。先是搬到了神田同朋町，晚秋时又搬到了和泉町。次年早春，搬到了淀桥柏木。除了以朱麟堂为号，沉迷于作俳句，别无值得一提的事。我成了个老人。为了协助那种工作，第二次进了拘留所。从拘留所出来，我听从友人的建议，搬去了别的地方。对此我既无任何感激，也无任何嫌恶，如果这样对大家都好，那就照他们说的去做吧。我对什么态度都是这么消极无力。与H稀里糊涂地过一天算一天。H倒是很快活，虽说一天当中要用脏话骂我两三次，但随后又若无其事地开始学英语。我腾出时间来教她，但她记不了多少东西，学会念字母后，不知不觉就中辍了。她写信仍然不上手，也不愿写。我有时会帮她打草稿，这倒是让她挺高兴的。我被警察带走，她也并不惊慌失措，觉得我是在干行侠仗义的事，以至于颇为得意。同朋，和泉，柏木。我二十四岁了。

这年的晚春，我又被迫搬家。这次不知什么人报了警，我得逃走。情况紧急又复杂，我只好找了个借口跟乡下的哥哥一次要了两个月的生活费，用这笔钱搬离了柏木。财物家具都分散地寄放在友人那里，只带了些随身物品到了日本桥八丁堀一个木材店的二楼，一个八铺席的房间。我化名为落合一雄，出生于北海道。[①] 那段时间战战兢兢地过日子，手上的钱一分都不敢乱花，自我安慰说，不管如何都随它去吧，我也无能为力。我对明天毫无计划，也没法干点什么。只是偶尔去学校，在讲堂前的草地上，默默躺在那儿，一躺就是好几个

①太宰治实际的家乡是青森县。

小时。

某日，跟我同一个高中正在读经济系的同学跟我说了一些讨厌的话。我当时心里就跟喝了滚烫的水一样。这事难道是真的么？我反而憎恨起这位多嘴的同学了。只要问一下H，就真相大白了。我慌忙赶到八丁堀木材店的二楼，但总觉得难以开口。正是初夏的午后，夕阳照进屋里，很是闷热。我让H去买欧来佳啤酒，当时的欧来佳啤酒是两毛五一瓶。喝光了一瓶，我让H再去买一瓶，H生气了。她一喊，我的气也上来了，就说了从同学那里听来的事，尽量不动声色。H用乡下的方言说这些都是胡啰啰，只是皱了皱眉头，丝毫没有被击中要害的样子。我相信了H。

那天晚上我读了很坏的东西，卢梭的《忏悔录》。卢梭对妻子以前的事感到如坐针毡，这也触动了我。我没法再相信H了。那天夜里，在我反复逼问下，她终于吐露了真相。同学那里听来的事都是真的，而且比这个还要严重，我感到再往下挖掘的话，将永无止境，问了一半就不再追问了。

在这方面我没有责备别人的资格。镰仓事件又是什么事儿呢。可是那一夜我仍感到五内沸腾。之前我一直将H视若掌上明珠，以她为骄傲、为了她而活着。我以为自己是将一个纯洁无垢的女子从风尘中救了出来。H说自己天性刚烈，来我这里之前一直守身如玉，我如勇者一般相信着H的话。在友人面前，也以她为傲。现在暴露出来的真相，说是让我目瞪口呆也好，什么也好，简直无法用言语形容。我真是个呆子啊。女人究竟为何物啊，我想知道。对H的欺瞒，我毫无憎恨，甚至觉得坦白往事的H楚楚可怜，想抚摸着她的脊背安慰她。可是我实在厌烦了我的生活，想用棍棒把它击个粉碎。总而言之，不想再继续了。于是，我去自首了。

检察官的调查告一段落后，逃过一死的我再度来到东京街头。

回去的话，除了H的房间别无去处。我赶到H那里，寂寞的再会，卑微屈辱的微笑，彼此轻轻地握手。我们从八丁堀搬到了芝区白金三光町。在一所很大的空房里，我们只租了其中单独的一室来住。故乡的兄长对我的所作所为震惊不已，难以忍受，可还是私下里按时寄钱过来。H仍若无其事，精神头不减往日。可是我就像从愚蠢的迷梦中苏醒过来一般。我写下一系列的遗书，题为“回忆”，有一百来页。现在看来，这篇《回忆》算是我的处女作。在其中我毫不掩饰地写出幼时以来我的种种劣迹。这是二十岁时秋天的事。

我坐在偏僻的一室里，望着野草丛生荒凉一片的偌大庭院，不禁哑然失笑。我又想去死了。别人说我是装腔作势，让他们说去吧，无所谓。我就这么任性。我仍然把人生看作戏剧，不，是把戏剧看作人生。现在，我对谁都没什么用了。唯一的H，也被他人之手玷污。让我活下去的理由还有什么呢。作为荒唐的、注定要灭亡的一介草民，还是去死吧。接受时代潮流分给我的角色，一个肯定输给别人、悲伤卑屈的角色吧。忠实地演好这场戏吧。

然而人生不是戏剧。第二幕是什么谁都不知道。刚登场时看起来要毁灭的角色，却直到最后都没有退场。我本打算写下作为一个污秽之子自幼年到少年时代的告白，留下来作为小小的遗书。但在写作过程中，我对写作本身日益上心起来，就如在虚无之中点着了幽幽烛火。只因《回忆》这篇文章，让我感到莫名的不满意，既然已写到这里，那就把过往的生活全都明明白白写出来吧。首先要写的是镰仓事件，但总觉得有些缺憾，于是再写了一篇，还是不够满意，就叹息着继续写下去，于是这个也想写，那个也想写，拉拉扯扯写了一大堆。没有句号，只是连续的逗号。那个恶魔永远在那里，在他面前我不过是螳臂当车，终将为其所吞噬。

我二十五岁了。这年三月按理说我该大学毕业了。然而别说毕业，我甚至连毕业考试也没有参加。故乡的兄长对此并不知晓。他们还暗暗期待着我能有一点点诚实，既然如此胡闹净干蠢事，为了赎罪，总该努力从学校毕业的吧。我完全辜负了他们的期待。毕业是想都不用想了。欺骗信赖自己的人，理当堕入疯狂的地狱。之后的两年间，我就住在这疯狂的地狱中。我向大哥哭诉："来年我肯定毕业，再给我一年时间。"但之后又背叛自己的诺言。那一年是这样，第二年还是这样。

在一味想死的猛烈反省、自嘲与恐惧当中，我没有去死，而是痴迷于写一系列可能成为遗书的作品。这个作品完成后，也许不过是带着青涩味儿的做作的感伤而已，但我却为这种感伤差点拼了老命。每写完三四篇，我就放进一个大纸袋里。作品的数量渐渐在增加。我用毛笔在纸带上写了"晚年"二字，打算将它作为这一系列遗书的题名。另外，还有到此结束的意味。

我们所住的空房子找到了买主，我们在这年早春又要从那里搬走了。学校不能毕业，从家乡送来的钱，也减少了相当一部分，只能更加俭省。这次搬到了杉并区天沼三丁目，是租借朋友的一个房间。那人在报社上班，是传统意义上的好市民。之后的两年里，一直跟他住在一起，得到他不少照顾。我对于毕业早已断了念想，只是一门心思想要完成这部作品集，尽管这看起来很荒唐。对这位朋友也好，甚至对H也好，我都撒谎说来年就毕业了，这样暂且逃避一时。一周当中，我总有一天要穿上制服整整齐齐出门，在学校图书馆，随意地借本书翻翻散心，或者打瞌睡，或者写作品的草稿，到傍晚出了图书馆迤逦回到天沼。不管是H还是那位朋友，从未怀疑过我，表面是完全无事的。可是我暗自焦虑着，每时每刻都在担忧，想在故乡的生活费还没断绝前写完我的作品。我越发用心去写，就越是写不完。可以说，那个丑陋的恶魔对我简直是敲骨吸髓。

过了一年，仍没有毕业。哥哥们都被激怒了，我又哭诉以求宽恕，撒谎说来年肯定毕业。除此之外，实在没有继续要他们给我寄钱的借口。不管对谁，我都没有说出实情。我不想制造共犯，就让我一个人来做彻头彻尾的浪荡子吧。这样周围人就会有明确的立场，不会被我连累。“为了写遗书，再给我一年时间吧”，这种突兀刺耳的蠢话实在碍难出口。人们会认为我是自私自利、不切实际的梦想家，我对此极为讨厌。而哥哥们，若是听到我说那么不现实的话，恐怕也不会继续给我寄钱，只能中断资助了。若是知道了实情还继续资助我，后来的世人难免把哥哥们当作共犯。这也是讨厌的。因此我这个狡诈的弟弟只能欺骗哥哥们。这种话虽说就像小偷也有三分理一样，但这确实是我深思熟虑的结果。

我仍旧一周穿制服去一次学校。H，报社的朋友，都善良地相信我来年会毕业。我就这样在窘境中无法摆脱，每天都是全然的黑暗。我不是恶人啊！这么欺骗人，犹如身陷无间地狱。

报社的朋友这年春天搬到了一丁目的市场后面，与荻洼车站较近。他们邀请我一块过去，就租了二楼的房间。我每夜都难以入眠，喝便宜的酒，老是吐痰。我想自己可能生病了，但现在我没工夫关心这种事。只想着早点把纸袋子中的作品整理出来。这很任性很自以为是，但我想把这当作对所有人的谢罪留下来，我能做的不过如此。这年晚秋，终于大功告成了。我在二十几篇中，只选了十四篇，其余的作品，已经写坏了的草稿纸，我都烧掉了，它们合起来能放满一个行李箱。我把这些拿到院子里，烧得一干二净。

“唉，为什么要烧掉呢？”当晚，H突然问。

“不需要了啊。”我微笑着回答。

“为什么要烧啊。”她又说了一遍，哭了。

我开始整理随身物品，将所借的书一一归还，信纸与笔记本都当废纸卖了。在“晚年”的纸袋子里，另外写了两封绝笔信放了进去。

万事大吉。我很害怕与H面对面，每晚都出去喝便宜的酒。

这时一位学友问我愿不愿意参加他们的同人杂志，我半开玩笑地说：要是这份杂志叫“青花”的话，那要参加也未尝不可。玩笑成真，各方的同好都来找我，我与其中两个很快变成了挚友。所谓青春最后的激情，就燃烧在这上面了，这是死亡前夜的狂舞。共同醉酒，殴打低能学生，与肮脏的女子如亲人一般相爱。H的柜子，在她不知情的情况下变空了。纯文艺杂志《青花》这年十二月出来了。只出了一册，同伴们就已星散。我为这来去无踪的狂热所惊呆。此后只剩下我们三个人，可以说是三傻。但我们仨成了一生的莫逆之交，我从他们俩身上获益颇多。

第二年三月，又到了毕业季，我参加了某报社的入社考试。这只是做给同居的朋友，还有H看的，看看我毕业之前忙忙碌碌的样子。一听说我要做新闻记者，过一生平凡的日子，全家人都开心地笑了。真相终归要暴露的，但哪怕维持一天、一刻的和平，不让人惊愕，不去面对那让我恐慌的一切，我就随时随地拼命撒谎。一直以来，我都是如此。终于到了再也无法掩饰的时候，我只好考虑去死。骗局拆穿，会让亲友加倍震惊、激愤，但我仍无法说出真相，只是让自己一刻又一刻地在虚伪的地狱里越陷越深。我自然不会进入报社了，根本就没有进报社的打算，也不可能通过考试。完美的欺瞒阵地到时将不攻自破。到了去死的时候了。昭和十年二月中旬，我一个人去了镰仓，在镰仓山上试图自缢而死。

这是在镰仓跳海引起骚动后第五年的事。我会游泳，在海里死是很难的。为了确保死去，我选择了上吊，可是，我又可耻地失败了。呼吸回转过来。我的脖子可能比一般人都要强壮吧。带着脖子上红肿溃烂的伤，我又茫茫然回到了天沼的家。

想要决定自己的命运，但却失败了。蹒跚着回到家，未曾见过的不可思议的世界在我眼前打开了。H在门口偷偷抚摸我的背，其他人都不住地说："真好，真好"，对我满是体贴和照顾。人生的温柔让我目瞪口呆。大哥从乡下赶来。他曾严厉斥责我，但我对他甚是怀念和思慕。这是有生以来第一次体味这样不可思议的感情。既没想过，也没设计过的命运很快陆续展开了。在那之后的几天，我感到剧烈的腹痛袭来。我忍了一夜，没法睡觉。我用汤婆婆暖肚子，神智逐渐变得模糊，终于叫来了医生。我在被窝里躺着，他们用救护车把我送到了阿佐谷外科医院。诊断为盲肠炎，很快进行了手术。就医有些延迟，用汤婆婆暖肚子也加重了病情，腹膜已流脓，手术很困难。手术之后第二天，从咽喉吐了一些血块，之前的肺病也很快表现出来了。我这时可以说命悬一线。医生甚至也没抱多大希望，快要放弃了，但罪孽深重的我，居然渐渐恢复过来。一个月后，腹部的伤口愈合了。由于我是传染病患者，又转到了世田谷区经堂的内科医院。H一直在身边陪着我，笑着跟我说，医生警告她：不能和我接吻。这个医院的院长是大哥的朋友，对我特别照顾。给了我两间宽敞的病房，将家具、日常用品全部移入，在医院住下了。五月，六月，一直到七月，蚊虫肆虐，病房里吊上了白色的蚊帐。我按院长的指示，搬到了千叶县船桥町，在海岸边租了町外面一处新建的房子住下了。本来是转地保养之意，不料对我产生了恶果。地狱般的大动乱开始了。

我在阿佐谷外科医院时，就染上了使用麻药的恶癖。最初医生是为了消除我伤口处的疼痛，只在早晚换纱布时使用，可是渐渐地，我不用麻药就无法入眠。我为失眠之苦极度困扰，每晚都求医生给我用药。这里的医生对我的健康采取放任态度，我的要求总是得到优容宽纵。转到内科医院后，我也执拗地要求院长给我用药。院长三次中最多勉强答应一次。这时我要麻药已经不仅仅是因为肉体上的疼痛，也为了消除自己内心的惭愧与焦躁。我没有忍受寂寞的能力。转到船桥町上的医院后，我向医生诉说自己的失眠与成瘾症状，强要这种药片。后来，又勉强怯懦的医生给我开证明，从街上的药店里直接买药。当意识到时，我已经成了凄惨的重度成瘾患者，而且很快面临钱的问题。

这时大哥每月给我九十元生活费，此外的临时花费一概拒绝给我。本应如此，我对于哥哥的友爱毫无报答，只是任性地挥霍生命而已。

到这年秋天，我在东京街上的身影，已经是个脏兮兮的半疯之人了。我无法忘怀这段日子里自己每一副可悲的丑态。我成了日本第一卑劣青年。为了借十元、二十元的钱，我来到东京，在杂志社编辑面前哭泣求告，甚至因为过于执拗的求告而被编辑痛骂过。那时我的稿件还有一点点赚钱的可能。在阿佐谷经堂医院卧病期间，友人为我奔走，将那纸袋子中的“遗书”在杂志上发表了两三篇，反响巨大，痛骂者有之，支持者亦有之，但都让我感觉狼狈和尴尬，由于内心不安，反而使得药物成瘾更加重一层。在这样那样的痛苦之余，我厚着脸皮想跟编辑、社长会面，要求预支稿费。我自己因苦恼而过于疯狂，却未注意到他人也要竭尽全力活下去。

那些纸袋子中的作品，一篇也没剩全卖了，再也没有可卖的了。而我没法马上再写出别的作品。文思已经枯竭，什么也写不了。当时的文坛评价说我“有才无德”，而我相信自己是“有德之芽，才则无也”。我没有所谓的文才，只是不知天高地厚地全身向前横冲直撞。我为“滴水之恩，当涌泉相报”这种僵硬的道德教条所束缚，因为实在做不到，最后内心再也受不了，反而索性做出不知廉耻的事。我成长于严格保守的家庭，视欠债不还为罪大恶极之事。借了钱以后还不上，拆东墙补西墙，结果到最后越发债台高筑。为了消除欠债的羞愧，让自己更坚强，终于导致药物成瘾。药店的账单不断在增加中。

我曾光天化日之下在银座一边哭，一边走，想跟人要钱。我从将近二十人那里借了钱，差不多跟抢劫一样。我想把这些债务都还上了，自己才能去死。

大家终于不再理睬我了。搬到船桥后过了一年，在昭和十一年的秋天，我被带上汽车，送到了东京板桥区的某医院，睡了一夜，醒来已经在脑科医院的一间病房里。

在那儿住了一个月，秋高气爽的一个午后，终于允许我出院了。我与 H 坐上了来接我的汽车。一个月没见面，我们两个人好久都没说话。汽车开动后，过了一阵子，H 开口说："已经戒药了吧？"听起来有点生气的样子。

"从此以后我什么都不相信了。"我讲了在医院里唯一学到的事。

"是吗？" 现实的 H，似乎仅仅把我的话理解为金钱的事，重重地点点头，"人都是不可信赖的。"

"也不相信你呢！"我又加了一句。

她听了很不高兴。

船桥的家，在我入院期间被拆除了，H 住到了杉并区天沼三丁目公寓的一室。我也在那里落脚下来。有两个杂志来约稿。出院后的当天晚上，我就开始伏案写作了。写了两篇小说，拿着稿费到了热海，一个月里，毫无节制地喝酒。之后如何是好，不晓得。三年来都是靠大哥寄来的生活费过活，而入院前的巨额债务都还没还。我本想在热海写出好小说，然后用挣来的钱还掉最让我放心不下的几笔债务，可是空有这样的计划，别说写小说，就是周围凄凉的景象也让我难以忍受，只是一味饮酒。我深深觉得，这样下去自己渐渐就成为废人了。在热海的日子借钱反而更多了。不管做什么都是徒劳，我已然完败。

回到天沼的公寓，放弃了所有的希望，脏污的身体胡乱躺在那儿。我已二十九岁。除了身上穿的棉袍，别无所有，H 亦然。我们仅靠着大哥每月送来的钱像虫子一样默默活着。这算是到底了吧。

然而，这还不算是到最底。这年早春，一位油画家意外地约我谈谈。他曾是一个亲切的友人。他的话我一听之下，简直要窒息了。他与 H 犯下了可悲的错误。当从那不祥的医院出来时，在车中我脱口而出的那没有具体指涉的话，让 H 极为不安，现在又突然想起来。我固然让 H 很辛苦，但还是想在有生之年共同生活的。我拙于表达自己的爱，H 与油画家都没有意识到这一点。三人中我是最年长的，我不想伤害任何人，可是商量来商量去，并没有任何结果。我本该冷静地拿一个卓越的解决方案出来，但这事让我狼狈不堪，不知如何是好，最终反而让 H 他们轻蔑。什么也没决定下来。这位画家开始渐渐逃避责任。我虽在痛苦之中，对 H 也觉得不忍心。H 决意去死，因为看不到出路在哪儿，我也想去死。两个人就一起死吧，请神明原谅。

我们就像兄妹一样出去旅行，来到水上温泉。那天夜里，我们去山里自杀。我不想让 H 死，努力阻止了她。我自己用了很多安眠药，但也没有死成。

最终我们还是分手。我没有勇气挽留 H，让她继续忍受我。说我是被抛弃了也无妨。说是人道主义什么的，未免装腔作势。我假装忍耐着，但可以清楚感觉到之后每一天丑恶如地狱般的日子。H 一个人回到了乡下母亲那里。油画家音讯皆无。我一个人留在公寓里，开始了自炊生活。我学会了喝烧酒。牙齿松动脱落，面目可憎。

我搬到公寓附近最下等的租屋，觉得这个才和我最相称。这是我世上最后的日子了。站在门边，月影朦胧，月下一片枯草的原野，古松耸立。我住在四铺席的租屋里，独酌独饮，醉了就在门外倚靠在门柱上，胡乱哼唱一些歌儿。如今我是明白了自己在世人眼中是什么样的。我是愚痴而骄傲的无赖汉。白痴。狡猾的好色之徒。为装成天才的骗子。过着奢侈的混乱生活，一缺钱就扬言自杀来威胁乡下的亲人。像对猫狗一样虐待贞淑的妻子，将其扫地出门。再加上其余各种各样带着嫌恶的嘲讽、传闻，将我整个人埋在下面，视我为废人。发现这些后，我再也不想出租屋半步了。没有酒的夜晚，我就咯吱咯吱咀嚼着仙贝咸饼，读侦探小说，感到些微不足道的乐趣。无论杂志社还是报社，都没有约稿。自己也什么都不想写，想写也写不了。然而，尽管没人催促我偿还病中所欠的债务，但我晚上做梦都为之苦恼。我已三十岁了。

会有什么样的转机呢？我想自己必须活下去才行。是故乡家里的不幸，给了我这样的力量吗？大哥当选了议员，之后却因违反选举法遭到起诉。我敬畏大哥严恪的人格，心想肯定是周围有坏人才会出这种事。姐姐死了。外甥死了。堂弟死了。很早以前我就已经与家乡断绝了音信往来，这些都是我从传言风闻得知的。是故乡接连发生的不幸，唤醒了我上半身残存的良知吗？我曾经为自己的家业之大而感到羞耻。有钱人家的心理障碍让我喜欢自暴自弃。从幼时起我就觉得自己不正当地多得了好处，这让我有种卑微而屈辱的厌世之感和讨厌的恐慌之感。我相信，富家子弟总会落到和他们的身份相称的地狱里。但要逃离这些，我又卑怯无能。我曾努力地想做一个出色的恶业之子，然而有天晚上我发现自己虽是富家子弟，却连一件像样的可以穿出去的衣服都没有。我成了一个贱民。从故乡送来的钱，今年就要终止了。我的户籍已经被分了出来。生我养我的故乡，现在也正处于不幸的低谷。我曾经让人敬畏的与生俱来的特权，如今全都一干二净了，反而成了一种缺陷。除了这种意识上的自觉，还有一个原因造就了转机。在租屋里，连去死的气魄都没有了，整天躺着的这段时间，我的身体竟难以置信地渐渐强健起来。这一事实意义重大。此外，年龄，战争，历史观的动摇，对怠惰的嫌恶，对文学的谦卑，神的存在，等等等等，可以举出很多事，但要说明转机何来，终究还是显得虚幻。哪怕这些解释勉强说是正确的，但其中必定漂浮着谎言的气息。人们并不总是按照自己的所思所想来选择道路，大多数情况下，人们不知不觉就走在了错误的原野上。

直到三十岁的初夏，我才开始认真考虑开始文字生涯。想起来，这算是迟来的志愿。在四铺席的租屋里，其中没有一件像样的家具，我开始努力地写作。租屋里有人把晚饭留在餐柜里，我就偷偷捏成团子放起来，等到深夜饿肚子的时候充饥。这一次，我的作品不是作为遗书而写，而是为了活下去而写。一位前辈给我很多鼓励。世人对我报以憎恶的嘲笑，只有这位前辈作家，始终不变地暗暗支持我。我必须报答这珍贵的信赖。终于，我完成了《姥舍》这篇小说，老老实实写了与 H 到水上温泉赴死的事。这个很快卖掉了。一位从来没有忘记我、一直等待我作品的编辑接受了它。我拿到稿费，没有去挥霍，先去当铺买了一件穿得出去的和服，像模像样地去旅行。我去了甲州山中，最初想整理思绪，写一部长篇。在甲州整整一年，没有完成长篇小说，但完成了十多个短篇，都发表了。我听到了来自各方支持的声音。此时方感觉文坛实在教人感激。我想，若能在文坛度过余生，将是何等的幸福。

次年，昭和十四年正月，我在先辈介绍下平凡地相亲结婚了。然而，并不平凡。婚礼没有花一文钱。我们在甲府市郊区租了只有两个房间的小房子住了进去。租金是每月六块半。我陆续出版了两部作品集。难得有了点积蓄。我把最让我挂心的债务渐渐还了一点，但要全部还清债务，路还很漫长。这年初秋，我搬到了东京市外的三鹰町。这里不算是东京市。我在东京市的生活，是从荻洼的租屋开始，到带着一个行李包到甲州为止，便中断了。

现在我是靠卖文为生。在旅馆登记时，我都把自己的职业写为文笔业。其中虽有苦楚，但我很少对人提及。哪怕有超过以前的痛苦，我也假装微笑。那些友人中的笨蛋都说我已经变成了俗人一个。

武藏野的夕阳每天都显得很大，红彤彤地慢慢沉入地底。我看着夕阳，在三铺席间里盘腿而坐，吃着简单的饭菜对妻子说："我这种男人，不会出人头地，也赚不了多少钱，但想一直守护好这个家。"此时，忽然想起了东京八景。往事如走马灯一般在心头萦绕。

这里虽在东京市外，但近处便是井之头公园，也是东京名胜之一，所以这武藏野的夕阳列入东京八景之一，毋庸置疑。为了定下其余七景，我翻看着自己心里的相册。不过，眼前这种情形，成为艺术的，不是东京的风景，而是风景中的我。艺术欺骗我了吗？我欺骗艺术了吗？结论：艺术即我。

户塚的梅雨。本乡的黄昏。神田的祭礼。柏木的初雪。八丁堀的花火。芝的满月。天沼的蝉鸣。银座的闪电。板桥脑科医院的波斯菊。荻洼的朝雾。武藏野的夕阳。回忆的黯淡的花朵，纷纷浮现在脑海里，整理的话很是困难。另外，勉强写成八景，我觉得也是卑琐的事。我想在这之外，再写写今年春夏的二景。

今年四月四日，我拜访了住在小石川的学长 S 君。S君在我五年前生病时，对我非常照顾。最后，因为严厉训斥我，差点弄到绝交的地步。今年正月我去他那里拜年，向他郑重赔罪。之后没有再联络。这天是想请他担任亲友著书出版纪念会的发起人，因此又上门造访。他正好在家。接受了我的请求，我们又谈了会儿绘画的事以及芥川龙之介文学的事。"我曾经对你很坏，现在看来，反倒有了良好的结果，我很高兴。"他以平素语重心长的口气跟我这么讲。

之后我们一起坐汽车去上野，看了美术馆的油画展览。好多无聊的画。我在一幅画面前驻足，S君来到我身边，把脸靠近那幅画。

"浅薄之作。"他不加掩饰地说。

“嗯，不行啊。”我也明言道。

这是与 H 有染的那位油画家的画。

出了美术馆，我们到茅场町一起看了电影《争美》的试映，之后又去银座喝茶，就这么玩了一整天。到了傍晚，S君要从新桥站坐巴士回去，我也一起步行到新桥。在途中我跟S君提起“东京八景”的计划。

“果然是武藏野的夕阳，好大啊。”S君在新桥站前的桥上驻足，又指着银座那边方向的桥，低声说，“就像一幅画一样。”

“啊。”我也停下脚步，望着那边。

“如画一般。”我也自言自语地说。

比起所看的风景，正在看风景的S君，与我这个差点绝交的学弟的姿态，我更想将其列入东京八景之一。

这以后又过了两个月，我又得到了一道亮丽的风景。

某日，妻子的妹妹寄来一封加急信：“T明天就要出发了。好像可以在芝公园稍稍见个面。希望能在明早九点来芝公园。请姐夫将我的心意好好地传达给T，我很笨，到现在还没对T说过什么。”

妻妹二十二岁，小个子，还像个孩子。于去年与T相亲、订婚，之后T应征进了东京某联队。我曾经与穿着军服的T君见面，谈了三十分钟的话，是一个朝气蓬勃、气质高雅的青年，好像明天就要奔赴战地了。这封加急信来了之后，没过两小时，妹妹又发来一封加急信，说：“仔细考虑过后，觉得刚才的要求是很低劣的行为。不用对T说什么了，只要为他送行就好。”这让我跟妻都不觉莞尔，可以想见妹妹一个人急慌慌的样子。妹妹在此前两三天去T君的父母那里帮忙去了。

第二天清晨，我们很早就起来，赶到芝公园。增上寺院内，聚集了大批送行的人。我们拦住一位穿着卡其色团服、到处急急忙忙在集合送行队伍的老人，打听了一下，得知T君的部队将在山门前集合，停留五分钟的休息时间，随后就马上出发。我们从寺院出来，在山门前站着，等待T君部队的到来。之后妹妹也拿着小旗子与T君的父母一起来了。我与T君的双亲初次见面，还不算是正式的亲戚关系，我对于社交又很笨拙，就没有打招呼，只是稍稍行了注目礼。

我跟妹妹搭话说："怎么样，还算平静吗？"

"没什么。"妹妹明朗地笑着。

妻子皱着眉说："怎么这样啊？在那里嘎嘎地笑。"

送T君的人非常多。写有T君名字的巨大旗帜，在山门前有六面。T君家里工厂的男女工人， 工厂休息时也过来送他。我离开众人，在山门一角站着。这是因为敏感。T君是有钱人。而我呢，牙齿不全，衣着也寒酸。别说礼服，连帽子也没戴。一介贫寒文人。T君的父母肯定在想，是儿子未婚妻某个卑贱的亲戚来了。

妹妹来到我身边，我跟她说："你今天是重要角色，还是在你公婆身边吧。"又把她赶了回去。T君的部队怎么都不来。十点，十一点，一直到十二点还没来。女校的修学旅行团，坐着游览大巴，在眼前过了好几组。巴士的车门上贴着女校名字的纸片。我也看到了故乡的女校。大哥的长女就在这个学校。她可能也在车上无意识地望着这边吧，但大概不知道在这东京名胜的增上寺山门前，有个愚笨的叔父，傻愣愣地站在这里。有二十辆车陆陆续续经过山门前，巴士的女司机每次都指着我，好像要说明什么似的。我一开始还没什么，但后来就开始煞有介事地摆起姿势来，就像巴尔扎克塑像那样交叉双臂抱在胸前，甚至觉得自身也变成了东京名胜之一。

接近一点时，人群中响起了"来了，来了"的叫喊声，很快满载着士兵的卡车开到了山门前。T君因为有小汽车的驾驶技术，所以在驾驶座上。我在人群后面，呆呆地望着。

“哥，”不知何时，妹妹来到我身旁，小声叫着，推了一下我的背。我振作起来看时，T君已从驾驶座上下来，向着人群最后方站着的我，早就看见我的样子行举手礼。一瞬间我犹疑不定，看着四周踌躇不进，但发现他确实是在对我行礼，这才下定决心分开人群，与妹妹一起来到T君面前。

“以后的事请不必担心。妹妹尽管愚钝，但对女人最重要的事都知道。一点都不用担心。我们都会照顾她的。”我用平素极少有的一本正经的口吻说着。看看妹妹，也是仰着头很紧张。T君有点脸红，又默默行举手礼。

“你还有话要说吗？”这次我也笑了，问妹妹。

妹妹低着头说：“不用了，可以了。”

出发的号令马上下达了。本想再次隐没在人群中，但仍被妹妹推着，来到驾驶座下。那里只有T君的父母站在那儿。

“安心去吧。”我大声说着。T君的父亲突然回头，不高兴地瞥了我一眼，这位严父的眼神好像在说：多嘴多舌的，这是哪儿来的笨蛋啊？然而此时我并未退缩。人最终的立足点是他的尊严，随时随地都要拼死维护，出于这样的自觉，尽管我体检时只是丙种合格，而且一文不名，但现在这些都不足挂齿。作为东京名胜的我更大声地喊：“以后的事都不用担心！”我想，此后T君与妹妹的婚事万一有了困难，我这不在乎俗人眼光的无法无天之徒，定要为二人尽最后的绵薄之力。

在增上寺得了这一景，我作品的构思，就好比一张弓，满月一般拉开，箭在弦上不得不发了。数日后，我带着东京市大地图、钢笔、墨水、稿纸，奋勇来到伊豆旅行。结果，来到伊豆这个温泉旅馆，我变成了什么样子呢？自启程已过了十天，仍在这里住着。到底在做什么呢？

潘多拉盒子

这篇小说，是一位二十岁的男青年写给亲友的书信集。

しやよう

作者的话

这篇小说，是一位二十岁的男青年写给亲友的书信集，其时他正在一所名曰“健康道场”的疗养院里与疾病斗争。书信体在当今报纸连载的小说里颇为鲜见，对读者而言，最初的四五节或许觉得不好把握情节，不过，书信体有强烈的真实感，因此自古以来，无论外国还是日本，都有很多作者尝试过这种文体。至于“潘多拉盒子”，会在明天这篇小说的第一节里提到，不必在这里赘言。

上面的开场白略嫌简慢，不过，开场白简慢的人所写的小说也许会特别有兴味呢。

幕启

1

千万别误解，我一点都没有心灰意冷。你的信里满是安慰鼓励的话，这让我有点茫然，也有些羞耻而脸红，有一种微妙的难以平静的心情。说句可能让你发火的话，你的信我读了后，觉得有些“老气横秋”的。新的一幕，我们的先祖完全没经历过的全新的一幕，已然开启。

那些陈词滥调、拿腔作态，全都是伪装出来的，大抵都是一堆谎言。现在我对于自己的肺病，一点都不在意。生病的事，已经完全忘怀。不仅仅是疾病，可以说一切都忘怀了。我来这个健康道场，并非因为战争结束后爱惜起生命来，想等恢复健康以后，做点什么出人头地扬名立万的事；我也没有那种让人感动得泪流满面的殊胜孝心，决意为了让父亲安心、母亲欢喜，先把病治好了再说别的，不过，也不是因为奇怪的自暴自弃的心理才来到这偏僻的地方疗养。唉，要对自己的行为一一详加说明，不就陷入旧时代那种陈旧的“思想”中了吗？硬加解释，难免用虚妄之事来牵强附会，最终堕入谎言的渊薮。理论的游戏已经够多了，将各种概念条分缕析个没完没了，挺无聊的。我想说的是，我来健康道场是毫无理由的。某一天，某一瞬间，圣灵悄悄潜入我心，我大哭一场，以泪洗面，之后，整个身体都觉得轻快了，头脑也变得清凉透明了。从那时起，我变成了跟以前截然不同的人。“咯血”的事，之前我一直隐瞒着，那时马上就对母亲坦白了。之后，父亲为我选择了这个位于山腰的健康道场。事情就这么简单。那一天，那一瞬间，到底发生了什么事呢？这个我想让你明白。那一天，刚好是正午，真是个奇迹，正是天皇玉音哭着向国民道歉的时刻。[①]

那天以后，我不知为何，就像是坐上了一艘新造的大船。这艘船将驶向何方？我也不知道。到现在还宛若梦中。大船已经顺利离岸。将行驶的，是世界上谁都未曾航行过，全新的处女航路。对此我虽然仍不甚了然，却有强烈预感。不过，现在我只感受到了大船来迎接我，将来自会沿着上天指定的航路一直前进。

当然，不要误解我。我没有变得绝望而虚无。大船扬帆起航，不管是什么样的起航，都会让人感觉到一种微妙的期待的感召。这是自远古以来不变的人性。你也知道希腊神话里潘多拉盒子的故事吧。不可打开的盒子刚一打开，病苦、悲哀、嫉妒、贪欲、猜疑、阴险、饥饿、憎恶，这些不祥的虫豸都爬出来了，上下纷飞，遮天蔽日。从此以后，人类便再也无法逃脱不幸的命运，然而，在那盒子的一隅，还留下一粒罂粟种子一般大的石子，在那里闪闪发光，上面写着“希望”二字。

2

这远古的往事就决定了：人很难得会彻底绝望。人总是为希望所欺骗，然而，绝望也同样会欺骗人。[②] 说得更直接一点，无论人堕落到何等不幸的深渊，无论他怎样蹉跌、受折磨，总会抱有一线希望。这是在潘多拉盒子之后，奥林匹亚诸神所定下来的。乐观主义也好，

①1945年8月14日由昭和天皇亲自宣读并录音《终战诏书》，8月15日通过日本广播协会正式对外广播。这是日本天皇的声音首次向日本公众播出。天皇录音敬称为“玉音”。

②译者按：这句话跟鲁迅《野草·希望》里的话有点像：桀骜英勇如Petofi，也终于对了暗夜止步，回顾着茫茫的东方了。他说：绝望之为虚妄，正与希望相同。

悲观主义也好，那些端着架子对人指手画脚的家伙们，就留在岸上吧，我们新时代的大船，要抢先一步、一往无前地扬帆起航啦。这种永远抱有希望的人性就像植物藤蔓伸展的向日性，是超越意识的。

从此以后，不要再有人随随便便就将别人打成卖国贼、叛徒，拿腔作势地横加指责了。这只会让这个不幸的世间，更增添一层阴郁。越是那些指责他人的人，越是在背地里干坏事。这次虽说是战败了，但愿那些政客们不要再急急忙忙捏造一些逃避现实的搪塞之词，来企图掩饰真相，正是这种愚蠢的掩饰才让日本陷入如此境地。以后要真的当心了，再重复这样的事，就要让全世界避之唯恐不及了。再也别吹牛了，做一个单纯的人吧。新造的大船，已完全出海。

最近，我想起了好多痛苦的往事。你也知道，我从去年春天初中毕业的同时，开始发高烧，得了肺炎，有三个月卧床不起，没能参加中考。好不容易能下床走几步，又持续低烧，医生怀疑是肋膜炎。就这么在家里无所事事地打发时光，又错过了今年的考试。我从此就再也没了继续升学的心情。未来该怎么办呢，我眼前一片迷茫，只是在家里懒懒散散地过日子。从来没有跟父亲好好谈过，对母亲也只是维持最基本的体面。你没有失学的经历，可能很难体会，那简直是黑暗的地狱。那段日子，我老是去地里拔草。这种模仿农民的事，自然是微不足道，也只是为了维护面子罢了。你也知道的，我们家屋后面有一百坪大的地。很早以前，不知为何，这块地登记在我名下了。当然不完全因为这个，不过我一踏进这块田地，就感觉逃离了周围的压抑，有豁然开朗之感。在这一两年里，我像是成了这块土地的主人。除了拔草，在身体允许的范围之内，我也会翻土，给番茄搭支架，算是我为粮食增产略尽微薄之力，就这么一天天自欺欺人地过活。可是，你知道吗，总是有种无法排解的、黑云一样的不安笼罩在我的心头，怎么都挥之不去。一直这么过下去，今后会是怎样的呢？好像也不会有什么事，然而我这样不就成了废人吗？这么一想，就一片惘然了。究竟如何是好，我完全摸不着头绪。这种浪荡散漫的生活，只是一味给亲人添麻烦，是完全无意义的，一想到这儿，我就难受得不得了。像你这样的优秀人才自然难以体会，再没有比"活着就是给别人添麻烦，我是多余人"这种意识更痛苦的了。

3

然而，就在这种任性、陈腐、愚蠢的烦恼缠绕我的时候，世界的风车仍在以目不暇接的速度咕噜噜地转动。在欧洲，纳粹势力已被全灭，在东洋则有比岛决战，继而是冲绳决战，美军飞机对日本内地的轰炸。对军队作战的事我几乎完全不懂，可是我有年轻敏感的触角。这对触角值得我信赖。国家面临动荡不安的危急时刻，这对触角会马上感觉得到。没有什么理由，只是一种直觉。今年初夏以来，我这敏感的触角，感应到了从未有过的大海啸的声音，深深为之震撼。然而我对之无可奈何，只是慌乱不安。我只能将所有精力都投入到田间劳作。灼热的阳光下，我一边喃喃自语着，一边挥舞着沉重的锄头翻土，然后再移栽甘薯蔓苗。为何每天要在烈日下这样没命地干农活呢，我到现在也不明白。只能说，由于怨恨自己的无用，就想狠狠惩罚自己的身体，一种类似自暴自弃的心情。每次抡起锄头翻土时，我都低声呻吟着说："死吧，去死吧！死吧，去死吧！"我总共移植了六百棵甘薯蔓苗。

"田里的活儿，悠着点干，适可而止就行了，别勉强。"父亲在晚饭时这么说。之后第三天的深夜，在梦寐中，我开始"吭吭吭"地咳嗽起来，同时感觉胸腔里嗡嗡作响。啊啊，我马上意识到不行了，一下子完全清醒过来。我在书上读到过，胸里嗡嗡作响是咯血的先兆。趴在那里，有东西一下子涌上来。嘴里含着这带有腥味的东西，我小跑着去了厕所。果然是血。在厕所站了好久，没有再咯血。于是我蹑手蹑脚去了厨房，用盐水漱了下口，洗了洗脸和手，又回到床上。为了不再咳嗽，我尽量憋着静静地躺下来睡。对这件事我非常地平静，甚至觉得，很早之前我就在等待今晚的事。我还想到了“本愿”这个词。我打算第二天继续默默干田间的活儿。除此之外，活着再没有别的意义了。人要知道自己的本分。啊，像我这样的人，确实早一天死掉更好。趁着手脚还能动，拼命干活吧，虽说这点劳动微不足道，但对粮食增产多少有点帮助，然后便告别这个世界，减轻国家的负担吧。这就算是像我这样的人为公众所作的奉献。唉，真想快点死啊。

于是，次日清晨，我比平常更早一小时起床，很快叠好了被子，早饭也没吃就去了田间。这样没命地做农活，现在想来简直就是在地狱的噩梦中。就我自己而言，我是打算直到死都不告诉别人生病的事的。谁都不知情，就这么悄无声息地等待病情恶化好了。这种心情，可以说是一种自甘堕落的思想。

当天夜里，我悄悄潜入厨房，喝光了整整一茶碗战时配给的烧酒。到了深夜，我又咯血了。突然醒过来，先是轻轻咳了几下，接着血一下子涌上来。这次没来得及去厕所，刚一开玻璃门，就在庭院里狂吐起来。喉咙里汩汩地往上涌，感觉就连眼睛和耳朵都在喷血。大概吐了两杯左右的血才止住了咳。我拿了根棍子把染了血的土翻过来，正在这时响起了空袭警报。不知为何，那时感觉这该是日本，不，应该说是全世界最后一次夜间空袭了。从防空壕昏昏沉沉地爬出来时，正是那个八月十五日的早晨。天色蒙蒙亮了。

4

然而，那天照旧去田里干活。听到这里，恐怕你也会苦笑吧。但对我来说，这不是可笑的事。我只能这样，除此之外，我不会有别的态度。无论如何，都没有别的办法。在经过各种纠结、各种迷茫之后，我认为自己的本愿就是以农人的身份、在自己亲手耕作的田里死去。唉，怎么都没有关系，死吧，越早越好。晕眩，恶寒，全身直冒冷汗，这些痛苦我都一一经历过，最后我感觉自己的意识正在抽离，一切都变得事不关己。后来，当我仰面朝天在茂密的豆地里躺着时，母亲来叫我了："快，洗洗手脚，去你爸屋里。"一直微笑着的母亲，像换了一个人似的，现出严肃的面容。

坐在父亲屋里的收音机前，刚好是正午。天皇玉音让我泪流满面，不可思议的光照射入我的身体。我仿佛踏进了另一个世界，又宛如登上了摇摇晃晃的大船，猛然醒悟到，自己再也不是过去的自己了。

我没那么自负，敢说自己已经到达"死生一如"的境界，但死也好，生也罢，有何不同呢。都是一样的难熬。那些急于求死之人，不过是拿腔作调罢了。我此前所受的苦，也只是为了维护自己的体面而自作自受。这种陈词滥套、矫揉造作不也是一种伪装吗？你信里提到"悲痛的决意"之类的话，可一提到悲痛这个词，我想到的是那些卑俗拙劣的演员脸上的表情。哪里是悲痛，装模作样而已。大船已经顺利离岸。每次扬帆起航，总让人隐隐有朦胧的希望。我已经不再心灰意冷了。我也不在意肺病。你给我的信里满是同情的话语，实在让我茫然。现在我什么都不想，只想寄身在这艘大船上乘风破浪前进。

就在那天，我用自己也觉得意外的平静口气，当即向母亲挑明："我昨晚吐血了，前晚也吐了。"

这没有什么理由，并非突然开始珍惜生命。只是一直以来为了维护面子的故作姿态再也没有必要了。

父亲为此选了健康道场。如你所知，他是数学教授，对数字上的计算可能很擅长，但在财物问题上并不怎么精明。家里一直过着拮据的日子，我是不指望过多么奢侈的疗养生活的。这所简朴的"健康道场”在这点上正合我意。对这里我没有什么不满足的。六个月后就有望康复了。从那以后没有再咯血，甚至也没有吐血痰。我已忘记了生病的事。这里的场长说：“忘记生病，乃康复之道也。”他是个很有意思的人。是他给结核疗养院取了“健康道场”这样的名儿。在战时为了应付食料不足、药品不足，他还发明了特殊抗病法，激励大量入院的患者。这所医院非同一般，趣闻轶事相当多。下次再慢慢聊。

我的事，真的不用担心。就此搁笔，多珍重。

昭和二十年八月二十五日

健康道场

1

今天就按照约定将这个健康道场的情况跟你说说吧。从E市乘巴士，大概一个小时的车程，在一个叫小梅桥的地方下车，在那里可以换乘别的巴士到我们这里。不过，从小梅桥到我们道场也没多少路了。比起等待换乘别的巴士，步行还更快一点。也就是十条街的路程。来道场的人大多从那里步行过来。从小梅桥出发，沿着右边是群山的柏油路县道，向南走约十条街，山脚下有个小石门，从那里有条两边是成排的松树的山道绵延至山腰，走到尽头就会看到两栋建筑的屋顶。这就是我如今在其中疗养的名曰“健康道场”的有些奇特的结核病疗养所了。它分为新馆和旧馆两栋建筑。比起简陋的旧馆，新馆显得气派明亮许多。旧馆内那些已经积累了不少锻炼经验的人，会陆续一个个地转移到新馆去。不过由于我身体还算硬朗，受到了特殊优待，从一开始就住进了新馆。从道场正门进入，右手第一个门，叫“樱花间”的就是我的房间。此外，还有“新绿间”“白鸟间”“向日葵间”等等这些病房，都有让人害羞的漂亮名字。

“樱花间”是个西式房间，有十个榻榻米大，稍稍呈长方形。里面有四张结实的木床，床头朝南。我的床在房间最里边，床头的大玻璃窗下，是十坪大小的“少女池”（这个名字实在不怎么样），池水清亮澄澈，可以清楚看到里面有鲫鱼、金鱼游来游去。我对于床的位置没有丝毫不满，可能是最好的位置了吧。木制的床很大，虽没有安装简陋的弹簧，却也格外牢靠。两侧的抽屉、搁板很多，身边的日常用品全放在里面，还有空余的抽屉。

再介绍一下同室的先辈吧。我的邻床是大月松右卫门君。他人如其名，毫无猥琐卑下之感，是位颇有涵养的大叔。据说是东京的一位报社记者。妻子早亡，与一个已成年还未婚配的女儿一起生活。女儿战时为了躲避轰炸，离开东京在健康道场附近的山村疏散，时时来看望寂寞的父亲。这位父亲少言寡语，不过，别看平时不怎么吭气，在突如其来的场合又会变得惊人的果断。他人格高洁，颇带一点仙风道骨，不过还有待进一步观察。他胡须乌黑，很是气派，只是近视得厉害，眼镜后面的小小的红眼睛有些无精打采。他鼻子似乎老在冒汗，不断地拿毛巾去擦，结果弄得鼻头就像在滴血一般通红。不过，他在闭眼冥想时，还是很有威严。说不定真的是令人意想不到的大人物呢。他绰号是“越后狮子”[①]，其由来我无从知晓，但觉得很贴切。松右卫门君对自己这个绰号也不会觉得讨厌吧。有人说，是他给自己起了这么个绰号，不过真相究竟如何不得而知。

---

①越后狮子是起源于日本新潟县（在古代日本是越后郡）的一种日本民间狮子舞。

2

他的邻床是木下清七君，一位泥瓦匠。他二十八岁了，仍然是独身，乃健康道场第一等美男子也。肤色白皙，鼻梁高挺，眉清目秀，确实是个好男子。可惜走路时喜欢脚尖着地，屁股微微扭来扭去的，实在不够雅观，要是他能将这种步态改改就完美了。怎么会这么着走路呢？可能觉得这么着更有节奏感吧。真是难以理解。他会唱很多流行歌，但最拿手的还是“都都逸”俗曲。我听他唱过五六次了。松右卫门会闭着眼默默聆听，可是我却无法心平气和地欣赏。什么“攒钱高过富士山，每天只花五十钱”这类荒唐无聊的歌词，听了让人只能缄口不言。除了这个，他还会唱一些牢骚满腹的都都逸，也好不到哪里去。里面会有些戏词，什么“哥哥啊，妹妹啊”之类的，实在难以卒听。还好，他每次最多唱两支曲子。照他自己的意思，似乎很想多唱几支，不过松右卫门不允许。每当他唱完两首曲子，越后狮子就睁开眼，说：行了，就到这里吧。有时会再加一句：唱太多对身体不好。也不清楚他的意思是说对唱的人不好呢，还是对听的人不好呢？

但清七君绝非坏人。他好像挺喜欢俳句的。到了晚上，在睡前总要向松右卫门披露各种近作，征求其感想。可惜越后狮子不置可否，清七难免有些沮丧，只好赶快睡了，那时也真是可怜兮兮的。看样子清七对越后狮子很是尊敬。这个纯朴的人，人送绰号“活惚舞”[①]。

紧挨着他的是西胁一夫君，好像邮局局长之类的工作。他是这里我最喜欢的人。有个温柔恬静、娇小玲珑的妻子，时时来看望。来了以后两个人就在那里说悄悄话，真是一幅甜蜜动人的画面。每逢此刻，活惚舞与越后狮子都尽量不看他那边，这种善解人意也算是用心良苦。西胁一夫的绰号是“笔头菜”，可能是因为个子高吧。他不算

①活惚舞是随着民俗民谣俗曲滑稽起舞的民俗舞蹈。

是美男子，但气质文雅，有种书卷气，腼腆的微笑很有魅力。我有时候想，要是这个人跟我邻床就好了。不过到了深夜，他会发出一种奇怪的呻吟，看来我们还是不做邻床才好。同室的先辈大体介绍完毕，再说一下本道场特殊的疗养生活吧，先看一下我们每天的作息时间表：

六点	起床
七点	早饭
八点至八点半	屈伸锻炼
八点半至九点半	摩擦
九点半至十点	屈伸锻炼
十点	场长巡视（周日仅指导员巡视）
十点半至十一点半	摩擦
十二点	午饭
一点至两点	讲演（周日是慰问广播）
两点至两点半	屈伸锻炼
两点半至三点半	摩擦
三点半至四点	屈伸锻炼
四点至四点半	自然
四点半至五点半	摩擦
六点	晚饭
七点至七点半	屈伸锻炼
七点半至八点半	摩擦
八点半	报告
九点	就寝

3

之前也说明过，战时被烧毁的医院有很多，哪怕没有遭难，也面临物资紧缺、人手不足的问题，因此关门的医院实在不少。大批需要长期住院的结核病人，特别是像我这种不怎么富裕的患者，就很难找到容身之地了。幸运的是，这里基本没有遭受敌机空袭，地方上有实力的慈善人士也多次出力，又得到政府赞助，在山腰的原县立疗养所基础上，又另行扩建，如今又聘请了田岛博士主持工作，于是兴建了这所不依靠医药物资的独立的结核疗养院。你大致看一下作息时间表就可以了解这里与在普通疗养所生活的不同之处，可以看得出这里试图舍弃医院、患者这些观念。

在这里院长称作“场长”，副院长及以下医生称作“指导员”，护士呢，叫“助手”，我们这些患者则叫“私塾生”。这些全都是田岛场长倡导的。他自从受聘来此，内部机构便焕然一新，对患者实施了独特的疗法，效果显著，广为医学界所瞩目。田岛场长已完全秃顶，看起来有五十岁，其实只是三十岁的独身人士。他身材瘦长，略微驼背，不苟言笑。秃顶的人大都五官端正，田岛君也是如此，他脸蛋白净，外貌典雅，只是也有秃顶人特有的狸猫一般的阴性，让人难以亲近，望而生畏。每天上午这位场长会连同指导员和助手在场内巡视，那时整个道场鸦雀无声。私塾生都对场长敬之若神，不过也在背地里给他起绰号，叫他“平清盛”。[①]

本道场的日课我再详加说明一下吧。所谓屈伸锻炼，简而言之，就是手、脚和腹肌运动。若一一仔细描述，难免让你觉得厌烦，所以我只大略说一下要点。在床上仰卧，成大字躺着，先是手指、手腕依次活动，然后是收腹，再鼓起腹部，这需要艰苦的练习，也是屈伸锻

---

①日本平安时期权势显赫的重臣，为人骄横不可一世。

炼的重中之重。接下来是脚的运动，让腿部肌肉伸展放松。这样一轮锻炼就基本上结束了，再回到手的运动。在三十分钟的时限内，不停地反复。就如前面列的作息时间表，上午两次，下午三次，每天都要锻炼，一点都不轻松。此前的医学常识都认为，结核患者大量运动是很危险的事，这也是战时因物资紧缺而产生的新疗法。而在本道场里，似乎越是热心做此项运动的人，康复得也越快。

再写写摩擦活动的事吧。这也是本道场的特色疗法，是由那些活泼的助手来实施的。

4

摩擦身体用的刷子，比理发时用的硬毛刷也就稍微软一点，因此最初皮肤接触到会很痛，各处会因不适应而长一些小疙瘩。不过，一般而言过了一周时间就习惯了。

一到摩擦的时间，之前讲的那些活力充沛的助手就各自分工，依次将全部私塾生摩擦一遍。她们用一个小金属盆，里面叠放着浸水的毛巾，刷子在毛巾上按一下，沾了水，接着就在我们身上沙沙地摩擦。原则上全身都需要摩擦。不过刚刚来到道场的患者仅仅摩擦手和脚，之后就改为全身摩擦。习惯以后很令人愉悦。特别是摩擦背部的感觉简直妙不可言。在这方面有的助手很灵巧，有的很笨拙。

不过，助手们的事，等以后再写吧。

道场的生活，可以说大体上都是在屈伸锻炼与摩擦中度过的。战争结束后，物资紧缺的状况还没有改善，暂且相应地用这些来表示抗病的决心，也不算坏事吧。此外，还有下午一点的讲演，四点的自然，八点半的报告。所谓讲演，是场长、指导员还有来道场视察的各界名人，轮流用麦克风讲话，通过安在室外走廊里的扩音机传到我们各自的房间，我们坐在床上默默聆听。

战时因电力不足，有段时间不得不暂停了这项活动。停战后电力状况略略有所缓和，就又立即恢复了这项活动。场长最近连续讲的是日本科学发展史的主题。他讲得很高明，以淡淡的语调，平易、明白、实在地将先人的苦劳加以解说。昨天，是围绕杉田玄白《兰学事始》①来讲的。玄白他们一开始翻看西洋书，对如何研究、如何翻译一概感觉无从下手，“就如同坐着一艘没有橹、没有舵的船出海，在一片汪洋中无所凭依，只是一片茫然。”这些话说得实在是好。玄白等人的苦心，我在中学听历史老师木山冈茂先生也讲过。不过，当时冈茂先生只讲了类似玄白“并不是如大家所见的麻子脸”之类的无聊琐事，此时听场长讲的感觉与那时截然不同。因此，这位场长的讲话我很喜欢。

周日没有讲话，而是放唱片。我对音乐不是特别爱好，但一周听一次，感觉也不错。放唱片的间歇，也会放助手自己唱的歌曲。这个对我而言，与其说听着很开心，不如说有些焦躁不安、难以平静。不过其他的私塾生最欢迎的就是这个环节了。尤其是清七，眯着眼听得很是陶醉。我想，他应该特别期待自己唱的那些牢骚满腹的“都都逸”也能给大家播放一下吧。

---

①杉田玄白（1733—1817），日本最早开始学习荷兰医学的医生之一。晚年开始执笔书写《兰学事始》，后经福泽谕吉之手出版公开。据玄白的回想录《兰学事始》记载，明和八年（1771），中川淳庵带着从荷兰商馆借来的荷兰医学书《解体新书》去拜访玄白，玄白虽看不懂荷兰语，但是却被图版的精密解剖图深深震惊。玄白偶然和从长崎归来的持有同一本医学书的前野良沢、中川淳庵一起见习了小冢原刑场（东京都荒川区南千住）死刑犯的解剖过程，不禁感叹解剖图的正确性，于是三人合作将这本医书翻译成日文，安永三年（1774）日文版《解体新书》出版。

5

下午四点所谓的自然，其实就是保持安静。在这个时间，我们的体温会升到最高点，身体倦乏，情绪焦躁，很是烦闷，于是院方认为不如让大家随心所欲做点什么，就给了三十分钟的自由时间。不过大部分的私塾生都是用这个时间静卧而已。顺便说一下，在道场里，除去夜间睡眠时间以外，床上是绝对不允许盖被子的。在白天，毛毯也好，别的也好，都不许盖，只能穿着睡衣就那么在床上躺着，习惯以后觉得也挺舒适的，有种异乎寻常的清洁感。

晚上八点半的报告，也是用走廊里的扩音机，由当值的事务员以令人担心的紧张语调报道世界形势及各类新闻。

道场里非但禁止读书，甚至连看报纸也不允许。我想，可能沉溺于读书也会对健康不利吧。不过，在这里的时间，能从各种滚滚而来的思潮当中解脱出来，只确信新的起航这件事，单纯地活着，不算是坏事。

只是写信的时间很少，这一点不太方便。通常在饭后就得赶快拿出信笺来写，因为有很多想写的事，这封信也足足写了两天。当然，渐渐习惯了道场的生活以后，也已越来越擅长利用短暂空闲来写信。现在我对任何事，都变得乐观了。忧虑的种子一概都没有了，一切都不会记挂在心。顺便介绍一下，我在本道场的绰号叫“云雀”，一个挺没劲儿的绰号。只因为我的姓名“小柴利助”与“小云雀”发音相似，就这么叫开了。实在算不上什么荣耀。刚开始还觉得有些讨厌，很是丢脸难以接受，但最近我对什么事都宽大为怀，别人叫我云雀，我会爽快地答应。看到了吧？我不再是以前的小柴了，现在已经是这健康道场的一只云雀了。“啁啁啾啾”地在空中啼鸣，“叽叽喳喳”地在枝头喧闹。你在读我的信的时候，也希望抱着这样的态度来读吧。可不要皱起眉头说我是轻薄之徒哦。

“云雀！”刚刚就在窗外，一个助手向我尖声呼叫。

“什么事啊？”我平静地回答。

“在做事吗？”

“是啊。”

“努力啊！”

“好！”

这样的问答你能听懂是怎么回事吗？这是本道场打招呼的方式。按照规定，助手与私塾生在走廊里擦肩而过时，一定要打招呼。这个习惯何时开始的呢，我不清楚，但绝不是岛田场长规定的，肯定是助手们的提议。她们都很活泼开朗，像男孩子一样难以对付，这是这里的护士共有的气质。给场长、指导员、私塾生和事务员，所有人无一例外都送上辛辣的绰号，好像就是这些助手们干的好事。因此说她们实在不容小觑。对她们还需要进一步观察，下一封信我会详细报告。

对本道场的概述如上。再会了。

九月三日

金蛉子

1

拜启。一到九月，天气果然不同以往。风就像从湖面上吹来，分外凉爽。虫音也明显比之前更高亢了。我不是像你一样的诗人，到了秋日会有特别的悲愁。昨晚，一个年轻助手在窗下的池边站着，见了我笑着说：“告诉笔头菜，金蛉子在叫呐。”

听了这话，就觉得这里的人也都被秋日的气氛渗透了，这令我有些忧郁。听说这位助手对与我同室的西胁“笔头菜”，表示过好意。

“笔头菜刚才去办公室了。”

听了这个回答，她马上变得不高兴起来，言语态度也变得简慢了。

“这样啊。他不在也没啥。云雀讨厌金蛉子吗？”

这奇怪的回应实在让我无法理解，一时茫然不知所措。

这个年轻的助手身上，让人莫名其妙的地方还有很多。因为这个，很早之前，她就是我最关注的一个人。她的绰号叫“正仔”。

顺便介绍一下其他助手的绰号吧。之前的信里，我说过这些助手不容小觑，她们会单方面给男士起辛辣的绰号。不过，私塾生这边也不甘落后，给所有助手都起了绰号，可谓半斤八两吧。尽管如此，私塾生给她们起的绰号，很少有辛辣的。刚才提到的那位由于叫三浦正子，就叫她“正仔”[①]。竹中静子就叫“竹君”，是最没有创意的一个绰号。这些都是极为普通的叫法。此外，戴眼镜的助手，本想叫她“凸眼金鱼”，但怕她介意，就只叫“金鱼”。有一位长得很瘦，所以叫“润目鰛”；另一位脸上表情老是郁郁寡欢，就叫“灰茶”。这一些都比较委婉客气，尽量照顾了对方的感受。有位助手长得本来就不好看，还喜欢烫头发，眼皮涂了红色眼影，化奇怪的浓妆，我们就叫她“孔雀”。我们是为了捉弄她才这么叫，可是她本人对“孔雀”这个绰号居然颇为得意，自信增强了，好像是在说：对啊，我就是孔雀。这样一来，丝毫没有起到讽刺的效力。要是按我说，就该叫她“仙女”，她总不会觉得“对啊，我就是仙女”吧。别的绰号还有：驯鹿，蟋蟀，侦探，洋葱等等，很多很多，都了无新意。唯有一个叫“霍乱”的，我觉得很巧妙。她脸盘很大，满脸闪着红光，让人联想到红鬼的脸，但为了避免冒犯到她，就根据“霍乱自鬼来”的成语，

①原文是マア坊，マア根据“正”的读音而来，日语原文的“坊”字，有男孩儿的意思，故译作“仔”。

而叫她“霍乱”，实在高明。

“霍乱！”

“什么事啊？”她满不在乎地回应。

“努力啊。”

“好的！”她爽快地回答。谁也不愿让霍乱催着努力，因此都抢先跟她打招呼。不单单是她，这里的助手，尽管偶有粗暴之处，但总而言之都是心地善良的好人。

2

竹中静子是助手中最受欢迎的一个。竹君实在算不上什么美女。身高大概是五尺二寸，胸部丰满，肤色微黑。要么二十五，要么二十六岁，反正在助手中是年龄较大的。她的笑容很有特色，也许是受欢迎的主因。她眼睛很大，但一笑起来，就眼角上挑，眯成一条线。牙齿很白，给人感觉很清爽。因为身材高大，白色的护士服在她身上看起来特别相称。她受欢迎的另外一个原因是她很能干，机灵敏捷，善解人意，做什么都干净麻利，没什么废话。“真是日本第一的贤妻良母”，活惚舞这么称赞她。摩擦时，别的助手都爱与私塾生闲聊，互相教学流行歌，这说得好呢，是和和气气、打成一片，说得不好呢，就是磨磨蹭蹭、敷衍了事。只有这位竹君，哪怕私塾生主动与其攀谈，也只是微笑着点头，只是专注于以灵巧的手法摩擦。摩擦时的力道不轻不重、刚到好处，最为周到细致。她总是微笑着，沉默着，从不发牢骚，与别的助手相比，有鹤立鸡群之感，大概正是这种孤独、疏离的气质，在私塾生看来特别有魅力。总之就是超受欢迎。据越后狮子说，“那孩子的母亲肯定非常能干。”或许吧。竹君是大阪人，说话时带着关西口音。这也是吸引他们的特点之一。至于我呢，从很久以前，见了身材气派的女子，只会想起加吉鱼，不由得发出苦笑，此外别无兴趣。比起有这般气质的女子，我更喜欢可爱的女子。“正仔”就是个可爱的女孩。我对这个有很多莫名其妙之处的“正仔”最感兴趣。

正仔十八岁。据说从东京府立女校中途退学，马上就来到了这里。她有张白皙的圆脸，长睫毛，双眼皮，大眼睛，眼角稍稍有点耷拉。她总是双眼圆睁，似乎为了什么吃了一惊似的。因为这个额头会显出皱纹，本来就窄的额头显得更窄了。她一笑起来就不可收拾，闪耀着金牙。而且不管别人说什么，她总喜欢伸长脖子凑过去，急不可耐地狂笑起来。笑的时候花枝乱颤，身体向前弯着，轻轻捶着肚子。她圆圆的鼻子高高隆起，薄薄的下唇比起上唇稍稍突起。不是美女，但很可爱。对工作好像不太用心，摩擦手法也比较笨拙，但因为可爱，人气不在竹君之下。

3

看了前面的话，你会不会觉得男人特别可笑。对于不喜欢的女子，会刻薄地用“霍乱”“灰茶”这样的绰号来贬损，但对自己喜欢的女子，却什么绰号都想不出，只是用“竹君”“正仔”这种极为普通的名号来称呼。

唉唉，今天真是荒唐，全都是在讲女人。也不知为何，别的话题都不太想谈。昨天，正仔说，“告诉笔头菜，金蛉子在叫呐。”这可爱的话让我陶醉，到现在还没有完全从中醒过来。正仔虽然总是那样地狂笑着，可她兴许比别人更常常感到寂寞呢。不是有个说法，爱笑的人也爱哭吗？唉，一说到正仔，我的调子就有些怪了。正仔对于西胁君，好像表示过好感，这让我有点泛酸。

现在这封信是在我匆忙吃过午饭后抓紧写的，这时隔壁的“白鸟间”正传来私塾生的笑声，正仔尖细夸张的笑声也在其中清晰可闻。

是为了什么这么吵闹呢？真不像话。都是些白痴吗？唉，我今天的调子怎么这么怪呢？虽然有很多想写的事，却为隔壁的笑声所困扰，实在无法继续写下去。还是休息吧。

隔壁的喧哗终于平息了。再稍微写一点。总觉得正仔实在是难以捉摸。不，还是不要特别执念于她才好。十七八岁的女孩子大概都是这样。好也罢，坏也罢，其性格还不能完全看得出来。与她相遇，也就像杉田玄白最初翻看西洋书的状态，“就如同坐着一艘没有橹、没有舵的船出海，在一片汪洋中无所凭依，只是一片茫然”，这么说有点夸张，不过多少也是事实。真是恼人，我这次又为她的笑声而中断了写信，把笔一扔就躺下了，可怎么都静不下心来，觉得难以忍受，就向旁边躺着的松右卫门诉苦：

“正仔可真是吵啊。”我噘着嘴这么说。松右卫门在邻床泰然自若地盘腿坐着剔牙，嗯了一声，点点头，又用毛巾擦了擦鼻子上的汗。

“是她妈不行。”

他把原因都归结在妈身上。

正仔可能是被坏心肠的继母养大的孩子吧。吵闹起来没心没肺的，可是不经意间又有一种落寞之感。我今天像是对正仔特别喜欢上了。

“告诉笔头菜，金蛉子在叫呐。”

似乎从这句话开始，我就变得心情怪起来。只是个无聊的女孩子啊。

九月七日

死生

1

昨天的信有些怪，抱歉。可能是季节转换的原因，一切都换了新颜，我也用新的眼光看去，觉得可爱的就不由得越看越喜欢，结果难免有些庸人自扰之。实际上，并没有那么喜爱，都是初秋的季节所致。最近，我也似乎完全像一只啁啁啾啾、叽叽喳喳的云雀了，冒冒失失，吵吵闹闹的。

不过，我再也没感觉到那种强烈的自我厌恶与噬脐莫及的悔恨。一开始，对那种自我厌恶的消失，觉得有些不可思议。但现在并不觉得奇怪了。我不是已经成为完全不一样的人了吗？不再感觉到悔恨和厌恶自己，真是莫大的欣喜，值得庆幸。有种成为新人的爽快的自豪。就这样吧，在这道场的六个月里，我要向那些了无牵挂的人学习，素朴单纯地活着，如云雀鸣啭，清水畅流，透明、轻快地活着！

上封信，对正仔一味傻乎乎地褒扬，现在想收回一下。昨天发生了有点奇妙的事件，再向你报告一下。正好也补充一下上封信没有说清楚的地方。鸣啭的云雀，畅流的清水，请不要取笑我的冒失吧。

早上的摩擦是正仔为我做的，这是好久没有的事儿了。正仔手法笨拙，还有点敷衍。也许对笔头菜会更细心一点，但对我总是随便而冷淡，把我当作路边的石头一般。就这个样子，没有办法。可对我来说，正仔可不是路边的石头，她为我擦背时，我总是禁不住变得呼吸困难，全身僵硬，也不敢轻松地开玩笑。别说开玩笑，声音都堵在喉咙里，根本说不出一句完整的话。结果呢，只能绷着脸一语不发。正仔好像也感觉到了，单单给我摩擦时，一句话都不说。这天早上就是这种拘谨的状况，让人难以忍受。特别是在说过那句“金蛉子在叫呐”的话之后，我一见到她就马上觉得紧张，而且还在给你的信中写了好多喜欢她的话，总而言之，就是浑身不自在。正仔正在给我擦着背，忽然小声说了句，“云雀是最好的了。”

这话听了我并不开心。这种假惺惺的奉承只是客套而已，是正仔敷衍我的证据。真觉得我是最好的，就不会那么满不在乎、直截了当地说出来。对这当中的微妙差别，我还是懂得的。因此我没有应声。

“我最近有烦恼的事儿。”她又小声说。

我吃了一惊，怎么忽然讲不相宜的话呢，有些厌烦。

比起“金蛉子在叫呐”，刚才这句话的给我的感觉截然相反，乃至让我怀疑她是不是低能儿。以前就觉得她那种狂笑很傻，现在看来是真的。我这么想着，心情轻松了些。

“什么样的烦恼呢？”我故意用捉弄的口气问。

2

她没有回答，只是轻轻擦了下鼻子。我用余光偷偷瞄了一眼，哎呀，她竟然哭了，我呆住了。不是说爱笑的人也爱哭吗？我昨天写给你的信里刚提了这一句，这也太巧了吧，随便瞎说了一句，这么轻易就在眼前实现了。看到这里，我反而有些腻烦，觉得很傻。

“是因为笔头菜要转院吗？”我用轻松嘲讽的口气问。我确实听过这样的传闻。由于家里人的状况，笔头菜不得不转移到北海道故乡那边的医院去了。

“别开这种玩笑了。”

她一下站起来，摩擦还没有做完，端着金属盆就急乎乎出了房间。望着她的背影，我的心怦怦直跳，想，要不要道歉呢，难道是为我的事而烦恼吗？可是，我再怎么自视甚高，也觉得这不可能。那么开朗的正仔，在一个男子面前意味深长地哭泣，然后又愤而起身离开，估计有重大的事发生吧。或许，或许，我不管怎么克制自己的想法，还是难免有些自负的情绪冒出来，刚才的轻蔑感早已随风而去。我躺在床上，挥动双手，几乎要哇地叫出来，正仔太可怜了，我想。

可是，什么事都没有发生。正仔流泪的原因很快就真相大白了。给邻床的越后狮子摩擦的金鱼若无其事地告诉我：

“正仔被训斥了。昨晚因为吵得昏天黑地，竹君说她了。”

竹君是助手组长，是有权力训斥她们的。这下就全明白了。唉，和我什么关系都没有！清清楚楚，明明白白。人家是因为组长训斥她而烦恼。真丢人啊，感觉金鱼、越后狮子，她们都看破了我那可怜的自负，在心里怜悯地讥笑我了。我这个新人啊，只好哑口不言了，什么都明明白白的，我打算在心里彻底放弃正仔了。既然要做一个新人，就该当机立断，不要瞻前顾后、拖泥带水的。从此就将她完全置之度外，不再去想了。她就是一只猫。一个无聊的女子。哈哈哈哈，我现在真想大笑一场呢。

午间竹君送来了饭菜。平时她总是很快就回去，这天，她把饭放到床边的小桌以后，却又踮起脚向窗外眺望了一番，走了两三步来到床边，背向我默默站着。像是在看院子里的池水。我在床上坐着，马上开始用餐了。

新人不会挑剔饭菜的好坏。今天的午餐是沙丁鱼串和煮南瓜。我从头开始吃沙丁鱼，细细咀嚼着，务求吸收全部营养。

“云雀，”竹君叫了我一下，几乎没有声音，如呼吸一般的喃喃自语。我抬起头，见竹君像平常一样背着两手倚窗而立。她转向我这边，又以她那特有的微笑，如呼吸一般的低语道：“正仔刚才哭了？”

3

“嗯，”我不动声色地回答，“她说她有些烦恼。”我要细嚼慢咽，生成新的血液。

“好讨厌啊。”竹君小声说，皱起了眉头。

“我也不知道是什么烦恼。”我已经是个新人了，要爽快利落些，对女人之间的纠纷不感兴趣。

“我是有点担心……”她笑了一下，脸红了。

这让我有点慌神了。没有咀嚼就囫囵吞了下去。

“再多吃一点吧，”她很快地低声说了一句，就从我面前过去，出了房间。

我努了努嘴。这怎么回事，也太大大咧咧了。不知怎么，那时我感到很不满。她不是组长吗？训完人了，又要担心干嘛？这让我觉得很不痛快。竹君也该再稳重些才好。可是，盛饭到第三碗的时候，我也不禁脸红了。这次桶里的饭多得不靠谱了。平常是浅浅的三碗，就正好没有了。今天盛了三碗饭，桶里还剩了满满一碗。这真让人受不了。对这种体贴的表示，我不喜欢。吃不了，就感觉不到美味。而索然无味的饭菜就不会成为血肉的一部分。既然转化不成营养，那就是白瞎了。用越后狮子的话讲，“竹君的母亲，肯定是个很旧式的女人。”

我就像平常一样只吃了浅浅的三碗饭，多出来的那碗饭还留在桶里。不久，竹君就若无其事地回来收拾餐具了，我故作轻松地说：

“剩下饭了。”

竹君一眼也没看我，只掀开盖子，看了眼里面。

“好讨厌啊。”她用我几乎听不到的声音说了句，就拿起餐具平静地出了房间。

竹君的“讨厌”已经成为口头禅，没有什么特殊的含义，不过，被她这么一说，我感觉很不舒服；说得严重一点，是非常讨厌。要是在以前，我可能会狠狠地顶回去。我哪里讨厌了？讨厌的不是你吗？以前的女佣，喜欢偷偷把饭菜塞给自己喜欢的学徒，这是一种愚蠢的、让人反感的爱意表示。真可怜啊，好无聊。不要这么瞧不起人吧。我有我新人的骄傲。哪怕饭不够吃，我也会以豁达的心情细嚼慢咽吃下去，以求得到最充分的营养。本来以为竹君是稳重的人，但女人毕竟是女人啊。正因为平常能灵巧地处理各种事情，现在做出这种蠢事，就显得更加显眼，让人觉得不体面。遗憾啊。要是换做正仔，哪怕做了很失败的事，也只会显得很可爱，楚楚可怜。看来，优秀的女性犯了错更让人难以接受。以上都是午饭后利用休息时间所写。写到这里突然走廊的扩音机发出通知：让新馆的全部私塾生立即到新馆的阳台集合。

4

整理好信纸，我跟大家去了二楼阳台，这才知道旧馆一名叫鸣泽伊都子的年轻女私塾生昨天深夜死去了。大家目送她的沉默的退场。新馆的男生十三名，还有新馆别馆的女生六名，都神色紧张地站在阳台排成四列等待出殡。不久，用白布包裹的鸣泽的棺木，沐浴着美丽的秋阳，在亲人的守护下，从旧馆出来了。接着他们上了松林中的羊肠小道，缓缓下去，去往县道柏油路。一位中年女子，好像是鸣泽母亲，一边走一边用手帕擦着眼泪。身穿白衣的指导员与助手一同低着头跟在后面，送他们直到中途才返回来。

这是一件好事。死把人变得完整了。人活着是一种未完成状态。虫子，小鸟，它们生机勃勃地活动于天地间，可以称得上完美，但一死只不过是尸骸而已。它们无所谓完成或未完成，只是回归虚无而已。与之相比，人恰恰相反，只有在死时才完全成为一个人，才最像人。这是一个可以成立的悖论。鸣泽君与疾病战斗而死，以圣洁的美丽白布包裹，在松林间下了斜坡，渐行渐远，直至消失不见，这是她在主张自己年轻的灵魂，是最为严肃、最为明确、最为雄辩的主张。

我们绝不会忘记鸣泽君的。我虔诚地向着白布合掌祈祷。

但是，请千万不要误解。我说死是一件好事，并不是说要轻视或草率对待人的生命，也不是要像那种没有朝气的感伤主义者，为死亡唱赞美诗。我们与死亡只隔着一层纸，早已不惧死亡。切莫忘记这一点。看了我之前的信，你可能轻率地下结论，觉得在这个全日本都在悲愤、反省、忧郁的时期，只有我周围的气氛，悠闲而又明朗，然而，我不是呆子，从早到晚没心没肺地咧着嘴傻乐。这再明白不过。每晚八点半的报告时间，我们会听到各种各样的新闻，我也有过默默不语、盖着毛毯躺着辗转反侧无法入眠的夜晚。但我不想把这些显而易见的事说给你听。

我们是结核患者，也许今晚就会有突然咯血，像鸣泽伊都子一样死去的人。我们的笑容，源自潘多拉盒子里那一角的石子上的光芒。对于这些与死为邻、向死而生的人，比起死生问题，一朵花的微笑更能渗入我们的心。我们现在可以说是被花的幽香所吸引，乘上一艘未知的大船，沿着上天注定的航路前进。这天意之船，会抵达什么样的岛屿，我不知道。然而，我们都必须信赖这次出航。我甚至觉得，生也好，死也好，这不是决定人的幸与不幸的关键所在。死者归于完整，生者在大船的甲板上站立，合掌祈祷。船顺利地离岸起航了。

“死是一件好事。”

这话说得，像是出自一个久经风雨、从容自如的熟练的水手之口。

新的人，对死生毫无感伤。

九月八日

正仔

1

我可是满怀思念拜读了你的回信。我说的“死是一件好事”，是一句容易招人误解的危险的话，不过，看来你并没有误解，似乎正确体会到了我的感受。我对此很是欣喜。看来，还是要考虑一下时代的影响。这种对于死亡的平静心情，对于上一个时代的人来说，是无论如何都不能理解的吧？你信里说：“现在的青年，不管是谁，都可以说是以死为邻了。不仅仅是结核病人，我们的生命都可以说已经奉献出去，不再是我们自己的了。因此，我们会毫不犹豫、轻松地寄身于所谓天意之船。这是新时代的新的勇气的形式。船板之下，即是地狱，自古以来皆然。可奇怪的是，我们并不这么觉得。”这番话，对我也颇受教益。对你最初给我的信，我曾乱发一通议论，说是老气横秋之类的，现在郑重向你道歉。

我绝非是不爱惜生命，然而，也不愿沉溺于对死生的感伤。其证据之一，就是当对着鸣泽伊都子白布包裹的美得发亮的棺木，目送她的时候，我已经将正仔、竹君等人的事忘得一干二净，只有像秋空一样高远、澄澈的心境。躺在床上时，听到走廊里私塾生与助手仍如往常一样打招呼：

“在做事吗？”

“是的。”

“努力啊。”

“好！”

现在听到这样的一问一答，不再觉得像往常一样半心半意带着开玩笑的口气，而是体会到了其中严肃认真的情谊。那坦诚、紧张地应答的私塾生，也感觉很健康。他们这时用了稍稍做作、沉重的语气说话，让整个道场都有了一种神圣感。我相信，面对死，人的心情是不会萎缩的。

旧时代的人只会把这种心情当作幼稚的逞强或是绝望后的自暴自弃。唉，能够同时明了旧时代和新时代感情的人真是凤毛麟角。我们把生命看得像鸿毛一样轻，但这并非我们不爱惜生命，而是把生命看作轻的鸿毛一样来爱，让它随风飘散、远走高飞。现今那些成年人都在大谈特谈爱国思想、战争责任这些老生常谈的话题，我们会撇下这些人，敬而远之，在其大肆议论时扬帆出海。新日本的特征，在这里也能感受得到。

没想到由鸣泽伊都子之死，我竟然发展出这么一套“理论”来。对不管什么“理论”，我都不擅长。既然是新人，就还是默默寄身于新造的大船上吧。还是报告一下这不可思议的明亮的船上生活吧，这对我来说更为轻松。还是再说说女性的话题。

2

你在信里，不是为竹君荒谬地辩护吗？其实，你果然喜欢她的话，可以直接写信给她讲讲的。不，还不如来道场见见面。有空的时候，可以用看我作借口，见见竹君也是好的。一旦见了，恐怕你的幻想就破灭了。当然，她是位出色的女子。腕力说不定比你还强。信里你还说，正仔哭的事一点问题都没有，而竹君说的那句“我有点担心”才是大事件。对此我也仔细考虑了一下。正仔来到我这里，说是有烦恼，说了之后就哭了，然后竹君说“有点担心”，我还没有自恋到认为这句话是竹君对我有好感的地步。竹君身材高大，没有什么性的魅力。平常总是忙于工作，对于别的事，基本不会加以考虑。由于是助手组长，责任重大，一天到晚工作都很紧张，而前天晚上刚好斥责了正仔，听到别的助手说正仔很委屈、沮丧，就反省自己的批评是不是太激烈了，为此而很苦恼，才说“有点担心”。这种场合下，这样理解才算是通情达理吧，也是最周全的解释吧？这是肯定的。女人只会从自身立场出发考虑问题。我是新人，对于女性不会心存幻想，也不会刻意去做讨她们喜欢的事。这样才算是干脆利落的新人。

竹君这句“有点担心”，本是因为训斥正仔而发，可突然这么一说，她忽而意识到这句话有意想不到的弦外之音，以至于有点茫然失措，从而脸红。除此之外，没有别的什么意思。解释起来，实在无聊琐细。而且，那天正仔在我这里哭泣的事也好，竹君说“有点担心”的事也好，还有多给了一碗饭的事也好，所有这些异常状况，要想解释明白，有个重大事实不可忽略，那就是鸣泽之死。鸣泽是前一天夜里死的，正仔因为太闹腾被斥责估计也与这个有关。助手们与鸣泽君都是同样的年轻女性，都同样容易冲动。另外，女性还受一些陈腐的情绪的影响，这种情况下会感到寂寞与困惑，通过多给一碗饭来释放这种情绪，是自然的。总之，那天大家的情绪都有点怪，这是与鸣泽之死紧密相关的。正仔，竹君对我其实并无特别的好感，这是我现在的想法。并不是玩笑。

怎么样，现在你明白了吧？尽管如此，还是喜欢竹君的话，就来道场看一下真人吧。我觉得比起竹君，正仔更时常给我新的感觉。我这么说，是因为你似乎很讨厌正仔。正仔仍是有好多优点的，需要重新考虑一下。前天的时候，正仔就让我看到了她性格温柔的一面。我在转瞬之间又对她产生了新的看法。今天就讲一讲这个事吧。你肯定也会喜欢上正仔的。

3

前天，同室的西胁笔头菜君，因为家事要离开道场了，那天正好是正仔的休息日，因此约定了送笔头菜到E市。在这前一天，好多私塾生跟正仔开玩笑，要她一定给他们带礼物，正仔很爽快地答应了，说，“好的，包在我身上。”于是，就在前天早上，她穿着久留米产的蓝色碎白花纹工装裤兴冲冲地跟在笔头菜后面出发了。然后在大约下午三点，我们刚开始做屈伸锻炼，正仔笑嘻嘻地回来了，丝毫也不像与爱慕之人分别的样子。她在各个房间转了一遍，分发了自己买的礼物。

如今由于到处都人手不足，哪怕家里比较富裕，也要出来工作。正仔可能就是这种情况。工作带着半玩乐的性质。因为手头宽裕，一向非常大方。这也是在私塾生中受欢迎的原因之一吧。这次的礼物也格外奢侈。每个人都有的礼物，是一寸宽二寸长的小镜子，背面是女演员的照片。不知她是在哪里、在什么情况下买的。以前这样的东西在蛋糕店可以作为赠品拿到，但现在这种东西即便是买也不便宜。或许是在哪里的蛋糕店或是玩具店找到的存货吧。一下子就买了几十枚，还真是正仔的风格。私塾生似乎都很喜欢背面的演员照片，很是骚动了一阵。活惚舞也收到一枚。至于我，一则不喜欢女人送我东西，一开始也没有跟她强要，二则，跟大家收到同样的一枚小镜子，我觉得简直无聊透顶。

正仔来到我们房间，给了活惚舞小镜子，问：

“活惚舞，你认识这个女演员吗？”

“不认识，看上去是个美女。很像正仔嘛。”

“讨厌。这不是达尼埃尔·达里约[①]吗？”

“是谁？是美国人吗？”

---

①达尼埃尔·达里约（Danielle Darrieux，1917–2017），法国女演员、歌手。1931年从影以来共演出110部电影，见证整个电影的发展史，也是法国影史伟大影星之一。

“不，是法国人。前一阵子在东京可红呢。你不知道？”

“不知道。法国也好，别的也好，这个还是还给你，给我换个有日本女演员照片的小镜子吧，我对洋人不大感兴趣。这个就给那边的云雀好了。”

“你真贪心啊，这是特别给你的。不想给云雀，他心眼很坏，讨厌。”

“怎么了，那就放这里吧。达尼埃？”

“是达尼埃尔·达里约。”

我面无表情地听着两个人的对话，继续着屈伸锻炼，觉得好没趣。虽说我没想过要讨她喜欢，可也从未想过正仔会憎厌我。哪怕我把自己放在最底层，可也得有个限度吧。人归根究底是喜欢沉浸在自己的幻想里的。然而现实很残酷。究竟自己哪里不好，下次我要认真问问她。机会来得比我料想的要早。

4

那天四点多，正是自然的时间，我坐在床上茫然望着窗外，可巧正看见已经换上白衣的正仔拿着洗好的衣物忽然出现在院子里。我没有多想，就站起身，从窗户探出上半身，小声叫她，“正仔。”

正仔回过头看着我微笑。

“没有礼物给我吗？”我试探着说了句。

正仔没有马上回答，而是迅速看了看四周，似乎是要确认一下周围有没有人。道场现在正是安静的时候，四下鸦雀无声。正仔拘谨地笑笑，手搭在嘴边，像是要发“啊”一样大张开嘴，然后又噘起嘴，抬起下巴，接着又半张着嘴点点头，然后嘴又张开三分之二大，又点点头，完全没有出声，只用口型来向我传递信息。我马上明白了，是在说："あ、と、で、ね。"[①]

尽管马上明白了，我故意也做了同样的口型，问她："晚一点？"她再次一字一顿用口型跟我说话，姿势就像小孩子打瞌睡似的，然后摇了摇嘴边的手，像是在说："保密，保密"，耸耸肩笑了笑，小跑着去分馆了。

"原来是晚点给，不是想象中那样。"我在心里念叨着，躺回到床上。我的欣喜就没必要说了。你可以尽情猜想。

就这样，昨晚上摩擦时，我从正仔那里拿到了"晚点再给"的礼物。其实从昨天早上起就看见正仔别有深意似的在走廊里来回走，围裙下面像是藏着什么东西，我想，不知道是不是我的礼物呢？可是又觉得，觍着脸走近她伸手去要，她却反问一句"要什么"，岂不是奇耻大辱，于是便假装没看见。后来知道了，那确实是给我的礼物。

昨晚七点半摩擦事件，隔了一周，又是正仔当值。正仔左手拿着金属盆，右手藏在围裙下面，浅笑着向我走来，在我床侧蹲下身，说："可真坏，也不过来拿。害得我早上在走廊里不知等了你多少次。"

她说着打开床侧的抽屉，迅速将围裙下面的东西滑了进去，又紧紧关上了抽屉。

"不能说啊，对谁都不能说。"

我躺着，微微点了两下头。她开始为我摩擦。

"有好久没给云雀做摩擦了。总是轮不到我。虽然很想给你礼物，却不知怎么给你才好。好为难呢。"

我在脖子上比划打结的手势，无声地问她：是领带吗？

"不是，"她噘着下唇，笑着否定了，小声说："真傻。"

---

①发音类似"阿托待乃"，晚一点给的意思。

确实够傻的，我连西装都没有，怎么会想到要领带呢。我也觉得这想法可笑之极。或许是由小镜子无意识的联想而来吧。

5

我又用右手做了个写字的手势，问：是钢笔吗？这是因为我最近钢笔不好用，潜意识里想要一支新的，不经意间就问出来，对于这种自己的厚脸皮，我也很是吃惊。

“不是，”正仔仍然摇头否认。唉，看来是猜不着了。

“那个东西样子可能有点土气，不过我从来没送过别人这个。店里只剩下这一个了，装饰看起来也不高级，还算能拿得出手吧，你出去了也可以随身带着它。云雀是绅士了，一定需要这个。”

这让我越发摸不着头脑了。不可能是手杖吧？

“不管是什么，先谢谢你啦。”我一边翻身一边说。

“说什么啊。你最近老是呆呆的，心不在焉。快点好起来离开这儿才是正经。”

“真是承蒙关照，给你添麻烦了。我死在这里也没有遗憾了。”

“快别这么想，有人会为你哭的。”

“正仔会哭吗？”

“算了吧。我是会哭的那种人吗？我才不会哭呢。”

“嗯，我也这么觉得。”

“就算我不会哭，会为云雀哭的人还是有好几个吧，”她想了下，“至少得三个，不，四个。”

“哭哭啼啼的，最没意思了。”

“不，有意义的，”她坚持地说，凑到我耳边，“我看看都有谁，竹君？金鱼？洋葱？霍乱？”她弯着左手指头一个一个地数，又笑着喊道：“哇，可不少呢！”

我也笑了："霍乱也会哭吗？"

这天晚上的摩擦真是愉快。我再也不像从前那样对正仔抱着拘谨、僵硬的态度，可以从容自若地和她说笑，此时的感受就像从云端俯视众生那样优哉游哉。这半个月来那种想要讨好女性的令人窒息的欲望，一下子淘洗净尽，这连我自己也觉得不可思议。现在整个身心都脱离了束缚，可以快乐地游戏了。不管喜欢别人或是被别人喜欢，都像五月的微风吹动树叶一样，没有丝毫"我执"。再次成为一个新人，再次向前飞跃了一大步。

摩擦结束后，在报告的时间，我一边听着扩音机里传来的美军将进驻本地的消息，一边在抽屉里摸索，找到了正仔的礼物。拆开外面的包裹，在一个三寸见方的小包里，是一个金属香烟盒。此刻我明白了正仔当时那句让人费解的话，"你出去了也可以随身带着它。云雀是绅士了，一定需要这个。"

我拿在手上翻来覆去地看着，忽然感到的不是欣喜，而是一种沁入骨髓的悲伤。这并不只是因为我听到的那些社会新闻。

6

那个烟盒是不锈钢制的，准确一点说，和西餐刀具一样是铬制的。是一个银色的、扁平的盒子。盖子上有蔷薇花蔓的图案，是烦琐的细黑线花纹，盖子边缘有一层暗红色的珐琅。如果没有这层珐琅还好，这是个不必要的装饰，如正仔所说，"有点土气"，"不算高级"。尽管如此，正仔特意买了送给我，怎么也该珍重收藏的。

可是，怎么也开心不起来。收了人家的礼物，不该说这样的话，可确实如此。我这还是第一次收到女孩子的礼物，心里却有说不出来的苦闷。回味起来感觉很糟糕。我把它放在抽屉最里面藏了起来，希望能尽快忘记它。

这个盒子让我很为难，不知该怎么对待它。然而这件事恰好展现了正仔的优点，于是我不厌其烦写了这篇报告，不知道会不会让你对正仔改变看法。还是觉得竹君更好吗？想听一下你的感想。

今天，隔壁“白鸟间”的“压缩饼干”搬到了我们这边，用了先前“笔头菜”的床位。他本名是须川五郎，二十六岁。听说是法科学生，很受助手们欢迎。肤色微黑，眉毛很粗，眼睛很有神，戴着宽边眼镜，鹰钩鼻，给我们的感觉不太好，但却很受助手们的追捧。可能有些人就这样，男的看了讨厌，女的反而喜欢吧。压缩饼干的出现，让樱花间的气氛变得莫名其妙地紧张。活惚舞像是对压缩饼干已经抱有敌意。今天晚饭前的摩擦时间，助手们都围着压缩饼干请教各种英语问题。

“教教我，‘对不起’英语怎么说？”

“I beg your pardon.”压缩饼干拿腔作调地回答。

“好难啊，再教个简单的吧。”

“Very sorry.” 依然是拿腔作调。

另一个助手问：“那么，‘请珍重’怎么说？”

“Please taker of yourself.” 他把take care连读成taker，真是做作得让人讨厌。

但助手们都大为钦佩，叹服不已。活惚舞听到压缩饼干讲英语，比我还受不了，小声在那里唱他所得意的“都都逸”：

“草包蛋当博士、做高官

好书生兜里却没几个钱……”

样子好像是要压制压缩饼干的势头。

不过我不在乎。今天刚称了体重，胖了四斤。是个好兆头。

九月十六日

关于卫生

1

最近的信里只顾了谈论女性话题，对同室的先辈未免疏忽了。今天就报告一下樱花间里的新闻吧。昨天樱花间里吵架了。活惚舞终于勇敢挑战了一回压缩饼干。

起因是梅干。

这事儿说起来多少有点麻烦。活惚舞有个濑户产的小瓷盆，里面盛着梅干。每天吃饭时就从床下搁板上取出来捏着吃里面的梅干。可是最近几天梅干有些却长霉了。活惚舞认为是容器不合适，小瓷盆的盖子盖不严，导致细菌潜入，所以才会长霉。他是个很讲究卫生的人，对此很是挂心。去哪里找个更好的容器呢？活惚舞盘算了好久。昨天吃早饭时，旁边的压缩饼干每次吃饭时都要拿出来的装藠头的瓶子正好空了，活惚舞斜眼望过去，他想，那个应该合适吧，瓶口很大，盖得也严实。那样的瓶子，管它什么细菌都不会偷偷进去。既然已经空了，对方应该会爽快地给我吧。向压缩饼干低声下气地借东西，他很不情愿，但为了防菌，那个藠头瓶子怎么也是需要的。必须重视卫生问题啊。这么想着，活惚舞吃完饭，就小心翼翼地跟压缩饼干借那个空瓶子。

压缩饼干直直地看着活惚舞的脸。

“你要这玩意儿干什么？”

之前两人之间就已经阴云密布、剑拔弩张，压缩饼干这句话让活惚舞一下就火大了。活惚舞向来自认是本道场第一风流男子，可最近来到的压缩饼干却呼声甚高，使得他声势大弱，心里非常恼火也是正常的。

“这玩意儿？须川君，你这样说话不大好吧？”活惚舞的说话方式听起来也有些怪。

“怎么了，哪里不可以？”

压缩饼干绷着脸，一点也没笑。他一直是这么古板严肃，拿腔作调的人。

“你不明白吗？”活惚舞暂处于下风，勉强地冷笑一声：“我又不是跟你借猪尾巴，你就跟我冷冰冰地说‘这玩意儿’，你让我面子往哪儿搁？”

现在气氛越来越莫名其妙了。

“我可是压根都没提过猪尾巴的事。”

“真是不可理喻，”活惚舞现在可说是声色俱厉了，“就算你没有提过猪尾巴，你的意思难道我不明白？这个你没话说吧？不管是做大学生，还是泥瓦匠，不都是日本国的臣民吗？可是你对待我却像是对待猪尾巴一样。我要是猪尾巴，你就是蜥蜴尾巴。怎么也得一视同仁吧。我没怎么读过书，可是也知道要注重卫生。人要是不注重卫生，不就跟畜生一样了吗？”

就这么着，这场吵架简直让人啼笑皆非。

2

压缩饼干对那番话不为所动，两手交叉在脑后，仰躺在床上，看上去颇有气度。而活惚舞则盘腿坐在床上，身体前后摇摆，袖子也卷起来，焦躁不安地攥着拳头，还不断砰砰地捶着自己的膝盖。

“喂，你听见没有？你会柔道吗？在大学里估计也有练柔道的吧？那些人啊，哼，不行，都是些花架子。明白说吧，我把话撂在这里，这个道场不是柔道道场，也不是给风流男子的修行道场。平清盛场长，最近的讲话刚说了，诸位都是大赛选手，是向全日本证明展示结核可以痊愈的选手，希望你们一定要看得起自己！我那时就流泪了。男子汉大丈夫就该见义勇为，古话说得好：勇也分大勇、小勇。所以说，人有智仁勇三件大德。有了智仁勇，让女人喜欢就不成问题了。”

他现在已经完全语无伦次了，可是却继续高声说：“因此，我们就该注重卫生，这是自然的。大家经常说，注重卫生，小心用火。好好想想吧。把一个人和猪尾巴相提并论，无论如何都不允许！”

“行啦，行啦。”越后狮子过来劝解了。他刚才一直在床上默默躺着，这时猛地下了床，站在活惚舞身后轻轻拍着他的肩膀，以威严的口气说，“行啦，行啦。”

活惚舞转过身来抱住了越后狮子，然后把头埋在越后狮子怀里，“哇，哇，哇”，一声一顿、一声一顿地哭起来。其他房间的五六个私塾生听到了，不明白咋回事，来到走廊里，凑过来围观。

“看什么，别看了，”越后狮子朝着走廊里的私塾生喊。到目前为止，他的表现都还算出色，可接下来就卡壳了，“没吵架，只是，只是，唔，只是，只是，唔，”他支吾着说不出个所以然来，无可奈何看了我这边一眼。

“演戏，”我小声说。

越后狮子恢复了元气，叫道：“对，只是演戏的作用！”

“演戏的作用”，这话作何解释呢？实在令人难懂。可能是因为自己让年轻人教导了，就那么原封不动鹦鹉学舌一样说出去，显得太掉价了，没面子，才会临时炮制了一个“演戏的作用”。可能大人都是这么活着的吧。

活惚舞就这么抱着越后狮子，就像抱着母狮子的小狮子一样，摇摆着头紧绷着脸，抽抽搭搭地哭着，哭的什么有些含糊不清。

3

“我生来还没碰上这么丢人的事儿呢。我的家境也不差，我爸爸也没打过我。可是，却被人跟猪尾巴同等对待。真是让人气炸了肺。人家可是客客气气地跟他打招呼，人家觉得这样最好了。选了最好的办法，最好听的话。人家确实只说最好听的话。可是，那位就那么躺在那儿，啥都不知道一样。这是什么态度？真是让人生气，哪能不恨呢？那个态度！这是个什么社会啊，也太无情了，太讨厌了。人家已经说了最好听的话……”

同样的话，他翻来覆去絮叨了好多遍。

越后狮子轻扶着活惚舞，让他躺下来。活惚舞背对着压缩饼干躺下，两手捂着脸，又抽噎了好一阵子，终于安静地睡着了。

这次吵架真是让人摸不着头脑。不过，到了午饭的时候，活惚舞已经恢复了平静，而压缩饼干呢，则把藠头瓶子洗干净了，郑重其事交给活惚舞，请他笑纳。活惚舞也说了句“失礼了”，坦然接受下来。午饭后，他将梅干从濑户制造的小瓷盆里一个个转移到了藠头瓶子里，很是心满意足。唉，世人若都能像活惚舞这么爽直，这世间肯定会变得更宜人吧。

关于吵架的事，就说这么多吧。再简单报告另外一件事。

今天下午的摩擦是竹君来做。我稍微提了一下你。

“有个人很喜欢竹君呐。”

竹君在摩擦时，几乎不怎么开口，总是默默带着微笑。

“那位说，比起正仔，竹君要好十倍呢。”

“谁呀？”素性沉默的她也开口了。看来是一说“比正仔好十倍”，让她正中下怀。女人果然还是虚荣的生物啊。

“高兴吗？”

“不喜欢。”竹君说了这句，继续沙沙地摩擦着，皱起眉，不太高兴的样子，手下也变得有点粗鲁了。

“生气了？那位挺好的，是个诗人呢。”

“不喜欢。云雀最近变坏了。”她用左手背擦了下额头上的汗。

“这样啊，那我就不多说了。”

竹君默默地继续摩擦。摩擦结束后站起来时，她把头发往上撩了一下，微妙地笑了下，说：“Very sorry.”

她是想说“对不起”。竹君果然是不差。怎么样，这阵子你有空了会来道场看看吗？看看你是不是很喜欢竹君吧？开个玩笑，失礼了。如今早上、晚上都变凉了，“注重卫生，小心用火”正在此时啊。连上我那一份，好好学习吧。

九月二十日

秋英

1

你的回信来得真快，我很高兴地拜读了。进了高中，学业更紧张了，写这么长的信应该很费时间吧。以后不用每次都写这么长的。恐怕影响你的学业，那就不太好了。

你责备我说，把那种事告诉竹君，实在是岂有此理，我很是抱歉。不过，你又说，“这样我就没法过去看你了”，这个我并不赞成。这样未免不够坦荡，太小家子气了。你该来一次，跟竹君大方地打个招呼，如果这都做不到，可算不上什么新人啊。怀抱天真烂漫的心，忘掉那些男女大防之类的吧。不是有“诗三百，思无邪”[①] 这样的话吗？

之前，我跟邻床的越后狮子说：

---

①语出《论语·为政第二》：子曰：“诗三百，一言以蔽之，曰：思无邪。”

“我有个朋友，在学作诗。”

这一说，他马上回应：

“诗人都是矫揉造作。”这真是个粗暴无礼的断言，我不大高兴。

“可是，自古以来不都说，诗人革新了语言吗？”

越后狮子微笑着，漫不经心地说：“是有这么一说。如果没有今天的新发明，那是不行的。”越后狮子这句话也算是振聋发聩了，像你这么聪明的人，肯定一下明白了吧。在诗的修行方面自不待言，在其他方面，不管别的什么事，也愿你以新人的真面目示人。不知怎么回事，我竟然用前辈的口吻和你说起话来了。对于竹君的事你不要太在意，只希望你拿出勇气来，访问一下本道场，跟竹君打个招呼。见了真人，你的幻想兴许很快就云消雾散了。人是很出色，不过身量那么魁梧，可能在你眼里没那么漂亮吧。当然，也许你会更迷恋她也不一定。我那么着重写正仔的可爱之处，你却说，“正仔这样的女子，就像不那么出色的女演员一样。”一点也不赞同我的意见，反而总在说竹君如何如何。所以，竹君的事我就暂时不再报告了，要是你因此头脑发热、卧病不起，那可就麻烦了。

今天想介绍一下活惚舞的俳句。下周日有个“慰安广播”，是私塾生的文艺作品发表会。对于和歌、俳句、诗有自信的私塾生都可以在明天晚上之前向办公室提交作品。活惚舞是我们樱花间的代表选手。为了提交俳句的事，他两三天以前就把铅笔夹在耳朵上，在床上正坐，歪着脑袋冥思苦想，反复推敲俳句。今早，终于大功告成了一样，他在信笺上写了十首俳句，披露给同室的我们这些人。他先让压缩饼干看了下，对方苦笑一声，说：“我不太懂这个。”说完之后，就立即将纸片返回了。

然后又让越后狮子看，征求批评意见。越后狮子弓着背，盯着纸片眯着眼，就像瞄准一样看了一阵子，说：“太不像话了。”

说写得不好也就罢了，说“太不像话”，这样的批评太过严厉了吧。

2

活惚舞脸色苍白，问：“就是说这个不行喽？”

“你再问问那边的老师吧，”越后狮子说着，下巴朝我这边扬了一下。

于是活惚舞又拿着纸片来到我这边。我本是个不谙风月的人，对俳句的妙味难以领会。最好也是像压缩饼干那样不予置评就返回去，请求他原谅吧。但又觉得这样活惚舞也太可怜了，也不知为何就想安慰他一下。所以，尽管我不懂，也拜读了那十首俳句。我想，再怎么着，还能差到哪里去，估计也就是一些陈词滥调、平淡无奇之作，即令如此，要真作出来，也得挖空心思、绞尽脑汁才行啊。

路边野菊花绽放、嘈杂凌乱如、少女的心思

嗯，虽然有点怪，但也不至于说拙劣到不像话吧。不过，看到最后一句，我可吃惊不小，也就明白越后狮子为何会那么愤慨了。

命如朝露啊、早已知命如朝露，可是这尘世[①]

这不是古人的名句吗？我想，这可不行。可是，要是直接跟对方明说的话，难免闹得脸红脖子粗下不来台，就只好说：

---

①这是著名俳句家小林一茶（1763—1827）的名句。不考虑五七五格式的话，可直译为“露水一般的尘世啊，露水一般的尘世，可是”。

“都还好啦。只是最后一首要是换掉就更好了。不过，我是外行，也不懂这个。”

“这样啊，”活惚舞噘着嘴，一副不服气的样子，“可是我觉得这一首是最好的。”

那还用说，这可是连我这个俳句门外汉都知道的名句啊。

“虽说是好，可是……”我居然词穷了。

“可能是你不太理解这首吧，”活惚舞越说越来劲了，以有点轻蔑的口气说，“这是我把对当今日本的真心，融入这首俳句里面。”

“是什么样的真心呢？”我忍住不笑，反问他。

“看来确实是没看懂啊，”他紧锁眉头，感觉他差点就要说“你这个蠢货”了，“你对当今日本的命运怎么想的呢？难道不可以说是危在旦夕吗？所以我感叹说是命如朝露。后面的‘可是’，就是说尽管如此，还是让大家别沉溺在悲观情绪里，要朝着光明前进的意思，这就是我对日本所抱有的真心了。现在懂了吗？”

听到这儿我可真是震惊了。你也知道的，这首俳句是小林一茶在孩子死后，极度悲伤，感叹人命如朝露，尘世可厌，可仍然未能全然割舍的心情。可是活惚舞却把原句的意思完全颠倒过来解释，这也太过分了吧！这难道就是越后狮子说的“今天的新发明”吗？也太离谱了。活惚舞的真心我没什么意见，可是剽窃古人名句，还任意篡改原意，随意加以玩弄，就太恶劣了。这样的俳句作为活惚舞的作品交到办公室去，这与樱花间的名誉攸关啊。我要鼓起勇气，大胆说明此事。

3

“可是，与这个相似的俳句古人已经有了。虽然你不是有意要剽窃，可也要避免误会吧。我想这一首还是换掉比较好。”

“已经有相似的了？”

活惚舞圆睁双眼，直盯着我。那双眼美而清澈，让人不禁一声叹息。他自己也没意识到是剽窃吧？这种奇妙的心理，哪怕在俳句名家那里，也可能有的吧。我重新考虑了一下，他确实应该是“无心犯罪”，也就是所谓的“思无邪”了。

“那样的话，就好没意思啊。作俳句经常出这种事，真让人为难，只有十七个字，出现相似的作品实在好难免啊。”这话让人感觉他像个惯犯。

“唉，那就把这个划掉吧。”他取下耳朵上夹着的铅笔，迅速地在命如朝露那句上划了道杠杠，接着又在我床头的小桌上匆忙地写了点什么，又拿给我我看：

秋英和影子、在干草席上起舞、何处诉衷情

“可以了，”我放下心来，不管写得如何差劲，只要不是剽窃，那就没话说。

因为安了心，我又多嘴说了句：“顺便说说，‘秋英和影子’，不妨改成‘秋英的影子’。”

“‘秋英的影子’，果然不错，这样，情景就活灵活现了。了不起啊，”他说着嘭地敲了一下我的背，“没想到你还真有两下子。”

我脸红了，有些坐立不安。“别夸我了。‘秋英和影子’可能更好，我对俳句一窍不通，只是觉得‘秋英的影子’对我们来说，更容易理解一些。”

我内心的呼声是：这种东西，怎么改还不是一样？

然而，活惚舞却对我肃然起敬了。

“以后我要多跟你请教切磋一下俳句了。”他说话的口气一本正经，不像是客套，倒像是真心实意。说完这话，他就心满意足、踮着脚尖、摇着屁股，以他独特的带有节奏感的步态、一颠一颠地回到自己的床上。我目送他回去，心里老大不乐意。切磋俳句这种事，比起听那些牢骚满腹的“都都逸”还要让我头疼呢。我怎么也静不下来，不禁向越后狮子发牢骚：“这都是些什么事啊？”无论什么样的新人，都受不了活惚舞的俳句吧。

越后狮子沉重地默默点头。

然而，这件事并没有到此为止。后来又有惊人的发现。

今天八点的摩擦时间，正仔当值，活惚舞向她小声说：“正仔那首秋英的俳句不错，但有个地方得注意。‘秋英和影子’太死板了，如果改成‘秋英的影子’就更好了。”

闻听此言，我吃惊不小：原来这是正仔的俳句啊。

4

这么说来，那首俳句是有点女性的感觉的。不过，那首“野菊花绽放”的怪句，也有女性色彩。这肯定也是正仔或者别的助手作的俳句了。这么一想，那十首俳句每一首都变得可疑了。简直太过分了，很明显“命如朝露”“秋英和影子”都不是他写的，与樱花间名誉攸关这类大话且休提，活惚舞本人的人格也太可疑了吧？我正这么担心着，接下来听到的两人的对话，又让我马上安心了，心情也愉快起来。

“‘秋英和影子’？什么啊，我不记得给过你这个。”正仔慢悠悠地应道。

“这样啊，那就是我自己写的喽。”活惚舞淡淡地说。

“可能是霍乱写的吧？你以前不是经常偷偷地跟霍乱交换俳句吗？哇，肯定是！”

“这么说，是霍乱写的喽？若说是霍乱写的，未免写得太好了吧？哎，不是她抄别人的吧？”他说这话时的镇定从容，可以说是平淡，也可说是轻松，我真是无法形容，假若他是装的，那简直可以说是天衣无缝了。

“这次，就把那句交上去了哦。”

“慰安广播吗？我的那句也一起交上去吧？那个，我之前给你的那句‘野菊花绽放’那句。”

果然是啊。

活惚舞还跟刚才一样平静，“好啊，那个我已经包括在里面了。”

“是吗？干得不错！”

我偷偷笑了。

这就是我“今天的新发明”或者说新发现。对这些人来说，作者名字是谁，根本不在乎。大家都齐心合力来创作，觉得一整天都开心就够了。我认为这样也不错。艺术与民众的关系，本来不就是这样的吗？贝多芬是不是最伟大、李斯特是不是二流的？当那些艺术界的专家还在口沫横飞为这些问题争论不休的时候，民众早已把这些争执撇到一旁，各自选择自己喜好的曲目洗耳静听且乐在其中。对他们来说，作者是谁，有什么要紧呢？不管是小林一茶作的，还是灰茶作的，或者活惚舞作的，又或者正仔作的，只要那首俳句本身没有趣味，他们就毫不关心。他们“学习”艺术，不是为了社交上的繁文缛礼，也不是为了提高自己的修养品位。他们只是将自己心里自然流溢出来的话记下来珍藏。这些，就是我在艺术与民众的关系里发现的新事实。

今天的信，有些奇怪的说教味道。不过，像活惚舞这样的小插曲，对你在诗歌修行上有“新发明”，还是有用的吧？因此才没有把这封信撕掉，就这么寄给你了。

（诗）

流水走过大地，抚摸着所有的河岸；

我走过世间，爱着所有的人。

（有点矫揉造作了）

九月二十六日

妹妹

1

总是给你写这么拙劣、无聊的信，有时自己也会突然萌生丢人现眼的感觉，再三下决心不要再写这么蠢的信了，然而，今天有幸见识了某人所写的伟大的书函，让我不由得感叹：果然人外有人天外有天啊，居然还有人写比我还蠢的信哪。这样一比，我写的信也就不那么罪无可恕，也就稍稍安心了。总之，想让你知道：世界上有各种各样的事。那人的信如此可怕，简直要人疑神疑鬼了。总之够人受的。

今天就写写关于这封伟大书函的事儿吧。

今早是道场秋季大扫除。大扫除在中午以前基本就结束了，不过，下午的日课也取消了，来了两个理发师给大家理发，于是今天就成了私塾生的理发日。五点左右，我理完发，在盥洗室洗发时，有人忽地来到我旁边。

“云雀，你在做事吗？”

是正仔。

“对，对，我是在忙。”我头上胡乱抹了些肥皂，敷衍了事地回应着。这种场合下还要进行这种固定格式的招呼，感觉好啰嗦啊。

“要努力啊。”

"哎，那边有没有我的毛巾啊？"我没有用固定的"好的"来回答正仔，闭着眼向正仔伸出两只手。

右手里忽然有了轻飘飘的纸片一样的东西，一只眼眯着一条缝看了下，原来是信。

"这是什么？"我抹着脸问。

"云雀真坏。"正仔看着我笑，"怎么不回答'好的'，说了'努力哦'，就要回答说'好的'，不这么答，病情就要加重的。"

我感觉有点烦，要发火了。

"不是那样。我正在洗头嘛。这封信是谁的？"

"笔头菜写来的。信的末尾有一首和歌，你看看是什么意思。"

为了不让肥皂沫流进眼里，我小心地眯着两眼看了看信的末尾：

谁识深秋怨，聚散匆匆真偶然，春心托杜鹃。
长夜漫漫不成眠，思吾妹兮泪潸然。[①]

我想：怎么笔头菜也高雅起来了。

"这个你不知道吧？这个肯定是从《万叶集》里抄的，笔头菜自己不会作和歌的。"我没有吃醋，只是想挑毛病。

"什么意思啊？"她低声说着，又靠近过来。

"好烦哪，我在洗头，等等再跟你说，先把信放在那儿吧。帮我把毛巾拿过来行吗？好像忘在房间了。床上没有的话，就在床头下抽屉里。"

"心眼真坏！"正仔从我手里抽走信，小跑着去了房间。

---

①这首和歌来自《万叶集》卷四・六四八，作者是大伴宿禰駿河麿。原文是：相見ずて日長くなりぬこのころはいかに幸くやいふかし吾。大意是说：很久不见了，你过得还幸福吗？"笔头菜"另外在末尾加了个"妹"字。

2

竹君的口头禅是“讨厌”，正仔的则是“心眼真坏”。以前刚开始听到她这么说我，都会感觉浑身不自在，但现在已经习以为常，也就坦然接受了。刚才那首和歌里的“春心托杜鹃”那句稍微有点难，我没法马上给她解释。借着让她去拿毛巾的工夫，可以再好好考虑一下。就在我洗去头上的肥皂沫，抓耳挠腮地琢磨那句诗意时，正仔给我拿来了毛巾。这次她一脸的严肃，一句话都没说，递过毛巾以后就立刻走开了。

我猛然明白过来，马上就觉得自己太不成体统了。最近，我不知道自己是变得麻木还是油滑了，对道场的生活变得习焉不察，没有了刚来时的紧张感。遇上正仔她们跟我讲话，我不再像以前那么受宠若惊。可以说我是变得迟钝了，我似乎已经把助手照顾私塾生当成了理所当然的事。不管是特别的好意还是别的什么，都觉得没什么大不了的。正因为这种无所谓的态度，我才会对正仔颐指气使，让她给我拿毛巾。正仔为此发火，那是自然的了。竹君前不久对我说，“云雀不行了”①，现在看来，我确实有“不行”的地方哦。

今早大扫除，为了躲避室内的灰尘，私塾生都来到了新馆的前院。我终于踏上了久违的泥土。虽然有时会偷偷下楼去后面的网球场看看，但堂堂正正得到许可外出，这还是进来以后的第一次。我抚摸着松树干，树干里好像有活的血液在汩汩流动，摸起来手感很温暖。我又蹲下来，惊讶于脚边青草的芬芳。我用两手捧起一把土，感觉到了沉甸甸的分量，心内不禁为之赞叹：大自然是活生生的，我强烈地感受到她的真实。然而，这种惊奇之感十分钟左右就消失了。什么也感觉不到了。

---

①原文是关西方言。

意识到这点以后，我为人的这种特性而感到吃惊，把它称为惯性也好，善于变通也好，感觉麻木以后，一切都变得平淡无奇。在道场生活久了，我也不知不觉间养成了对什么都敷衍了事的心态，以至于让正仔发怒。正仔也是有自己的骄傲的，可能只是像堇菜那样的小小的骄傲，但那样的骄傲也该得到珍视和尊重啊。对于她方才好意的表示，我居然视而不见！她将笔头菜写给她的密信给我看，不是表明了比起笔头菜，她对我更有好感吗？这应该是她隐藏在心底的小心思吧。不，不可以这么自恋，但不管怎么说，我是辜负了正仔的信赖。我说过我不再像以前那样喜欢正仔了，可这只是一种任性，轻忽了别人给我的好意。我把香烟盒的事都忘记了吗？这很不好，应该说，是极端恶劣的行径。

当别人向你喊“要努力”时，要心存感激，要大声地回答：好的！

3

既然犯了错，就不怕改正。新人要改正也是挺快的。幸运的是，从盥洗室出来回房间的途中，我又在烧炭屋旁边遇上了正仔。

“那封信呢？”我马上问道。

她看着远处，一脸心不在焉，默默地摇了摇头。

“在床下抽屉里吗？”我猜想着正仔刚才去拿毛巾，会不会把那封信塞到床下抽屉里了，可她还是摇摇头没有回答。

女孩子可真是讨厌啊，就像从别家借来的猫一样难伺候，我想，随便你吧，爱咋样咋样吧，可是，我还是有保护正仔那小小的骄傲的义务。

于是，我又用像爱抚猫那样的声调对正仔说：

“刚才，那个，对不起了，那首诗的意思……”

“不用管它了，”正仔就如随便扔掉什么没用的东西似的抛下这句话，头也不回地离开了。我从她的声音里听出一丝异样的尖厉，感觉到了刺痛。女孩子还真是可怕哦。我回到房间，一骨碌躺倒在床上，心里大喊道：万事休矣！

到了晚饭时间，是正仔过来送餐。她冷若冰霜、一本正经地把饭菜放到我床头小桌上，并没有马上回去，而是在压缩饼干那里站着，就像换了个人似的，放肆地玩笑，叽叽喳喳地吵闹着，还咚咚地敲打压缩饼干的背，压缩饼干叫了一声，正要抓她的手，正仔说了声“讨厌”闪开了，却来到我这边，贴近我的耳朵说：“给你看看这个，等等告诉我什么意思哦。”

她飞快地说着，将叠得很小的信笺塞给我，又跑到压缩饼干那边，大声质问：“喂，压缩饼干，坦白吧，在网球场上唱《江户日本桥》的是谁？”

“不知道，我确实不知道啊。”压缩饼干拼命否认。

“要说到《江户日本桥》，我也会唱呢。”活惚舞有些不平地嘀咕了一句，又开始吃东西了。

“大家都慢慢吃啊，”正仔笑着冲我们点点头，出了房间。

到底怎么回事？实在想不明白。有种被正仔戏弄了的感觉。不是那么愉快。还在我手里留了一封信。我其实并不想看别人的信，但为了守护正仔小小的骄傲，就稍微看看吧。还真是麻烦啊。

饭后我悄悄打开一看，哎呀，这真是伟大的书函啊！这是情书么，还是别的什么，完全让人摸不着头脑。那么通情达理、成熟稳重的西胁笔头菜，怎么会写出这么邪门儿的信来呢？真是意料之外啊。成年人的内心，都隐藏着愚蠢任性的一面吗？

总之，将这封信摘抄一部分，也请你过目吧。在盥洗室我只是看到了其中一页的末尾，这次从头到尾一共三页正仔全都给我了。以下就是这伟大的书函。

4

一开头说：

“追忆旧游之地，道场之林，余斜倚窗前，静思古今，于头脑中描绘所谓人生之新一页，四周波澜无声……继而海风大作，白浪咆哮……”

这都什么啊？岂不是毫无意义？比《万叶集》还费解呢。正仔看了肯定犯迷糊啦。想来笔头菜离开这里，去了故乡北海道那边的医院，那个医院好像是建在海边上吧，也就只能从中看出这些来，至于下文什么意思，那就更让人一头雾水了。真是罕见的文章。再抄一些吧，其文思脉络实在不可思议，无从把握。

“夕月沉于波涛之下，黑暗袭来，星光引导我之灵魂去往空中，与君邂逅。世途多坎坷，行路易蹉跌，为了踏上人生正道，努力！男子！男子！！男子！！！努力前行！从此请允许我呼君为妹妹。吾今日所受之赐，天分云尔，抑或宿命云尔，都不如称之恋人为佳。唯有热爱之为上。”

这都胡说些什么啊，我真是傻眼了。下文的思绪越发奇怪而狂乱了，可以说是热情如怒涛。

“非人非物，乃学问也，工作之根源也。吾日夜之所爱，朝夕之所恋，科学也，自然之美也。此二者合而为一，爱我一人，我亦由衷热爱之。呜呼！妹妹亦得，恋人亦得，何等之幸福哉！妹妹乎！吾之妹妹乎？兄之心愿，愿妹妹心知。吾以汝为妹，此后亦当写信于汝。望汝理解！妹妹啊！

我心柔软而文风殊僵硬。甚是歉疚。然实则多蒙关照，以妹妹呼汝，实属冒昧，望君理解之。君成人之时，男女之事亦当思之再三，唯过于敏感则无必要。我非俗界中人也。今日天气甚好，风甚强。自然之伟大耶！莫哭泣，一起游玩吧！今当搁笔矣。今日此信，君当熟读之，熟思之。多谢正子君！努力！我所爱之妹！

为兄最后一言君当念之：

谁识深秋怨，聚散匆匆真偶然，春心托杜鹃。

长夜漫漫不成眠，思吾妹兮泪潸然。

一夫兄敬上”

差不多就这样吧。像自称“一夫兄”之类，在自己名字后面还加一个兄字，这种趣向实在古怪。总之除了最后从《万叶集》中抄的和歌，整封信让人看了都是晕头转向。真是可怕。不过要我仿写一篇，我还真写不出来。不过，西胁一夫这个人绝不是疯子，只是个有些内向腼腆的人。那样的好人居然写出这种信来，真是破天荒了。奇哉怪也，玄而又玄。正仔看不明白，让我跟她说说都是什么意思，是不无道理的。收到这样的信是个灾难，只会觉得烦闷。

应该说是名文呢，还是魔文呢？唉，为了抄这封伟大的书函，手腕都酸了，字也写不正了。再见。此致

敬礼！

十月五日

考验

1

前天被“笔头菜”的名文所震惊，我的笔都震到颤抖着写不出字来了，结果上封信变得虎头蛇尾，草草收笔，抱歉抱歉。

那天晚饭后读完那封信，正在一片茫然之中，正仔从走廊窗户探进头来，以无声询问的神情望着我，好像在问：“读完了吗？”我轻轻点

点头，正仔也笑着点点头，好像很在意那封信的样子。西胁一夫真是个罪人啊。我感到一种奇怪的义愤，又觉得正仔真是可爱得不得了。坦白地讲，那时我再次体味到了正仔新鲜的魅力。我再也不是麻木的人啦。

我有一肚子的话想对她说："不知从何时起就变成了这样。秋天真差劲儿，果然是个感伤的季节啊。不要笑，我是认真的……"等等等等。

大扫除的第二天，八点的摩擦时间，正仔端着金属盆过来了，飘然站在门口，脸上一副忍着不笑的表情，直接来到我床边。这么快又轮到正仔当值，实在出乎我的意料，我几乎是无意识地小声说："太好了。"心里藏不住的高兴，"随便说点什么吧。"

正仔今天也有好多话要说的样子。开始摩擦了，"今天本来是竹君当班的。竹君有别的事情，就让我来代替了。你不觉得有损失吧？"

她的口气有些无所谓，我对此稍稍有些不满，但没有回答，只是沉默着。正仔也一时没有话说。渐渐地我们周围的空气有些沉闷和窒息了。这让我想起刚来这里，正仔给我摩擦时，我所感到的莫名的紧张，如今又再次回到了那种紧张，让人异常地尴尬。

摩擦结束了。

"谢谢。"我用迷迷糊糊的声音说。

"把信还给我！"正仔的声音很低但又很尖锐。

"在床头抽屉里，"我说。我仰躺着皱起了眉头，心里想，看来很明显，我并不多么讨人喜欢。

"不，等午饭后去盥洗室一下行吗？那时再还给我。"

正仔丢下这句话，不等我回应就迅速起身走开了。

真是莫名其妙的冷淡。我这边刚给她一个好脸色，她那边立刻又变得怒气冲冲的了。要坚决狠狠地回击一下，我这么想着，等待着中午吃饭的时间。

午饭时间一到，过来送餐的是竹君。给我的食盒里有一个竹编的小人偶。我抬起脸用眼神问她："这是什么？"竹君皱着眉，拼命使眼色让我不要告诉任何人。我有些茫然地点点头，觉得完全难以理解。

2

"今天早上，为了道场里的急事，去市里了。"竹君用平静的声调说。

"这是给我带的礼物？"我用无精打采的声音问。不知为何，我心里很是沮丧。

"可爱吗？这个叫藤娘。拿着吧。"她用一位大姐般的口气说着，离开了。

我只是有些惊呆，一点也高兴不起来。前日曾经发愿，对别人的好意应当坦然接受，表示感激，可实际遇上了，总觉得有些困难。不知为何，我没法坦然接受竹君的这番好意。我对竹君的态度，从最初来到道场就没有改变过，现在也没有动摇。我认为竹君是助手组长，是道场里大家都信赖的出色人物，原则上必须更坚定一些。正仔就是另外一回事了。

这个叫作藤娘的无聊人偶，可爱吗？不可爱。我一边吃饭，一边瞧着食盒角落里的两寸高的竹人偶，越看越觉得没意思。怎么说，品位太差了。这估计是从到处蒙着一层尘土的车站小店里买的。性情太好的人都不擅长买东西，竹君也不例外。有点不良少女意味的正仔，倒是能买到有意思的东西。如何处理这件礼物，可真是为难，没什么好办法。我甚至想过还给她或者扔掉，可是一想到前日还发愿，哪怕是堇菜一样的骄傲，也要以殊胜的决心守护，便垂头丧气地把这个礼物先放到床上抽屉里去了。然而竹君的事写太多，恐怕你又会头脑发热，就暂且写到这里吧。

午饭后，我还是按正仔的意思，去了盥洗室。正仔在最里面，后背紧紧贴着墙，冲着我窃笑。忽然间，我有种不大愉快的感觉。

“你经常这样做吗？”这话一出口，就连我自己也觉得意外。

“啊？你这话是什么意思？”她还是微笑着，大睁着双眼，看着我的脸。我觉得她现在有种令人目眩的美。

“把私塾生……”我刚想说“拉到这里来”，忽而意识到这是很下流的话，就赶紧住嘴了。

“你在说什么啊？那样的话，就到此为止算了。”她轻轻说着，向我略微弯了下腰，施了个礼，就要离开。

“我把信拿来了。”我拿出了信。

她板着脸接过去，“谢了。云雀果然还是不行啊。”

“哪里不行了？”我问，感觉自己又成了被动一方。

“你把我想象成那种女人吗？云雀，”她脸色苍白地盯着我，“你不觉得惭愧吗？”

“我觉得很惭愧，以后再也不这样了。”没想到自己这么快就认输了。

正仔笑了，闪耀着金牙。

3

“那封信我看完了。”我本来想对那封信彻底批判一番，可因为收到了竹君那很没意思的礼物，有些沮丧，竟对正仔也产生了愧疚，略带着些忧郁的心情来到盥洗室，正仔如此的美艳炫目，激起了我可耻的吃醋心，一溜嘴说了不该说的话，立马就被正仔责备了。现在也没法再逞强痛斥别人了。

“都看完了，写得挺好玩儿的。笔头菜是个好人，我也开始喜欢他了。”我违心地说着不咸不淡的话。

“不过，这样的信感觉好意外。”正仔歪着头，飞快地翻了下信笺看了一眼。

“我也觉得意外。”我其实想说的是，这封信写得意外的拙劣。

“完完全全是个意外。”这对正仔好像还真的是很重大的事。

“你这边会写信给他吗？”我又说了不该说的话，为自己吃了一惊。

“会写的。”她满不在乎地答道。

我马上不高兴起来了：“你不觉得这样子是在诱惑别人吗？就是不良少女吗？或者说是傻瓜，花痴，或者说是流氓，浪！也太不像话了吧！”我没有多想，一堆骂人的话脱口而出，可这次正仔不仅没有发火，反而笑得前仰后合。

“你认真听我讲，尤其是笔头菜还是有夫人的，这不是什么好笑的事。”

“我知道他有夫人啊，所以要写封感谢的信给她。笔头菜走的时候，我们送他到车站，他夫人送过我一双白袜子。我要给他夫人写感谢信的。”

“就这些？”

“就这些。”

“原来如此，”我的心情又好起来，“就是这点事啊。”

“唉，就是这点事了。我对寄给我这样的信，觉得挺讨厌的，烦得要死。”

“没什么烦的，不理就是了。你喜欢笔头菜吗？”

“喜欢的。”

“什么？”我一下子又老大不自在起来，“你别再耍我了，真没劲儿。喜欢有妇之夫不是没有希望的事吗？更何况他们还是很恩爱的呢。”

“可是，喜欢云雀不也是没有希望的事吗？”

“这是什么话？完全不是一回事。”我越来越不高兴，“你根本不是认真说这个话。我已经不会想着让你喜欢这回事了。”

“真蠢。云雀还是什么都不懂。明明就什么都不懂，云雀才……”她说着，一下子转过身去哭了起来，厌烦地对我说：“你走吧。”

4

现在我处于进退两难的境地，只能噘着嘴在盥洗室里急躁地来来回回走，不知怎的自己也想和她一起哭上一场。

“正仔，”我叫了她一声，声音颤抖着，“真那么喜欢笔头菜吗？其实，我也喜欢他的。因为他是个很温柔、很和气的人。正仔喜欢他是理所当然的。哭吧，哭吧，尽情哭吧，我也要和你一起哭……”

如何来叙述这可憎的场景呢？现在回想起来真如梦中一般。我也想哭，但只是眼角发热，没有流一滴泪。我大睁着双眼，从盥洗室窗户默默眺望着外面网球场上叶子开始变黄的银杏树。

“快点，”不知何时，正仔悄悄站到了我身边，“快点回房间吧。让人看到就不好了。”她的语气镇定从容得可怕。

“被人看见也没什么，又没做什么坏事。”这么说着，我的心莫名地怦怦直跳。

“再也停不下来了，”她与我并排从盥洗室窗户望着网球场那边，自言自语地说着，“云雀来了以后，道场就变了个样子。云雀自己都不知道吧？云雀的父亲是位了不起的人呐。场长有次说过，是世界闻名的学者呢。”

“是啊，虽然穷，但世界闻名。”忽然感觉很寂寞。已经有两个月没见到父亲了。是不是还像从前那样，用能震动隔扇的很大的声音擤鼻涕呢？

“真是血统好啊。云雀一来，道场马上就光亮起来了。所有人的心情都变了。竹君说，从来没见过那么好的孩子。她很少谈论别人的，可是却特别喜欢云雀。不光竹君，金鱼，洋葱，大家都喜欢云雀呢。可是在私塾生当中会有不好的传闻，为了不给云雀找麻烦，大家都小心地不接近云雀。”

我苦笑了，感觉这是很廉价的爱。

“也就是说，大家对我都敬而远之，不是不喜欢。”

“嗯，可是我就不一样了，”正仔轻轻敲着我的背 ，之后手就一直放在我背上，“我对云雀一点都不喜欢。所以，就我们两个在这里讲话，也是不要紧的。不要误解我啊，我——”

我从正仔旁边挪开，说：“你给笔头菜爱怎么写信就怎么写吧，不过我要明白地说一句：他写的信实在很差劲，差得惊人。”

“我知道，正因为写得差才给你看啊。要是写得好，怎么会给人看呢。对笔头菜的事，我其实并不介意。我不是那种玩弄别人感情的人啊。”她的语言和态度都变得露骨、下流起来，“我现在不行了。你太笨了，没注意到吧？我怎么都停不下来了。大家都在议论我与你要好的事呢。怎么办？这样子被人议论可以吗？”

她低着头，窃笑着，右肩突出，向我凑过来。

5

“行啦，行啦，”我不知道在这种时刻，除了说这个还能说什么好，这事真荒唐啊。

“让你烦了吧？怎么了，还有比这个更丢脸的事呢。昨晚的月光很亮，我睡不着，就来到院子里，在你房间外面，云雀床头的窗帘有道缝，我就朝里面看了下，你知道吗？云雀沐浴在月光里，笑着入睡的样子真好。云雀，怎么办呢？”

我被她倚靠过来逼到了墙边，感觉现在这样子好蠢。

不行啊，本来就不行，我才二十岁。真是为难啊。盥洗室外面传来啪嗒啪嗒的脚步声。是有人来了吗？快来这边吧。

“不用管，那个不是来这边的。”正仔放开我，仰着头，拢了一下头发，哈哈笑起来，脸就像刚洗过热水澡一样通红。

“到了讲话时间。再见。再耽搁我就要迟到了。我不喜迟到。”

刚要出盥洗室，正仔在身后细声细气地说：“不要跟竹君好上哦。”这声音直沉到我心底里。

秋天真是可怜的季节。

回到房间，讲话还没有开始。活惚舞躺在床上，照例在唱他的“都都逸”，歌词的意思大概是：“路边草，任人踩，趴在地上起不来，朝露过后又醒来。”之前听到过多次，但这次不觉得像平常那么厌烦，而是老老实实侧耳倾听着，感觉真是奇妙。也许是因为自己变得畏缩了吧。

很快，讲话开始了。这次的题目是中日文化交流，是一位叫冈木的年轻老师主讲，他主要围绕医学交流领域，列举了从古至今的许多例证，翔实具体、通俗易懂地讲解了两国一直以来互相学习借鉴的情形，也提出了需要反省之处。但关于这一话题，因为今天自己个人的秘密，我怎么也无法注意听讲。真想把正仔忘掉，再回到从前那个心无牵挂的模范私塾生啊。

正仔这个人真不行。本来以为是个聪明的女子，但出乎意料，是个愚蠢的女人。刚才，说了那么多好像是没有办法的事，但那些都毫无意义。我不会再陷入愚蠢的迷恋。正仔总是只考虑自己的事。“笔头菜”的事，我的事，对她都不是问题。她只是可怜地陶醉于自己的美貌，作出一副天真无邪的样子，但虚荣心作祟，不想输给任何人，而且因为欲望很强，别人的东西什么都想要。正仔的这种策略，我算是看破了。

6

正仔给我看笔头菜的信，应该还是有一点炫耀、示威的味道吧？可是因为我说那封信很蠢，正仔敏感地觉察到了，立刻转变了态度，又是哭，又是不断地逼近我，这都是我说了不该说的话的结果。她的骄傲才不是堇菜一样的小小的骄傲，而是像女王一样的骄傲，肯定不是值得可怜的人。说什么大家都在议论我与正仔的关系，这完全是胡说。到现在为止，还从来没人因为这个取笑过我。都是正仔一个人在庸人自扰、吵吵闹闹。

正仔这个人，不但缺乏教养，本质上也是卑鄙恶劣。就像越后狮子所说的，她母亲不行。冷静下来想想，真是让人愤慨。正仔根本没有做道场助手的资格。道场是个神圣的地方，是大家齐心协力战胜结核病的地方，是朝夕锻炼、精进修行之处。正仔若是再次向我表示这种露骨的言行，我会断然向组长竹君投诉，把正仔赶出道场。

既然下定了决心，刚才在盥洗室的噩梦，也就不至于无法释怀了。

那是一个恶的梦。噩梦是与人生不发生联系的梦。我梦见打了你，可次日不必因此向你道歉。我没有宗教家及诗人的感伤。我是新人，最讨厌琐屑无聊的事情。

我决意不再沉溺于梦境。但在做了这个盥洗室的梦之后，在次日，也就是今天早上，我又做了另外一个梦。这一次是一个好梦。好梦，是不想忘记的梦，是但愿它与人生有某种联系的梦。这个梦也想让你知道，是一个关于竹君的梦。竹君是个好人。今早，我一直在想着她，这样的人，很难遇上。你为竹君而发烧是理所应当的，你毕竟是个诗人，悟性高，了不起。我之前怕你因为竹君而发烧卧病不起，就克制着不报告她的事，这种担心是毫无必要的。今早我是完全明白了。

不管竹君有多好，她不是使人卧床不起、让人堕落的那种人。更加努力地喜欢竹君吧，在这方面我也会不次于你，将会更加信赖竹君。与她相比，正仔实在是个傻女人。正仔完完全全是竹君的反面，如你所说，是个演技很差的女伶。

昨天晚上八点的摩擦时间，正仔虽然不当班，却也来到樱花间，与压缩饼干、活惚舞他们嬉笑玩闹，像是完全忘干净了中午的事。那时为我摩擦的是竹君。竹君像往常一样默默地用温柔的手来摩擦，对正仔等人无聊的玩闹偶尔微笑一下。

最后正仔来到我们身边，“竹君，要我帮忙吗？”

即使对正仔这种肆无忌惮、满不在乎的语气，竹君仍然是轻声细语地回答道：“谢谢，马上就结束了。”

7

我喜欢现在镇定自如、反应敏捷的竹君。那笨拙地表示好意的竹君有点狼狈，没有这么漂亮。

正仔忽然向右转到压缩饼干那里，我小声对竹君说：“正仔真能装模作样。”

“没有啊，她的心是很好的。”竹君用一种怜爱的口气，随口答道。

我心里暗想：看来竹君还是比正仔的人格高啊。

摩擦结束了，竹君端着金属盆去了隔壁的白鸟间帮忙。之后，正仔又来到我的床前，冷笑着小声说：“你对竹君说了什么？说实话，我知道是说我了。”

“我说你就爱装模作样。”

“心眼真坏！不过，说得没错。”出乎意料的是，她并没有发火。“这个你还留着么？”她用两手比画着一个四角形。

“香烟盒吗？”

“嗯，放在哪里了？”

“在那边抽屉里，要还给你也行。”

“啊，不要，我想让你一辈子都带着它，哪怕它会妨碍你。”奇怪的是，她本来在静静地讲话，突然又大声起来，“还是从云雀这里看，月亮最美呢！活惚舞，过来一下，一起在这里拜月吧。咏一首明月的俳句如何？”

真是吵啊。

那一晚，就这些事，没有别的异常变化。睡到快天亮时，我蒙胧中睁开眼，走廊里留的灯还亮着，房间里昏昏然微明，看了下床头的表，快五点了。外面还是全黑的。窗户里似乎有谁在朝里看，是正仔！我摇摇脑袋，有一张雪白的脸，笑了一下，迅即消失了。我爬起来撩起窗帘看了下，什么都没有。心情有点古怪。哪怕正仔再荒唐，在这个时间……没想到我也是这么爱幻想啊。我苦笑着，又钻回被子，总觉得安定不下来。不久，从远处的盥洗室幽幽传来哗啦哗啦洗濯的声音。

是她！不知为何，我坚信这就是刚才笑着消失的那个人。确实，此刻，就在那边。这么想着，再也无法忍受，就下了床，蹑手蹑脚地来到走廊里。

盥洗室里，只有一盏没有灯罩的白色灯泡，灯光下，原来是竹君。她穿着外面套着白围裙的和服，头上蒙了手巾，就像大岛那边妇女的装束，正蹲在那里擦拭木地板。她回头看看我，又一声不吭地继续擦地板了。她的脸在灯下显得特别瘦、细。道场都在静静地沉睡。竹君竟然一直都起这么早做扫除吗？我不知该怎么表达，只是心潮澎湃地望着竹君擦拭的身影。坦白说，这是我有生以来第一次为可怕的欲望所折磨。黎明前完全的黑暗里，涌动着不寻常的迹象。

8

盥洗室对我来说真是不祥之地。

我喘息着，声音在发颤："竹君刚才去院子里了吗？"

"没有啊，"她回过头看见我，微笑了下，"少爷，你睡迷糊了吧，说梦话呢。呀，讨厌，怎么光着脚？"

我这才回过神来，原来我出来的时候太兴奋，都忘记穿鞋了。

"真是粗心的孩子，来，我给你擦一下脚。"

竹君站起来，在水龙头下面洗了洗抹布，然后站起来在我旁边蹲下，柔和地为我擦脚，不仅是脚，我心里的角落也被擦干净了。那奇妙、可怕的欲望消失了，我把手搭在给我擦脚的竹君肩膀上，故意用她带有关西口音的话说："竹君，以后也都这么疼我吧。"

"还在迷糊着呢。"竹君没有笑，像是自言自语似的小声说，"这个借给你，上完厕所快点休息吧。"

竹君将自己穿的拖鞋脱下来递给我。

"谢谢，"我尽量装着若无其事的样子穿了拖鞋，"我可能真的睡迷糊了。"

竹君用大人的口气说："不是要去上厕所吗？"接着又蹲下身开始擦地板了。

"嗯，这就去。"

在窗外看到女子的脸，这种事真是说不出的荒唐。自己的心污浊了，才会看见这样的幻影。有了这种猥琐的想法，居然顾不上穿鞋就飞奔出走廊，这样的自己真是下流又可耻。然而与此同时，却还有人每天都起这么早，在这样的黑暗时刻心无杂念地默默扫除。

我倚着墙，又看了一阵子竹君工作的身影，感知到了人生的严肃。健康的状态就是这样，我想。多亏了竹君，我的心底那块纯粹的玉，更加清澈透明了。

你也是正直的好人，单纯的人，可敬的人。我此前对于竹君的好感，多少带点轻蔑，这真是糊涂。果然还是你的眼光更好。没必要把她和正仔等人来比。竹君的爱不会让人堕落。这很了不起。我希望成为像她那样会正确地去爱的人。我会一天一天地向着更高处飞翔。

男儿这一生的危机，往往千钧一发。新的男子，在险境游玩，终于从中脱身，继续向前飞翔了。

这么一想，秋天并不是一个糟糕的季节。有点冷，但心情不错。

正仔的梦是噩梦，希望能早点忘掉；竹君的梦，如果说是梦的话，希望永远也不要醒来的好。

这封信可不是在炫耀艳史啊。

十月七日

压缩饼干

1

拜启。真是可怕的狂风啊。这就是所谓的野分吧。就连美国驻军也会感到惊恐的吧。来E市的美国驻军有四五百人，在我们附近还一次都没出现过。场长的训辞中说：不要为之杯弓蛇影、过于慌张，闹出笑话。对此，道场的人大都能泰然处之。只有一个人，也就是叫金鱼的那位助手，因为惊吓过度而变得有些蔫，成了大家的笑谈。两三天前，因为有急事冒雨去了E市一趟，回道场的当晚，在跟大家一齐就寝时，抽抽噎噎哭起来。“怎么啦？怎么啦？”大家纷纷问她，这才一边哭一边道出其中原委。大致经过如下。

金鱼在市里办完事，回来在候车室等巴士时，有一辆空的美军货车开过来，大概因为什么故障正好在候车室前面抛锚了，无法发动。

两个孩子一样的年轻美国士兵从驾驶室下来，冒雨修理货车，好久都没修好，淋了个落汤鸡。就在他们默默摆弄那些机械的工夫，金鱼她们等待的巴士终于来了，金鱼从候车室出来，正准备上车，忽然鬼使神差一般从自己带的包袱里掏出梨，给了两个美国少年一人一个。刚上巴士，巴士便发车了，背后传来“thank you”的喊声。事情的始末不过如此而已。但在回道场后，渐渐镇定下来的同时，不知为何却觉得说不出的害怕，担心得不得了。结果，在用被子蒙上头准备睡觉时，一个人在那儿抽泣起来。次日一早，这个消息就传遍了整个道场。有说这个理所当然的，有说这个太不像话的，有说不明就里的，但不管是谁都把这当作一桩笑谈。至于金鱼自己，别人笑她时，她一点都不笑，只是摇着头，说自己依然心有余悸。

还有另外一人最近也老是愁眉不展，就是同室的压缩饼干。看上去他心情很是烦闷，正在为什么事情弄得非常辛苦。

这个压缩饼干到底是个什么样的人物呢？是神秘主义者呢，还是说就是爱摆臭架子呢？他完全不跟我们往来，总是置身事外，让人觉得格外拘束。前天晚上的暴风天气，刚过七点就停电了，晚上的摩擦因此而取消，扩音机因停电不能用，晚上的报道也没法听了。私塾生都早早躺下了，可是，因为风声猛烈，谁也没能睡着。活惚舞小声唱着歌。越后狮子在自己床下抽屉里摸索着找出蜡烛，点了放在床头，一门心思修补自己的拖鞋。

压缩饼干脸上挂着奇怪的微笑向我这边走来，“好厉害的风啊。”他主动拜访别人，可实在是稀罕事儿。

2

我想，大概就像飞蛾扑火一样，人在暴风当中也向往着蜡烛黯淡的光，被吸引过来吧。

我坐起来迎接他，招呼说："美国驻军在这样的狂风当中也会受惊吓吧。"

他越发奇怪地笑了。

"呀，那个，"他用开玩笑的口气说，"来找你就是因为美国驻军的事呐。想请你读一下这个。"说着递给我一页信笺。

信笺上写的都是英文。

"我不会读英文。"我脸红着说。

"你应该会读的，像你这样刚从中学出来，英语记得还牢靠，我们这些大学生倒全忘光了。"他不好意思地讪笑着，在我床边坐下，突然用只有我能听见的低低的声音说："这其实是我写的英文。肯定有文法上的错误，想让你帮改改。很简单，只要一读就能明白。道场里的人都高估了我，以为我是英语达人，要是哪天来了美国人，很有可能会让我做翻译。一想到这种事，我就担心得不得了。帮我检查一下吧。"说完了又不好意思地笑笑。

"虽这么说，你的英文确实不错嘛。"我看着信笺上含糊其词地说。

"不是开玩笑。我真的是做不来那种翻译。只是偶尔乘兴跟助手显摆几句，有点过火了。这要是拉出去做翻译，非张口结舌，丢人现眼不可。到时候可就让她们瞧不起我了。总觉得再没有比这更难堪的了。最近，因为担心这个，夜里都睡不好觉。请你看看吧。"说着，又尴尬地笑了。

我看了下信笺上的英文，其中有不少我不懂的单词，大概意思是：

请不要生气。原谅我的失礼。我是个可怜人。为什么呢？在英语方面，无论听也好，说也好，或其他方面也好，我全都像小孩一样无知和幼稚。要我做这些事，我只能躺倒在那里了。不仅如此，我还有肺病。请您注意！危险！传染给您的可能性很大。但是我相信您。以上帝的名义发誓，您是位气质高雅的绅士。您一定会同情我这个可怜人。在英语会话方面，我完全不行，这不容置疑，但我读写能力尚可。要是您有足够的热情和耐心，希望你把要说的话写在纸上，然后忍耐一时，在这期间，我将把自己关在房间里，研究您写的文章，尽我最大能力给您回复。热烈祝您健康！对我贫乏丑陋的文章不要发火。

3

比起笔头菜古怪、费解的信，这一篇文章脉络清楚多了。只是我读的时候未免觉得可笑，这实在没办法。从这篇英文大作中可以充分看出，压缩饼干是如何惧怕让人拉出去做翻译，如何担忧到时候会出洋相，而为了不辜负助手们对他的期待，他也真可谓煞费苦心了。

“这简直像一篇外交文书一样正式嘛。”我竭力咬牙忍住笑说。

“不要取笑我吧，”压缩饼干从我手里苦笑着拿过去，“那你看出有什么文法错误吗？”

“没有，一篇很容易懂的文章，可以说是范文了吧。”

“是让人迷糊的范文吧。”他开着无聊的玩笑，但受了夸奖后又有点得意，表现出煞有介事的神色。

“作为翻译，还是责任很重大的。因此我想改成笔谈会比较好。之前太爱卖弄自己的英语知识，难免让人推出去做翻译。现在已经是骑虎难下了。真是棘手啊。”他语重心长地说着，又特意小声地叹息了一下。

我暗自感叹：果然人人有本难念的经啊。

也许由于暴风的原因，或者由于光线微弱，这一晚我们同室四人都渐渐聚集到了越后狮子的蜡烛周围，畅所欲言谈了好久。

“所谓自由主义者，究竟是些什么样的人呢？”活惚舞悄声询问，不知何故提起了这个话题。

压缩饼干回答说："自由主义者，起源于法国，叫Libertine[①]，他们讴歌自由思想，恣意妄为，从十七世纪开始，到现在已经三百年了，"他扬了一下眉毛，"他们主要是倡导宗教自由，基本上都是在横冲乱撞的胡闹。"

看来，压缩饼干不但英文好，法国方面的知识也很丰富嘛。

活惚舞一副出乎他意料之外的神色："什么？自由主义都是胡闹吗？"

"是那么一回事。大体而言，Libertine都过着无赖汉一样的生活。在戏剧中有名的比如大鼻子情圣西哈诺[②]，这人就是当时的浪荡子，反抗权势，劫富济贫，当时法国的诗人，基本上都是这样。跟日本江户时代的风流侠客有些相似之处。"

"怎么？"活惚舞忍不住笑了，"这么说，幡随院长兵卫[③]也可以说是自由主义者啦？"

4

然而，压缩饼干没有跟着笑，继续说："这么说没什么大问题。再说，现代的自由主义者虽说类型有些不一样，但法国十七世纪时的Libertine大体上都是我说的这种。花川户助六、鼠小僧次郎吉[④]或许

①Libertine一词有两种意思，一是指性生活混乱的浪荡子，如唐璜；一是指（宗教上的）自由思想家，如卢梭、伏尔泰等。"压缩饼干"有意无意地将这两层意思混为一谈了。

②剧作家埃德蒙·罗斯丹（Edmond Rostand）的《大鼻子情圣》是最受欢迎的法国喜剧作品之一。主人公西哈诺既是一位无敌剑客，又是一位天才诗人。不过，他却长了一个占了整张脸孔四分之三的大鼻子。

③幡随院长兵卫（1622—1650），日本侠客的始祖。

④花川户助六、鼠小僧次郎吉，两位都是日本江户民间传说里的侠客。

跟他们都是一样的人，也说不一定。”

“哈，原来是这样啊。”活惚舞听到这里很是兴奋。

越后狮子在旁边缝补着拖鞋，微笑着不出声。

压缩饼干越说越认真了。

“说到底，这种自由思想，其本来面目是反抗精神，也可说是一种破坏思想。它不是在消除压制与束缚后产生的，而是在反抗压制与束缚的过程中萌芽的，是一种具有斗争性质的思想。有个经常引用的例子，鸽子有一天向上帝许愿，‘我飞翔时，空气总是阻挡我，以至于不能顺利前进，请让空气消失吧。’上帝允准了这个愿望。然而，现在不管鸽子如何扑扇翅膀，都不能继续飞翔了。没有斗争对象的自由思想，就像在真空中振翅的鸽子，是根本飞不起来的。”

“好像有个姓名与鸽子相似的人[①]，是吧？”越后狮子停下正在缝补拖鞋的手说。

压缩饼干挠挠后脑勺，“不是，没有要指谁的意思。这个例子是来自康德[②]，我对现代日本政界一点都不了解。”

“不过，从今以后，年轻人都被赋予了选举权和被选举权，多少

①鸽子在日语里写作“鸠”，日本昭和时代姓名里有这个字的著名政治人物有两个。其一是鸠山一郎（1883—1959），第52、53、54任内阁总理大臣（即首相），被认为是二战后日本最重要的内阁总理大臣之一。鸠山一郎一生坚信议会政治，战争期间因反对东条内阁，一度被迫隐居。在战后初期的日本政坛，享有极大威望。他是日本前任首相鸠山由纪夫的祖父。另一位是朝香宫鸠彦，日本皇族，陆军大将，南京大屠杀元凶之一。这里越后狮子应该是暗指鸠山一郎，其事迹与下文提到的那个所谓的中国故事也有类似之处。

②康德的原话是：“一只轻捷的鸽子，分开空气自由飞翔，感觉到了空气的阻力，它或许会想象，它在真空里将飞行得更为轻快。同样，柏拉图放弃感官世界，因为……”康德鸽子的比喻本来是为了批评柏拉图将现实世界当作理解“理念世界”的阻碍。

也该了解一些政治才行吧。”越后狮子以高僧似的镇定态度说，“时代不一样，自由思想的内容，也不一样。为追求真理而奋斗的天才们，都可以说是当之无愧的自由思想家。我认为，自由思想的本源是基督。‘不要烦恼，看那空中的飞鸟，不播种，不收割，不收藏，’① 这不是很了不起的奇妙的自由思想吗？西方思想全都是以基督精神为基础的，或者将其引申至更深刻处，或者将其通俗化，或者怀疑之，各种各样的学说，归根结底，都与《圣经》有着紧密联系。即使是科学，也不是完全与之绝缘的。作为科学的基础，无论物理还是化学，都是从肉眼看不到的原子的假说出发，全部科学都是来自对于这些假说的信仰。日本人在研究西洋哲学、科学之前，应该先好好研究一下《圣经》，我虽然不是基督徒，但认为日本由于没有好好研究过《圣经》，对西洋文明只学了个皮毛，这是日本战败的真正原因。自由思想也好，什么也好，不认识基督精神，就连一半都理解不了。”

5

大家听完这番话都沉默了好一阵子，就连活惚舞也无言地摇头，一副深思的神情。

“另外，自由思想的内容，是无时无刻不在变化的，一直都是如此。”

越后狮子今晚特别的雄辩，有些崇高的隐者的味道。我暗暗想：可能真的会成为一位了不起的人物呢。要是他身体康健，说不定现在会为国家做重要工作的。

“从前中国有位自由思想家，愤而反对当时的政权，因为生不逢

①来自《新约 · 马太福音》第六章，原文是：我告诉你们：不要为生命忧虑吃什么，喝什么，为身体忧虑穿什么。生命不胜于饮食吗？身体不胜于衣裳吗？你们看那天上的飞鸟，也不种，也不收，也不积蓄在仓里，你们的天父尚且养活它。你们不比飞鸟贵重得多吗？

时，‘时不我与’，最终败北了。他并未认输。他有一把宝刀，打算时机来临时，持这把宝刀刺杀政敌。他抱着这样的自信隐居山林。十年过去了，世情变化，他从山上下来向人们讲述自己的自由思想，可是这些已经成为陈腐的人云亦云了。他最后拔出宝刀向民众展示自己曾有的大志，可悲的是宝刀已经生锈。十年如一日不变的政治思想，不过是一场迷梦。日本明治以来的自由思想也是，以反抗幕府为发端，接着是弹劾地方军阀，然后是攻击官僚。孔子说，君子豹变[①]，我想这句话也可以用在这里吧。中国所谓的君子，不像在日本仅仅指烟酒不沾的人，而是指通晓六艺的天才，可以说是天才的政治家。这也可说是君子豹变，展示的是美好的变化，与丑陋的叛变不同。基督说，不要起誓[②]，不要为明天忧虑。这不是自由思想家的元祖吗？又说，‘狐有穴，鸟有巢，人却无枕席。’[③] 这又是自由思想家的慨叹。自由思想家是一日也不得安住的。这一主张，不就是‘苟日新，日日新’[④] 吗？日本现在攻击军阀官僚，这已不是什么自由思想了，只能说是人云亦云的思想。真的自由思想家，现在就该别的什么都不管，先把一个口号喊起来。”

“要喊什么口号呢？”

活惚舞有些慌乱不安地问。

---

①这句话实际是来自《易经》。

②《新约 · 马太福音》第五章：只是我告诉你们，什么誓都不可起。不可指着天起誓，因为天是神的座位；不可指着地起誓，因为地是他的脚凳；也不可指着耶路撒冷起誓，因为耶路撒冷是大君的京城；又不可指着你的头起誓，因为你不能使一根头发变黑变白了。你们的话，是，就说是；不是，就说不是；若再多说，就是出于那恶者。

③《新约 · 马太福音》第八章：狐狸有洞，天空的飞鸟有窝，人子却没有枕头的地方。

④这是“四书”之一《大学》里的话。

“这还不明白吗？”越后狮子正襟危坐，“天皇陛下万岁！在昨天这是老套，但在今天却是最新的自由思想。十年前的自由，与今天的自由，内容完全不同的地方，就在于此。这不是神秘主义，是人类本能的爱。今日，要为这个而死的，才是真的自由思想家。听说美国是一个自由国度，肯定会认可这一自由的口号的。我如果没有病的话，现在就会站在二重桥[4]前，大喊，天皇万岁！”

压缩饼干摘下眼镜，擦拭着自己的眼泪。从这个风雨夜起，我突然喜欢上了他。这样的男子，真不错。正仔，竹君，都不是问题。这就是题为“风雨中的灯火”的道场来信。再见。

十月十四日

口红

1

感谢来信。前日我那封以暴风夜会谈为主题的信，勾起了你浓厚的兴趣，我很高兴。照你的意见，越后狮子或许会成为当代少见的大政治家，或许是了不起的名师，我之前也这么想过，但现在有了新的看法。现在我反而觉得，已经到了闾巷间无名民众也可以发表自己正论的时代，而那些所谓指导者只是在空谈误国、左右摇摆。不管何时，在这种情形下这样子等于是撇下民众而去。如今大选临近，只听到各种不着调的演说，这样子的结果就是民众渐渐地把议员当傻瓜看待。

①二重桥位于日本东京皇居正门前，早年曾因护城河水深，旧桥较低，所以在桥上再搭一座桥，为上下两层，所以叫做二重桥。

说到选举，今天道场出了一件罕见的事。刚过中午，从隔壁传来了意见板。大意说给予女性参政权，当然值得庆贺，但最近本道场助手们的浓妆却很难让人忍受。这样子，参政权也会为之痛哭的！传言说，美国驻军会把涂口红的妇女全都误以为是娼妓。严重一点讲，这不仅关系到本道场的名誉，也是全体日本女性的耻辱，云云。下面列出了化妆过于浓艳的几个助手的绰号，说："右边六位，以孔雀的化妆最为丑怪，宛如正在吃马肉的孙悟空。我们屡次提出忠告，此人并无反省之意。我们现在要求将其逐出道场，以儆效尤。"

隔壁的"白鸟间"，还真是有硬汉子啊。之前在助手们中间颇受欢迎的压缩饼干，就是因为各种原因在白鸟间待不下去了，才安排他到我们房间的。樱花间多亏了越后狮子的人品好，房间里的气氛才春风荡漾。这次意见板的事也是很过分，活惚舞首先起来表示反对。压缩饼干也笑着支持活惚舞。

活惚舞又向越后狮子寻求支持："这样子很过分，对不对？对人应该一视同仁，不应该这样赶人走。无论什么场合，都不能忘记人本能的爱。"

越后狮子默默地微笑点头。

活惚舞乘势接着说道："对吧？自由思想不能这么小气不容人，这位年轻的老师，也不认为我的观点是错的吧？"

我笑着说："可是，隔壁间的人，也不是真的想驱逐她的吧？只是用这种方式表达一下意见。"

"不是这样的，"活惚舞马上否定，"归根究底，妇女参政权与口红之间，不应该有不可调和的矛盾。那些人平常在女性当中不受欢迎，这个时候就想趁机报复。"他一语点破了那些人的心思。

2

然后，他又说起了最爱讲的几句话：

“世间之勇，有大勇和小勇之分，那些家伙只不过是小勇。我自己也曾让他们起绰号叫‘白板’[①]，很久以来就让我很窝火。‘活惚舞’这个绰号我也不喜欢，可是让人叫作‘白板’，就太过分，不能再这么不吭气了！”

他为这件子虚乌有的事情绪激昂起来，下了床，系好腰带，“我这就去当面砸了他们写的意见板，自由思想在江户时代就有了。这种场合，人不能忘掉智仁勇三德。各位就把任务交给我吧，我这就去敲碎了他们这个意见板。”

“等一等，”越后狮子用毛巾擦着鼻头说，“你去不成，把这事交给那边的老师吧。”

“给云雀？”活惚舞的样子很不满，“对不起，这个担子对于云雀来说太重了。隔壁那些家伙，很早以前就看不惯他们。从现在开始，不能就这么算了。还说我是‘白板’，哪能继续一声不吭呢？不能再忍了。不是说自由与束缚吗？自由与束缚，还有君子豹变。那些家伙，完全不懂基督的精神。这个时候也该让他们看看我的手腕了，这事不能交给云雀去干。”

“我去吧，”我下了床，飞快经过活惚舞面前，同时从他手里一把抓过了意见板，出了房间。

白鸟间正在等待樱花间的回复。我进去以后，八个私塾生都凑过来。

“怎么样，这个提议是不是大快人心？”

“樱花间的那些奶油小生都太弱了，干不成事儿。”

---

①这个词在日语里除了指麻将牌里的白板，也指不长阴毛的成年人。

“私塾生就该团结一致要求场长把孔雀驱逐出去，整天跟孙猴子似的，选举权怎么能给这样的人？”

众口纷纭，闹成一团。一个个看上去都像幼稚、任性的孩童。

我用比谁都大声的嗓门说：“让我来处理这件事吧。”

周围一下安静下来，但马上又七嘴八舌议论起来：

“不能强出头吧，是想出风头吗？”

“云雀会做妥协使者吗？”

“樱花间还不够紧张，现在已经到了日本最关键的时刻了。”

“你们已经沦落到了四等国家，还在看着美女的脸流口水呢。”

“你要出头做什么，先讲讲打算。”

我挺直身子喊道：“今晚睡觉前我就会办好的，先跟你们说一声，要是我的处置不如你们的意，听凭你们发落，如何？”

3

“你反对我们的提议吗？”过了一会儿，一个眼神像蛇的三十岁男子问我。

“我非常赞成你们的提议。不过对此我有个有趣的计划，让我来处理吧。拜托。”

“那就好了，谢谢。这个意见板先借给你到晚上。”我很快出了房间，大功告成。接下来就没什么难的了，交给竹君好了。

回到房间，活惚舞凑过来，“云雀不行啊，我在走廊都听到了。那样子什么都办不成。要当头棒喝，让他们知道什么是基督精神，什么是自由与束缚。要是他们不懂这些道理，那就跟他们好好讲讲这个理。得教育教育他们！”

他不断为我惋惜着。

“让我处理吧，今晚以前就处理好。”我只说了这么一句，就躺下了。多少有些疲惫。

越后狮子躺着，以威严的口气说："交给他好了。"活惚舞只好不太情愿地住了嘴，也躺下了。

我其实并没什么计划，只是乐观地认为：只要把这个意见板交给竹君，竹君自会将事情处理妥帖。

两点钟屈伸锻炼时，竹君经过房前走廊，刚好看了我这边一眼，我右手微微招了一下向她示意，表示有话要说，竹君轻轻点头，马上进了房间。

"什么事？"她认真地询问。

我运动着脚步，小声说："看一下床头。"

竹君看到枕边的意见板，拿在手上，大略看了一遍。

"这个就交给我吧。"她镇静自若地说着，将意见板夹在胳膊底下。

"要纠正错误的话，不能有所顾忌，越快越好。"

她一副胸有成竹的表情，微微点头，接着走到窗边，默默看着窗外的景色。

一会儿，听见她对窗外说：

"源大叔，辛苦了。"她打招呼的口气真是自然，毫无矫饰之态。

窗下是一位做勤杂的老人，两三天前曾过来割草。

源大叔在窗下回答："过了盂兰盆节，割了一次，又长出来了。"

竹君那句"辛苦了"在我心内回响着，令我赞叹不已。她对意见板的事毫不介意、镇静明朗的态度令我敬佩，而她这句慰劳问候时的神采更打动我。她这时的样子，就像贵族世家的夫人，在走廊里跟家人打招呼，从容而悠闲，让人感觉教养真好，如越后狮子所言，竹君的母亲，肯定是了不起的人。把化妆一事交给竹君，肯定能轻松解决，我很是安心。

4

我对她的信赖得到了回报，比我预期的还要顺利。在四点的自然时间，走廊里的扩音机，突然传出播报。

办事员的声音说：“临时播报，请大家保持原地不动，轻松收听。关于助手化妆的事，已经成为一个问题，现在助手们今日起自发改正，向大家道歉。”

“哇！”隔壁传来欢呼声。临时播报在继续：

“今天晚饭后，大家就会洗去妆容，达到不让美国人误解的朴素程度。最迟在今晚七点半的摩擦时间以前完成，敬请大家鉴证。下面有请助手牧田君给大家发言，接受牧田君的这份真情告白。”

牧田君也就是之前提到的“孔雀”，她咳了几下，清清嗓子，说：“我那个——”

隔壁间哄然大笑起来。我们房间的几位也都在微笑。

孔雀像蟋蟀鸣叫一样细小而可怜的声音说：“我，无论时间、场所，跟大家见面，都希望互相谅解。我虽然是最年长的，却不够成熟，实在是遗憾，很是抱歉。今后，无论何事，都请多加指教。”

“好！好！”隔壁房间传来喝彩声。

“真可怜啊，”活惚舞心平气和地说着，看了我一眼。我也有些为她难过。

“最后，”办事员总结道，“这也是助手们共同的愿望，即刻改正给牧田君取的绰号，今天的临时播报到此为止。”

白鸟间马上又传来了意见板。“都很满意，这是云雀的功劳。孔雀改名为‘我那个’。”

活惚舞马上表示反对这一绰号提议，认为这个绰号太伤人了。

“太不好了，那么诚恳的道歉，一片真情地对我们说。不是说，要看那空中的飞鸟[①]吗？要一视同仁啊，诅咒别人的，自己也掉到坑里，害人者亦害己。我绝对不同意。‘孔雀’脸上的白粉洗掉以后，会露出下面黑色的肌肤，就叫‘乌鸦’吧。”

绰号叫“乌鸦”的话，岂不是更辛辣残酷吗？

“孔雀变得朴素了，就将‘孔’字省掉，叫‘雀’好了。”越后狮子笑着说。

这个绰号过于拘泥，也不怎么有趣，但为了尊重长老的意见，我就在意见板上写道：“我那个”太伤人，“雀”较稳妥。活惚舞把意见板拿了过去。

白鸟间收到了各个房间纷至沓来的关于绰号的建议，可能最终定下来的还是“我那个”。孔雀那一刻在播报里清清嗓子小声说“我那个”的腔调实在让大家很难忘怀。其余的绰号都显得苍白。

5

七点的摩擦时间，金鱼、正仔、霍乱、竹君，各自端着金属盆来到樱花间。竹君径直来到我这边。金鱼、正仔，也在这次化妆事件的意见板上名列其中。当晚她们的样子看上去，发型稍微变化了一下，但脸上仍然有化妆。

“正仔还涂着口红吧？”我对竹君小声说。竹君开始沙沙地摩擦。

“已经擦洗过好几回了，要全部洗干净未免要大动干戈，也不可能啊，毕竟都是年轻人。”

“这都是竹君的功劳，真了不起。”

“之前场长也有好几次提醒要注意这个问题。今天办公室的播报，场长也听到了，心情很好，问：今天的播报是谁提议的？我说：

①这里是转引越后狮子提过的《圣经》上耶稣的话，见上一章注释。

是云雀。他说：真是个令人喜欢的孩子。那不怎么笑的场长，因为这个笑了好一阵子。”竹君也因为今天的口红风波，比平常话多了。

“这不是我的提议吧。”我说，功劳归属应当分明，不想占了别人的功劳。

“都一样的哦。云雀不说的话，我们也很难行动起来。有时好心办事，反而招人恨的事儿也是有的。”

“有人因为这个恨你吗？”

“没有，”她像以前那样带着独有的清爽的笑脸，摇摇头，“我没有招人厌，就是心里有点难过。”

“我也为了孔雀有些难过。”

“嗯。是牧田自己主动说要道歉的。她也没有坏心，是个好人，就是化妆技巧不太高明。我自己也涂了点口红，你没看出来吧？”

“什么？那你与她们是同罪喽？”

“你就装作看不出来就好。”她神色平静，继续沙沙地摩擦。

我想，毕竟是女人啊。这是我第一次来到道场后，感受到竹君的可爱。我再也不会说她长得像加吉鱼这种蠢话了。

怎么样，你来吗？我再次推荐你访问道场。这里有值得尊敬的一位女性。她不是我的，也不是你的。这是当今日本向世界唯一可夸耀的珍宝。这样的赞美略微有些夸张，不过无欲无求却抱着友爱之情的年轻女性不是很罕见吗？你对竹君，应该也没有抱着情欲之念，是一种友爱之情。这是我们新人的胜利。男女之间，这种仅凭信赖与友爱的交情，除了我们不会有人明白的。这是只有新人才能品味的上天赐予的美味果实。想要这种清洁的醍醐之味，还是烦请年轻的诗人访问本道场吧。

当然，说不定你已经在品味你周围的清洁的美味果实了。

十月二十日

花宵先生

1

你昨天造访，真是让我喜出望外。不但给我送来一束花，还给竹君与正仔每人一本红封皮的英语小词典。真不愧是诗人啊，心思真够细腻的。尤其是你给竹君与正仔的礼物，实在太难得了。

长久以来，我心里一直惦记着她们送我的烟盒与竹编藤娘，不知怎么还礼，总觉得不好意思，结果你替我送给她们称心如意的礼物，我也就可以松口气了。从这件事上我也看到了你身上新的一面。我对与女性礼物往来总觉得有些扭捏，不那么光明磊落，由此也许可以看出我的守旧迂腐之处。这次见识了你慷慨豪爽的美德，是我从你那里学到的新一课，真想跟你一样大大方方地与异性礼物往来。

正仔说着“有客人啦”，就把你领进了房间，我当时就像内出血一样心脏狂跳。君知否，比起久违之后与君重逢的喜悦，你与正仔满面春风地并肩走来，就如旧相识一般，这场景更令我惊异呢！感觉就如置身于童话世界啊！去年的春天，我也一度体验过类似的心情。

去年春天，在中学毕业的同时我得了肺炎，因发烧而昏昏沉沉，忽然发现在床头，中学主任木村老师与母亲正在笑着聊天。那时，我也惊讶不已。学校与家庭是全然不同的两个相距遥远的世界，两个来自不同世界的人就像旧相识一样在我枕边叙谈，真是不可思议，如同在十和田湖一眼看到了富士山一样[①]。那时我的心里也是涌动着宛如置身于童话世界的幸福感。

“看上去这哪像生病了啊？”你打趣着我，递过来一束花，正在我惶惑之际，你又对正仔以极其自然的态度说：“帮忙拿个花瓶给云

---

①十和田湖位于日本青森县，与富士山相距遥远，从那里不可能看到富士山。

雀用一下吧，素朴一点的就行。”正仔点着头去拿花瓶，而我则犹如梦中，不知道是怎么回事。

一个傻乎乎的问题脱口而出：“你认识正仔？”

“从你的来信里认识的呀。”

“原来如此。”

两人相视大笑。

“你马上就认出正仔来了？”

“一眼就认出来了，比预想的要好。”

“比如？”

“你真能刨根问底啊，是不是对她还有意思？她不像预想的那么粗俗，真像个孩子啊。”

“我也这么觉得。”

“挺好的，骨架纤细，楚楚可怜的。”

“是这样吗？”

我心情豁然开朗了。

2

正仔拿来一个细长的白色花瓶。

“多谢。”

你拿过来先随便地把花插入花瓶，说：“这个之后再拜托竹君帮你重新理一遍吧。”

你这话说得太不合时宜了。尽管之后你马上从口袋里拿出那本小词典给了正仔，正仔脸上却没有喜色，只是默默客气地鞠了一躬快步出了房间。这便是正仔不悦的证据。正仔不是那种习惯客气鞠躬的人。不过，对你来说，只有竹君是你牵挂的，别人都不在心上，这真是无可奈何。

“现在天气好，我们到楼上露台说话吧。现在是午休时间，不要紧的。”

“我正是趁着午休时间来看你的。我从你信里什么都知道了。也知道今天周日有慰安广播。”

我们笑着走出房间，上了楼。在那里我们很快变得严肃起来，慷慨激昂地纵论天下国家大事。何以如此？我们已将生命托付于至尊之人，自可为天皇御言赴汤蹈火在所不辞，既然我们都有这样的觉悟，自然没有再讨论的必要。但我们两人却都尽情吐露了自己愿为再建新日本献出微薄之力的衷心。看来，无论关系何等亲密的少年，都会在久别重逢之时，急于高谈阔论，好让对方了解自己的进步吧。

来到露台上，你对日本的基础教育状况深表愤怒：

“小时候受的教育，决定了人的一生。应该安排志向远大的人物来从事这个工作才行。”

“对，斤斤计较的人是不适合干这个的。”

“是啊，孩子们成长在急功近利的环境中，怎么能养成大志呢？成人之间那些尔虞我诈还不够多吗？”

“真是够了。装腔作势的那一套，现在大家也都看透了不是？”

你跟我同样都不擅长议论，同样的话重复了好多遍。“只不过”啦，“关键是”啦，“无论如何”啦，“归根结底”啦，这些词儿不断蹦出来。就在我们那笨拙的议论渐渐无法继续，越说越没劲儿，要半途中断的时候，楼下正门前草地上忽然出现了竹君的身影，我不由自主地喊道：“竹君！”

与此同时，你提了一下裤腰带。这是什么意思啊？

竹君手搭凉棚，仰望露台，笑着说：“什么事？”

那时竹君的姿态真美。

“以前说的那个很喜欢竹君的人，现在过来了。”

"别，别。"这个时候，你只能说"别，别"这种傻话了，我也曾有过类似经验。

3

"讨厌！"竹君说了一声，歪着头，向你笑着打招呼："欢迎啊。"

你的脸马上就红了，赶忙回礼，又对我小声抱怨："真是的，原来你一直在耍我啊。明明是大美女啊。你信里老是写什么高大啊，堂堂正正啊，麻利能干啊，因此我才会很安心地褒奖她。可现在一看，简直是scorching（美艳灼人）嘛！"

"跟预想的不一样吧？"

"不一样，非常不一样。堂堂正正、麻利能干、高大壮实这些词，都是形容马的，可是那一位却可以说窈窕秀丽，这样的形容才算到位。她的肤色也没那么黑。这样的美人我受不了，太危险了。"

你快速说着的时候，竹君轻轻点头示意，朝旧馆那边走去，你慌忙说："稍等，你再叫一下她，我有礼物。"

你在兜里摸索着，掏出那本小词典。

"竹君！"我大声叫着。

"不好意思，只能扔给你了。这是云雀托我带给你的，不是我的。"你将那可爱的红色封皮的小词典嗖地一下投给她的动作，真是潇洒，我暗暗敬服你。竹君接住你纯洁的赠品，举在胸前，向你道谢。尽管你那么说，竹君还是知道礼物是你的啦。

望着向旧馆那边走去的竹君的背影，你叹息道："危险啊，真是危险。"你脸色凝重地喃喃自语，我感觉真是好笑。

"那样子危险吗？哪怕在黑暗的屋子里两人单独相处都没有关系，我已经历过了。"

"是你脑子里缺根弦吧？"你用怜惜的口气说，"你是怎么分辨美女的啊？”

这话让我憋了一肚子火。在那个时候，争论女性美不美实在是庸俗的事，因此我没吭声。在竹君的事上，我们都爱较真，针锋相对，容易弄得不高兴。这样子不好。竹君不是大美女，不会有什么危险的事。竹君在你看来那么美，那是由于竹君的心灵之美在你心灵上的投影。冷静观察一下的话，竹君这样的长相根本算不得美女。正仔显然更漂亮。是竹君的品性之美让她在你眼里看起来更美。请相信我吧，在女性容貌问题上，我比你有更严格的审美眼光。竹君和你一样，只不过是本本分分的人。说危险什么的，不是很可笑吗？

我们在露台上沉默了一阵子，你忽而提到了越后狮子就是那位出名的诗人大月花宵的事。竹君的事便暂告一段落。

4

“真的？”我如在梦中。

“很可能是他。刚才见了一眼，我心里，‘哇’的一声，我几个哥哥都是他的迷，小时经常看他照片，我也是他的迷。你也听说过他的名字吧？”

“那当然了。”

我对作诗一事不擅长，可是大月花宵《百合公主》《海鸥》这些诗都能背诵下来。这几个月来，我竟然跟诗作者一直邻床而睡，简直难以置信。我对诗歌所知甚少，但在尊敬天才诗人这件事上，不想甘居人后。

“原来是他啊。”过了片刻，我说，真是感慨无限。

“也不是完全肯定，”你略微有些狼狈，“刚才只是瞥了一眼。”

终究还要仔细观察后才能确认。正好周日慰安广播的时间迫近了，我们便下楼来到樱花间。越后正躺在床上。我从来也不像现在这么觉得他有这么气派，真如一头睡狮一般。我们对视了一眼，暗暗点头，不由自主都长出一口气。因为过于紧张，我们都没怎么说话，只是背窗而立，默默听着广播里放唱片。节目进行着，终于，那天呼声最高的节目，助手们的二部合唱《奥尔良少女》[①]开始了。你用右肘使劲捣了我的腰一下。

“这首歌就是花宵先生写的。”你兴奋地在我耳边低语。这么一说，我也记起来了。小时候，这首花宵先生的杰作，在少年杂志上曾经带着插图登载，当时大为流行。

我们暗暗观察着越后的表情。刚才他一直轻轻闭着眼仰躺着，《奥尔良少女》合唱开始后，他睁开眼，从枕上抬起头侧耳静听，又累了似的闭上眼，虽说如此，脸上却有一种忧伤的笑容。你右手握拳，做了一个击打空气的怪动作，然后伸出手来与我握手。我们一点都没笑，只是紧紧握着手。现在想来，那时为何要握手，有点不明所以，但当时的心情下，好像非如此便难以控制自己似的。我们彼此都很激动难耐。

《奥尔良少女》结束时，你用奇怪的沙哑的声音说，“告辞了。”我点点头，送你到走廊里。

“果真是他！”

我们俩同时叫出声来。

5

迄今为止我所写的事都是你已知晓的。接下来，与你分别后，我一个人回到房间，心情因极度兴奋几乎陷入脸色苍白的恐怖状态。我刻意地不去看越后，在床上仰躺着，不安、害怕、焦躁，种种心情奇妙地纠结在一起，怎么都难以平静下来，最后小声叫道：“花宵先生。”

---

①即圣女贞德。圣女贞德于1429年解奥尔良之围，故又称奥尔良少女。

没有应答。我毅然地看向花宵先生的脸。对方正在默默地做屈伸锻炼。我也慌忙开始运动。两腿成大字张开，两边的手指从小拇指开始按顺序向内弯曲。

“她们唱那首歌的时候，都不知道这首歌是谁写的吧。”我用还算是平静的口气说。

“作者什么的，最好忘掉才好。”他平静地回答。这必然是花宵先生无疑了。

“以前真是有眼不识富士山。刚才有人告诉我，这才知道。友人与我从小时候起就喜欢您的诗歌了。”

“谢谢，”他严肃回答道，“不过，现在还是更喜欢别人叫我越后。”

“为何先生最近不写诗了呢？”

“时代已经变了。”他笑着说。

心里满是想说的话，偏偏无法说出口。两个人长久地在沉默中继续运动，突然，越后怒喝说：“从今往后，别人的事你不要管，你这小子太不知天高地厚了。”

我大吃一惊。越后用如此粗暴的口气对我讲话，还是头一遭。我赶紧道歉吧。

“对不起，不会再提了。”

“这就对了，什么都不要提。你们不懂，什么都不懂。”

真糟心。诗人啊，好可怕。怎么得罪他的，完全搞不清。整整一天，我们都没再交谈过。助手们来摩擦时，跟我东拉西扯地闲聊，我都闷闷不乐地板着脸，没有搭茬。我心痒难熬，想跟正仔她们透露越后就是《奥尔良少女》的作者，好让她们也震惊一下，可是因为越后发了话，叫我什么都别说，只好乖乖闭嘴。实在没奈何，晚上，我万般委屈地睡了。

没想到，我与这位狂怒的花宵先生顺利和解了。

今早，好久没来的越后的女儿来看他了。她叫京子，与正仔年龄差不多，瘦瘦的，脸色不太好，眼梢上挑，是一位安静温顺的姑娘。当时我们正在吃早饭。京子解开自己带来的一个大包袱。

“我做了一点海味杂煮。”

“这样啊，我现在就尝尝吧。分一半给旁边的云雀君吧。”

啊？我深感意外。之前越后对我的称呼，要么是“那边的老师”，要么是“学生君”，要么是“小柴君”，这么亲切地称呼为“云雀君”，可是从未曾有。

6

京子来到我这边。

“有什么能让我盛在里面吗？”

“啊，有啊。那边小柜子里有。”我说着打算从床上下来。

“是这个吗？”京子蹲下从床下柜子里拿出我的铝制饭盒。

“对，就是那个。”

京子蹲着将杂煮盛到饭盒里。

“您现在吃吗？”

“不了，我已经吃完饭了。”

京子将饭盒放回柜子里。

“啊，真好看。”她看到你胡乱插在花瓶里的菊花，称赞说。你那时说让竹君重新理一下，实在多余，让我既不好意思去拜托竹君，也不好央求正仔，都显得有些刻意，只好就那么随意摆在那里。

“昨天友人来访，随便插在那里就离开了，还没有好好理过。”

京子快速地瞥了一眼越后的脸色。

“帮他理一下吧。”越后笑着说。他已经吃完饭了，正在用牙签剔牙。今早他心情大好，反而让我有些不自在。

京子脸红了，犹豫着来到我床头，抽出瓶里的菊花，重新一根根地理过了插到瓶中。如今找到了合适的理花人，我很是高兴。

越后盘腿坐在床上，欣慰地看着女儿插花的手艺。

“还是再写写诗吧。”他嘀咕着。

我害怕像昨天那样说些不悦耳的话，惹他恼怒，只好不吭声。

“云雀君，昨天我失礼了，抱歉。”说着，他狡黠地缩了缩脖子。

“哪里哪里，是我说了不知天高地厚的话。”

没想到就这么轻松言和了。

“要不要重操旧业啊。”他又重复了一遍刚才的话。

“拜托您继续写吧。为了我们而写诗吧。我们最想读的，就是先生这样轻快、明净的诗了。我也不太懂，但反正就像莫扎特的音乐，那样气质高雅、清澈的艺术，正是我们如今孜孜以求的。那些摆出高姿态，故作深刻的文字早已陈腐不堪，该扫出去了。真希望有诗人为我们歌唱那大火余烬后废墟里萌芽的青草之美啊。我们不是想要逃离现实，而是已经受够了苦难。我们已经可以平静对待一切。我们绝不会逃避，已将生命视若鸿毛托付出去。我们需要贴合我们内心，笔触如湍流的清水一样的艺术。这才是真正的艺术。我们是一帮不要名、不要命的家伙。若非如此，便无法摆脱目前的困境。‘看那空中的飞鸟，’说的不也是这个吗。这个主义，那个主义什么的，不是关键所在。再用那些东西来糊弄我们，都是白搭。只有通过笔触才能了解一个诗人的纯粹度。诗的关键就在于笔触，在于音律。一首诗的笔触、音律不够高雅、清澈，就只能是赝品。”

我拼命说着自己半瓶醋的理论，讲完了又觉得很是羞惭，心想不如不说为好。

7

“这样的时代已经来临了吗？”花宵先生用毛巾擦着鼻子，仰卧着，“不管咋样，还是得先从这里出去才行啊。”

“对，对。”

我刚来道场时为了尽早恢复健康，总是暗自焦虑。老感觉在浪费时间，在这上天注定的航路上，走得太慢了。

先生敏锐地察觉到了我这样的心情，说：“你们不一样，不用着急，只要安心生活，总会痊愈的，然后便可以为再建美丽的日本出力了。不过，我本人已经廉颇老矣。”

这么说着的时候，她的女儿好像已经完成了插花，以轻快的语调说：“看着还不如原来的样子好看呢。”说着又靠近父亲的床，用极低的声音、有点生气地说：“爸，不要再发这种牢骚了，现在不兴这个了。”

“如今连吾之述怀亦不为世人所容啦。[①]”越后随口吟诵着，呵呵笑起来。

我刚才的焦躁早已忘了个一干二净，幸福地微笑着。

你看，确实来到新时代了。像是羽衣一样轻盈，像是在白砂之上浅浅流淌的小溪一样清冽。中学里的福田和尚老师跟我们说过，芭蕉晚年最为推崇“轻淡”的境界，将其高置于“闲寂”“幽玄”“余韵”之上。像芭蕉这样的名人一生所憧憬的、在晚年才领悟到的此等无上境界，我们却已不知何时自然而然到达了。但这没有什么可夸耀的。轻淡与轻薄截然不同。没有舍弃欲望与生命的决绝，不会有这样轻淡的心境。这是死命打拼、大汗淋漓时吹来的一阵清风，是世界大混乱的终局、在窒闷的空气中生出的羽翼透明、轻盈飞舞的小鸟。不

①这句话是套用《圣经 · 约伯记》第二十三章里的一句话，原文是：如今连我的哀告也成了叛逆，我受的打击比我的呻吟更重。

能理解这一点的人，将永远被历史的潮流排除、淘汰。君知否，所有一切都日趋腐朽。没有什么理由可言。失去一切、舍弃一切之后的平安，正是这种“轻淡”。

今早对越后大放厥词，讲了一通貌似艺术论的东西。说得实在漏洞百出，很是难为情，但我察觉越后的女儿京子是我们的秘密支持者，这让我又充满了自信。作为新人的气焰又嚣张起来，因此又对前面所论稍加补充，写在这里。

顺便说一句，你在本道场的评价非常高，但愿你听了开心。虽然只是一次短暂的访问，可道场的气氛都因为你变得轻快起来。这可没有过甚其辞。最重要的是，花宵先生一下年轻了十岁。竹君，正仔都托我向你问好呢。

正仔说：“他眼睛真好看，像个天才，睫毛好长啊，眨眼的时候，简直能听到忽闪忽闪的声音。”正仔有些夸张了，你最好别相信。再介绍一下竹君的评价吧，可别紧张，心平气和地听一听。

竹君曰：“这位与云雀真是天造地设的一对儿啊。”

就这么一句，不过，她说的时候脸红了。此致

敬礼！

十月二十九日

竹君

1

谨启。

今天要告诉你一个悲情的消息，说是悲情，把“心”上之“非”换成“亦”，亦可说是恋情，一种亦悲亦喜的恋情。竹君要出嫁啦。

要问嫁给谁，不是别人，正是场长，亦即本健康道场场长，田岛医学博士。这个消息我是从正仔那里听来的。

待我从头道来吧。

今早母亲带着我的换洗衣服来道场看我了。她通常每月两次前来，给我整理一下身边杂物。

她打量了一下我的脸色，打趣我说："有没有想家想得哭鼻子？"这是她每次必问的问题。

"或许吧。"每次我都模棱两可地这样回答。

"今天有人会送我到小梅桥呢。"

"谁啊？"

"有那么一位。"

"我？我可以出去了？拿到许可了？"

母亲点点头，"不过，你要是不愿意，也没关系的。"

"怎么可能不愿意，我一天能走四十公里路了。"

"或许吧。"母亲模仿我的语气讲话来取笑我。

四个月来，这是第一次脱下睡衣，穿上白碎花和服，与母亲一起来到大门外。场长两手背在身后，在那里默默站立。

"能走走了吧，怎么样？"母亲自言自语似的笑着说。

"男孩子满周岁就可以走走了。"场长讲了这句不好笑的笑话，自己也没笑，又说："让一个助手陪你们过去。"

从办公室走出来一个助手，白色护士服外面罩着山茶花纹样的红色外褂，小跑着来到母亲面前慌忙施礼。原来是正仔。

我穿着新的低齿木屐，领先出了大门，木屐感觉特别重，一不小心踉跄了一下。

"哟，还行啊！"场长在身后调笑。这语气，没怎么让人觉出情谊，只感到冷硬和决绝，就好比被人呵斥"不要怂"一样，未免有些沮丧。我没有回头，疾走了几步，身后的场长又发话说："刚开始，慢一点。"如此露骨、严厉的训斥，反而让我感受到一种令人愉悦的关爱。

我慢慢走着，母亲与正仔紧跟在后面，小声聊着什么。穿过松林，来到柏油县道，我微感眩晕，停住了脚步。

"好宽大啊，这公路好宽大。"柏油路在柔和的秋日下反射着暗淡的光，刹那间，感觉像是一条汪洋混沌的大河。

"不勉强了吧，"母亲笑着说，"怎么样，还继续送我吗？"

2

"没事儿，"我特意让低齿木屐在路上踏出咔嗒咔嗒的声音。"我已经习惯了。"话音刚落，一辆大货车以风驰电掣般的凌厉之势从我身旁冲过，我不觉"哇"的一声叫了出来。

"好宽大啊，这货车好宽大。"母亲又模仿我的话来逗我了。

"不是特别大，但是好强劲，好厉害，足足有十万马力吧。"

"这么说，刚才是核能货车吧。"母亲说。她今早跟往常一样爱开玩笑。

慢慢走着，快到小梅桥巴士站的时候，我听到了意外的消息。

母亲与正仔边走边聊，母亲问："听说场长最近要结婚了？"

"对，是与竹中小姐，很快就要举行婚礼了。"

"竹中小姐是那位助手吗？"

母亲很吃惊，我的惊愕程度更是百倍于母亲，就像被十万马力的核能货车撞个正着。

母亲很快恢复了从容。"竹中小姐真不错，场长眼光很好。"说着，开朗地笑了笑，没有再去寻根问底，自然地又转到别的话题上去了。

在车站跟母亲分别的情形，记不清楚了，只觉得眼前一片蒙胧，心怦怦直跳，完全无法形容当时的感觉。

我要坦白了。我喜欢竹君。从一开始就喜欢。正仔，我其实一直没喜欢过。只是为了忘记竹君，才刻意去接近正仔，努力地想喜欢正仔，却都没用。我给你写的信里，尽量列举正仔的美，老是讲竹君的坏话，这绝不是想欺骗你，而是想以这种方式，让我心里的思念消灭。即便作为新男性，只要一想起竹君，就感觉身体沉重，羽翼萎缩，成为像猪尾巴一样无足重轻的人。因此，这件事与新男性的面子攸关，我强打精神，不断勉励鞭策自己，尽量做到对竹君全然不关心。我说她长得像加吉鱼，说她只是脾气好，说她买东西品味糟，说各种各样残酷的坏话，请理解我的苦衷吧。我暗暗期待你和我一起说竹君的坏话，那样一来，我就会对竹君不再倾心，变得轻松起来。然而，我的目的没有达到。你也迷上了竹君，以至于时时让我困窘。于是，我又改变了策略，故意褒扬竹君，说什么无欲无求的友爱之情啦，什么新时代新的男女交友方式啦，都是一派胡言。这就是迄今为止的可悲真相。无欲无求之类的话，全是大言不惭。实际上，我是一个意马心猿的卑鄙之徒。

3

你说竹君是可怕的美女，我曾经竭力予以否定。其实，我也认为她是罕有其匹的美女。来到道场后，只见了一眼，就这么认为了。

像竹君这样的，才算是真的美女啊。在那盥洗室里朦胧的灯光下，在将要黎明的异样气氛中，在黑暗之底，悄悄蹲着擦地板的竹君，的确有一种令人惊恐的美。不是夸海口，也就只有我才能在那种场合下克制把持自己。其他人在那样的场合下肯定都会犯罪的。活惚舞经常讲女人是魔鬼，或许会在一时之间没意识到，失去了人性，成为妖魔，这种事大抵是有的。

如今我坦白了。我热恋着竹君。无论是旧的我，还是新的我，都是如此。

跟母亲分别后，我膝盖发抖，有些口渴难耐。

“在哪里稍稍休息一下吧。”这声音连我自己也都感到惊讶。那么沙哑、细弱，就像另一个人在远处低语一般。

“累了吧，再走几步，有一个我们时时途中歇脚的小房子。”

这是一个战前经营食堂什么的房子。正仔领着我进去，微暗的宽阔的土间里，放着破旧的自行车，还横七竖八躺着一些装木炭的草袋子。角落里有张简陋的桌子，两三把椅子。桌子边上靠着墙安了一面大镜子，反射着有些刺眼的白光，令人印象深刻。这里如今已经不营业了，不过仍对熟人提供茶水的样子，道场的助手外出途中会把这里作为歇脚的地方。正仔熟门熟路地走到里面，端出一把沏了粗茶的茶壶和茶碗。我们就在镜子旁的桌子边坐下，喝着微温的粗茶，我稍感安稳了一些。

“竹君要结婚了？”我故作轻松地问。

“对。”正仔最近不知为何，感觉很落寞，像怕冷似的缩着肩膀。她直视我的脸，“你不知道？”

“之前一直不知道。”我无意间眼角一热，低下了头。

“我明白。竹君也哭了。”

“你胡说什么啊？”正仔这种好像在暗示什么的语气，越来越讨厌，我生气了，“你都是乱扯！”

“没有乱扯，”正仔眼泪也涌上来，“我不是提醒过你吗？不要跟竹君好。”

“我没跟她好，少说这种好像什么都懂的话吧，讨厌死了。竹君结婚不是件好事吗？不是值得庆贺的吗？”

“算了吧，我知道的。别再装了，没有用。”正仔的大眼睛满含泪水，溢出眼眶，簌簌留下脸颊，“反正我都知道。”

4

“行了行了，说这些有什么意义？”我现在害怕被人看见这一幕，要是那样就麻烦了。

“这不是一点意义都没有吗？”我又重复了一遍，可是，自己这句话又有什么意义呢。

“云雀真是个粗心人。”正仔用指尖拭去脸上的泪水，勉强笑了下，“居然一直不知道场长与竹君的事。”

“这种下流的事我不想知道。”我心里泛起一种很龌龊的感觉，想把所有人都暴打一顿。

“什么？下流？结婚是下流的事吗？”

“不是，我说的不是结婚，”我语塞了，“是婚前，那个——”

“讨厌，没那回事。场长是循规蹈矩的人，没有跟竹君讲过什么，是特地跟竹君她爸提亲的。她爸之前也因为战时疏散在我们这里了。前不久她爸跟竹君说了这事，竹君哭了两三个晚上，说不想嫁人。”

“那样就好。”我心里舒畅多了。

“好什么好？她哭了就好吗？云雀真讨厌。”正仔笑着说。她把脸侧过来，眼神炯炯望着我，然后伸出右手抓住了我放在桌子上的手，紧紧地握住，“竹君是为了爱云雀而哭的，真的。”手抓得更紧了。我不由自主也回握了她的手，没有任何意味的握手，接着又感觉有点荒唐，收了回来。

我为了掩饰自己的羞涩，说：“给你续茶吧。”

“不用了。”正仔低下眼去，有些脆弱，但又异常果决地回绝了。

“那出去吗？”

“好。”她微微点头，抬起了脸。那张脸真美，断然很美。完全无表情的脸上，在鼻翼两侧隐约有些疲惫似的皱纹。她的嘴微微张着，大眼睛深邃而清冷。略显苍白的脸，很有气质。这一气质是那些将一切都悉数舍弃的人特有的。正仔也开始显示出新的、透明般的、超越痛苦、无欲无求的美。这是我天真无邪的同伴，与我一起在新造的大船上栖身，在上天注定的航路上乘风破浪前进。

希望的微风抚摸着我的脸颊，在那一刻，震惊于正仔的容颜之美，我不由得想起了“永远的处女”一词。这个词在那一刻一点都不觉得造作，而是给我一种清新的感觉。

我这么土气的人使用“永远的处女”这种时髦词语，或许会让你嗤笑，但在那一刻，我确实是被正仔高洁的容颜所拯救。

竹君的结婚，在我看来竟似遥远的往昔发生的事，身体一下子变轻了。这并非我刻意要放下、看开这件事，而是就像将望远镜反过来去看眼前的景物，眼前的景物变小变远了一样。心里丝毫执著、牵挂都没有。只剩下一种完结的爽快与满足。

5

晚秋澄净的青空之上，美军的飞机在来回盘旋，我们站在像是食堂的那所房子前抬头仰望。

“这么飞来飞去的，好没意思。”

“嗯。”正仔微笑。

“不过，飞机这种东西的造型有一种崭新的美，大概因为毫无修饰吧。”

“嗯，是这样。”正仔小声说，孩子一样无心地看着空中的飞机远去。

“毫无修饰的美，是真的美啊。”

我在这里不仅仅是在说飞机，也是在暗自感怀正仔此刻表露的那种天真无我、素朴的状态。

两人默默走着。我注意着途中所见到的女子的脸，一一看去，尽管有程度上的差异，但在她们的脸上都显现着与正仔一样的无欲无求、透明般的美。女性变得更像女性了。然而这不是回到战前的女性，而是经历了战争的苦痛后形成的新的女性，怎么说呢，就像莺啼于林中那种美，也就是芭蕉所推崇的“清淡”之美，大概你也是懂得的吧。

回到道场，已是快要吃午饭的时间。来回走了两公里的路，我很是疲惫，嫌换睡衣啰嗦，就合衣躺在床上，迷迷糊糊睡过去了。

“云雀，开饭了。”

眼睛稍稍睁开，发现是竹君来送餐，笑眯眯地站在那儿。

啊，场长夫人。

我连忙起身，“不好意思。”说着，不自觉轻轻垂下头。

“睡迷糊了吧？真是瞌睡虫。”竹君自言自语似的将食盒放在床头。

“不能穿着和服睡觉啊，现在感冒的话可不得了。快点换上睡衣吧。”她皱着眉头不高兴地说着，从底下的抽屉里拿出睡衣，“真是个让人操不完心的少爷，下来，帮你换上。”

我下了床，解开腰带，还是跟以前一样的竹君啊。与场长结婚的事，好像是谣传吧。我是昏昏沉沉做了一个梦吧。一瞬间，觉得母亲来看我是一场梦，与正仔在那个食堂样子的房子里哭也是一场梦。然而，事实并非如此。

“这件藏青飞白的和服挺好看的。”竹君帮我脱了和服，“跟云雀也挺相称的。正仔回来告诉我了，她很幸运啊，你们在阿婆那里喝茶了吧。”

看来并不是梦啊。

“竹君，恭喜了。”我说。

竹君没有回应，默默帮我穿上睡衣，然后手伸进睡衣袖子里，使劲掐了一下我的胳膊。我咬牙忍着痛。

6

竹君若无其事地帮我换了睡衣。我吃着饭，竹君在旁边将和服叠好。两人都无话。过了一会儿竹君用极细微的声音说："忍耐啊。"

一切心意，一切思绪都包含在这一句里面了。

"过分，不像话。"我吃着饭，模仿竹君的关西口音嘀咕着。

竹君吃吃笑起来。

"谢谢。"她说。这就算和解了。我从内心祝愿竹君幸福。

"在这里待到什么时候呢？"

"这个月底。"

"开个送别会吧。"

"不，讨厌！"

竹君夸张地抖抖身子，麻利地将叠好的和服放进抽屉，神色如常地出去了。为什么我周围都是这么爽朗率真的人呢？

现在这封信，是在听着下午一点的讲演所写。今天的讲演，主讲人是谁，能猜到吗？庆贺吧，是大月花宵先生。如今大月先生在本道场的人气可不得了。再也没人用越后狮子这一失礼的绰号了。你认出他之后，两三天内，我都忍着没对人说，但终于还是悄悄告诉了正仔，于是很快传遍了整个道场。大家都对《奥尔良少女》的作者表示无条件的尊敬。就连场长巡视时，也跟花宵先生说了"之前失礼了"之类的话。

新馆就不用提了，哪怕旧馆的私塾生也都诗啊，和歌啊，俳句啊纷纷呈上要求斧正，不过花宵先生一点也没流露出得意忘形的浅薄之态，仍然是那个沉默寡言的越后狮子，斧正之类的事大都交给活惚舞去做。活惚舞为此大为得意，以花宵先生第一大弟子自居，一副煞有介事的神色，对别人苦心孤诣的作品大刀阔斧地任意修改。

今天是办公室里请花宵先生第一次讲话。题目是“献身”。从扩音机流出来的声音镇静而威严，让人肃然起敬。花宵先生也许确实是比我所想象的更了不起的人呢。讲话的内容很好，一点也不陈腐。

花宵先生以语重心长而坚定有力的声音说道：

献身，绝不是因绝望的感伤任意抛弃生命。这大错特错。献身，是永远为了荣耀之事而活，人类正因这种纯粹的献身而得以持续不灭。献身是不需要准备什么的。以此时此刻自然的姿态呈献，就是献身。拿锄头的人就以挥舞锄头的姿态献身。绝不该伪装自己的姿态。献身不可以有犹豫。人必须时时刻刻都在献身。总是考虑如何漂亮地献身，是最无意义的事。

我听讲话的时候，有好几次都脸红了。我老是说自己已变成新人，未免炫耀过头了。过分注重粉饰，过于执着于如何献身了。新人的招牌，从此断然撤回吧。此刻我的周围，已经像我本人一样明亮。而迄今为止，我们所在之处不也都自然而然地明亮起来了么？此后再也无须多言，只需以不急不缓的步伐，从容不迫地向前行进即可。这条路将通往何方？问一下植物的藤蔓吧。藤蔓大约会如此回答：

“我什么都不知道。只是我所伸展之处必然阳光灿烂。”

十二月九日

斜阳

“啊。”一早，在餐厅里啜饮了一勺汤的母亲，轻轻叫了一声

しやよう

しやよう

一

“啊。”

一早，在餐厅里啜饮了一勺汤的母亲，轻轻叫了一声。

“有头发？”

是不是汤里掉进去脏东西啦，我想。

“不是。”

母亲什么事都没有似的，又轻巧地舀了一勺汤递到嘴里，侧过脸去，悠然远望着窗外盛开的山樱花，接着，就这么保持侧着脸的姿态，又轻巧地舀了一勺汤，让汤从小小的唇间滑进去。“轻巧”，这样来形容母亲，绝非夸张之词。她用餐的方式，与妇女杂志上所倡导的截然不同。有一次，弟弟直治一边喝着酒，一边对我这个姐姐说道：

“有了爵位，并不一定就可以称得上贵族哦。有人天生贵胄，纵然没有爵位，也是气概堂堂的贵族人士，而像我们这样的，除了爵位别无所有，与其说是贵族，不如说更近乎贱民。就说岩岛（直治的学友，一个伯爵）吧，给人的感觉，比新宿妓院里拉皮条的领班还要卑琐。前不久，他去参加柳井（也是弟弟的学友，一位子爵的次子）哥哥的婚礼，这厮是穿着无尾礼服去的，有穿这个的必要吗？这也就罢了，在发表即席演讲时，这头蠢驴居然满口敬语、之乎者也起来啦，真是令人恶心。附庸风雅和天生的高雅差着十万八千里哪，他那个只是装腔作势罢了。本乡随处可见写着‘高等公寓’的招牌，实际上，所谓华族，大部分不过是高等乞丐。真正的贵族怎么会像岩岛那样冒充高雅呢？再说我们家吧，只有妈妈一个人可以称得上是贵族。妈妈的风度可谓不折不扣的贵族气派，令我等无法望其项背啊。”

就比如喝汤吧，我们都是对着餐盘微微低下头，横握汤匙舀起汤，再这么横着递到嘴边喝下去，而母亲呢，则是左手手指轻轻扶着桌边，挺直上身，脸微微扬起，也不怎么看汤盘，横握着汤匙舀起一勺汤，姿态宛如燕子一般轻盈、曼妙，将汤匙送到嘴边，与嘴呈一个直角，让汤从汤匙尖端流入口中。她漫不经心地左顾右盼，汤匙上下蹁跹犹如飞舞的小翅膀，不会洒出一滴汤，不会发出喝汤声或是餐具磕碰声。也许这不是所谓的正式礼法，但在我看来，妈妈的样子非常可爱，俨然天生贵胄的气派。事实上，喝汤之时，与其低着头小心翼翼地喝，不如像母亲悠然自得地直起上半身，让汤就像从汤匙尖端流入口中一样，这样喝的汤才是不可思议的美味呐。可是，我是直治所说的高等乞丐，像母亲那样轻松自如地使用汤匙，是我力所不能的，无可奈何之下，只能断了此念，按照所谓正式礼法，俯首对着餐盘，闷闷不乐地喝汤啦。

不仅喝汤，母亲进食的方式也颇违背礼法。吃肉的时候，她会用刀叉迅速地把肉切成小碎块，然后丢下餐刀，右手握着餐叉，把肉一小块一小块叉起来，慢条斯理地享用。吃带骨的鸡肉，我们生怕刀叉磕碰餐盘发出响声，将骨肉分离时都特别用心，可母亲呢，却怡然自得地以指尖轻轻捏起鸡骨头，用牙齿将肉从骨头上撕下来。这种野蛮的吃法，母亲做来却只觉得可爱，甚至还特别的性感迷人，不愧是真正的贵族风度啊。带骨的鸡肉也就罢了，就连便餐里的火腿啦、香肠啦，母亲也经常用手指轻轻捏起送到口中。

“饭团为什么这么好吃，你知道吧？因为是用手指捏出来的啊。”

母亲曾经对我这么说。

用手拿着吃，果真更美味吗，我也曾想尝试，可是，我这种高等乞丐，若是东施效颦，肯定会弄巧成拙，到头来落得更像真正的乞丐，故而按捺下来。

弟弟直治也说母亲的气派令人难以企及。我更有一种近乎绝望的痛切之感。模仿母亲实在难乎其难。一次初秋的月明之夜，在西片町老宅后院，我和母亲在池边亭榭里赏月，笑谈狐狸与老鼠嫁女时的嫁妆差异所在。正说话间，母亲悠然站起身走进亭榭旁的胡枝子丛中，在白花间蓦然露出她白净的面容，嘻嘻笑着说：“和子，猜猜妈妈在做什么？”

“在摘花吗？”

我这么一猜，母亲轻声笑道：“在小便呀。”

我十分诧异，她是怎么做到站着小便的呢？同时，我打心底里觉得妈妈太可爱了，自己根本学不来。

由早上的汤说起，结果越扯越远了。不过说到这个话题，记得最近读了本书，说的是路易王朝时代的贵妇，都在宫廷庭院或者回廊角落里旁若无人地小便，那天真无邪的姿态实在可爱。我想，母亲这样的人，恐怕已经绝无仅有了吧。她是最后一位名副其实的贵妇。

言归正传。母亲轻轻啜了一匙汤，且“啊”地轻轻叫了一声。我赶紧问："有头发？"

她回答："不是。"

"太咸了？"

今早的浓汤是用美军近期配给的嫩豌豆罐头烹制而成，是将青豆过滤后做成的类似西餐汤一样的浓汤。我对自己的厨艺本无信心。母亲虽未抱怨，我心里却没有谱。因此仍不安地这样问了一句。

"你做的汤味道很不错。"

母亲郑重地说。喝完汤，她用手抓起包裹着海苔的饭团吃起来。我从小不爱吃早餐，不到十点钟不觉得肚子饿，勉强将就着喝下浓汤，却不愿再吃饭团。我把饭团放在盘子里，用筷子戳得稀烂，然后夹起一碎块，像母亲喝汤时的汤匙一样，筷子呈直角状将饭团送入口中，仿佛在喂食小鸟。就这么慢条斯理地吃着饭团。母亲吃完饭倏地起身，背靠沐浴在晨光中的墙壁，默默注视着我吃饭的模样儿。过了半晌，她说：

"和子还是不爱吃早餐，这样子可不行啊。一定要特喜欢吃早餐才好啊。"

"妈妈呢，觉得好吃吗？"

"当然，我已经不是病人了嘛。"

"和子也不是病人啊。"

"不行，和子不行。"

母亲摇着头，凄然地笑着。

五年前我患过肺病，卧床不起。我很清楚，那不过是由于我任性而得的娇贵病，倒是母亲最近得的这个病才真正叫人担忧呢。尽管如此，母亲却还老是担心我的身体。

"啊。"我也叫了一声。

"怎么了？"这次是母亲问我。

两人对视了一下，有一种完全的默契。我呵呵笑起来，母亲也微笑了。

此刻，六年前我离婚时那色彩鲜明的回忆突然沉渣泛起，让我百感交集，一种无法忍受的羞耻感袭来，让我发出了那一声“啊”。而母亲呢，又是怎么回事？母亲并不像我有那样羞耻的往事，是什么让她忽然“啊”了一声？

“妈妈刚才想起什么来了？什么事呢？”

“想不起了。”

“我的事？”

“不是。”

“是直治的事？”

“好像是，”这么说着，她歪过头，说，“也许是吧。”

弟弟直治大学中途应征入伍，去了南方的岛屿，此后便杳无消息，停战后仍然下落不明。母亲本以为再也见不到直治了。虽是这么说，我却觉得母亲这么认为的事没有一回是真的，肯定还会再见到直治的。

“本来已经死心了，喝到好喝的汤，就又想起了直治，觉得难受。当初要是再对他好点就好了。”

直治进入高中后开始执迷于文学，过的几乎是不良少年的生活，不知给母亲添了多少麻烦，从不曾省悟。然而，现在母亲一喝汤，想起的还是直治，“啊”了一声。我正把饭送进嘴里，眼热了。

“没事的。直治肯定会没事的。直治这样的坏蛋，是怎么都不会死的。死的都是老实、干净、温柔的人。直治用棍子打一顿都不会死。”

母亲嘲笑我：“这么说，和子会早死了？”

“啊，为啥，我嘛，是恶霸祖师爷，一直活到八十岁都没问题。”

“那这么一说，妈妈会活到九十岁喽。”

“嗯。”这么一说，又稍稍觉得为难。如果说坏人长寿，好人命短。然而母亲是个好人，是个美丽的好人，我但愿她长命百岁。这让我茫然了。

“妈妈真坏！”这么说着，下唇颤抖起来，眼泪夺眶而出。

说说蛇的事儿吧。四五天前的下午，附近的孩子在院墙边的竹丛里，发现了十几枚蛇卵。

孩子们说：“这是蝮蛇的卵。”我想那个竹丛里要是孵出十几条蝮蛇来，还怎么去院子里呢，就说：“烧了吧。”孩子们都欢呼雀跃，跟在我后面。

我们在竹林旁边堆了树叶与干柴，点着了，在火中投入一个个蛇卵。卵很久都没有烧着。孩子们又将树叶和小枝子投到火上，火势更旺了，可卵还是没有烧着。

坡下面有个农家女在墙外笑着问我们：“在做什么？”

“在烧蝮蛇卵，要是蝮蛇孵出来，太可怕了。”

“那些卵有多大？”

“像鹌鹑蛋那么大，是全白的。”

“那就是一般蛇的卵，不是蝮蛇卵，生的卵怎么可能烧着啊。”

农家女走了，觉得很好笑。

烧了三十分钟的火，蛇卵怎么也烧不着。我让孩子们把卵从火里拣出来，埋在梅树底下，又收集了一堆小石子作为墓标。

“大家都拜一拜吧。”

我蹲下来双掌合十，孩子们也在我身后蹲下合掌拜祭。我与孩子们分别后，一个人走上石阶，见母亲正在石阶上紫藤树荫下站着。

“本来以为是蝮蛇卵，但只是一般蛇卵，就好好埋了，没事了。”虽是这么说，可让母亲看到这事，总觉得不痛快。

母亲并非迷信之人。十年前，父亲在西片町故居亡故后，她便对蛇很是恐惧。父亲临终前，母亲在他的床头看见一条细黑带子落下来，不经意间俯身去捡拾，结果竟是一条蛇。那条蛇刺溜溜地逃跑了，出了走廊，不知去往何方。看见这一幕，母亲与和田舅舅两个人面面相觑，但恐怕引起葬礼上的客人慌乱，都忍着没说什么。因此虽然我们也在场，却对蛇的事丝毫不知晓。

然而，就在当天晚上，在庭院池边，我却目睹了蛇爬满了所有树木的事。现在我是二十九岁，十年前父亲去世时也十九岁了，不是小孩子了，过了十年，这段记忆仍然鲜明，不会有差错。我为了剪供奉用的花，走到庭院池边，在池岸杜鹃花树下站着，猛抬头发现在杜鹃花树枝上缠绕着一条小蛇。我有点受到惊吓。接下来想折棠棣树枝，那棵树上也有蛇在出没。再看旁边的桂花树、枫树、金雀花树、紫藤、樱花树，每一棵树都有蛇在蠕动。不过那时我并没有那么恐慌。我只觉得这些蛇是与我一样为父亲的溘然长逝而悲哀，因此从穴里爬出来拜祭父亲的亡灵。我把庭院里有好多蛇的事告诉了母亲，母亲也很平静，只是歪着头若有所思的样子，没有说别的什么。

只是这两起有关蛇的事件从此让母亲很厌恶蛇。与其说厌恶，不如说是恐惧，也即畏怖之情。

母亲看见烧蛇卵的事，肯定觉得不吉利。我自己也觉得这么急慌慌地烧蛇卵，是很可怕的事，担心这事或许给母亲带来厄运。接下来的第二天、第三天，都不能释怀这事。结果今天早上在餐厅里竟说起好人不长寿这种没来由的话，接下来要怎么圆过去都觉得于事无补，终于忍不住哭了。早饭后一边收拾，一边觉得好像有一条小蛇钻进了自己心里，一条会缩短母亲寿命的小蛇，真是无能为力。

这天我在庭院里又看到了蛇。在厨房里忙完了，一看是和煦的天气，我就想搬一把藤椅到庭院草地上，在那里做编织。搬过藤椅来到庭院，一眼看见假山石的竹丛那里有条蛇。呀，讨厌，我当时只是这么想，提起藤椅回到走廊，坐在那里开始做编织，没再想别的。到了下午，我想去庭院一角的佛堂，从那里的藏书中找一本罗兰珊的画册，就下到庭院，忽而看见草地上有一条蛇在缓缓爬行。与早上的那条像是同一条。一条修长优雅的蛇。我想是女蛇吧。她静静地横穿过草地去了野蔷薇阴影里，停下来，抬起头，吐出如细小的火焰般的信子，轻摇着，然后，像是在左顾右盼的样子，过了一阵子，垂下头，有些忧伤的样子。我当时一门心思想的仍然是，这是一条美丽的蛇。我去佛堂拿了画册，回来时在刚才那个地方瞅了一眼，蛇已经不在了。

黄昏时分，母亲在中式房间里喝茶，望着庭院。眼看着在第三级石阶处，上午那条蛇又慢慢现身了。

母亲看着，说："是那条蛇吧？"说完了起身来到我这边，握着我的手静静伫立。

这么一说，我也忽而醒悟，说："是那些卵的妈妈？"

"对，对。"母亲的声音有些嘶哑。

我们互相握着手，屏息默默地看着那条蛇。在石阶上忧愁地俯卧的蛇，扭动身子，像是娇弱无力似的，横穿过石阶，向着燕子花的方向爬去。

"今早她还在院子里来回转悠过。"我小声对母亲说。母亲叹了口气，坐回到椅子上，以沉闷的声音说："有这回事？她是在找自己的蛋啊，真可怜。"

我没奈何，只能笑笑。

夕阳照在母亲的脸上。母亲的眼里闪着蓝光。那微带怒气的脸，美得让人想扑过去抱她。我看到母亲的脸色，就觉得她与那条悲伤的蛇有神似之处。而我却觉得自己的心里却盘踞着一条丑陋恶毒的蝮蛇，不知何时会将这条美丽的深深的悲哀的蛇吞食掉。为什么这样啊。

我把手放在母亲柔软纤细的肩上，心里积满了苦闷与不安。

我们从东京西片町的旧居，搬到这个中式建筑的山庄，是在日本无条件投降后的十二月初父亲死后，我们家的经济全都交给母亲的弟弟，也是她唯一的血亲，和田舅舅来打理。然而停战后，世道大变，和田舅舅也无力关照我们了，就跟母亲提议：不如把房子卖了，辞退全部女佣，母女二人另外在乡下找个干净的房子，称心自在地生活。母亲对钱上的事，比小孩还要懵懂无知。舅舅既然那么说，也就拜托他去办理了。

十一月末，舅舅来了封快信：在骏豆铁道沿线河田子爵的别墅要卖，房子地势高，视野开阔，还有百坪左右的田，附近又有梅花胜地，冬暖夏凉，住起来肯定舒心。有必要跟对方直接见面谈谈。明天最好来我银座的事务所一叙。

我问："妈妈会去吗？"

"那当然，是我拜托他的嘛。"母亲带着落寞的神情笑着说。

次日，母亲请以前的司机松山送她去，刚过中午就出门，到了晚上八点左右，又让松山送了回来。

"定了。"母亲来到我房间，手撑在桌子上，像是要瘫倒似的坐下来，只说了这么一句。

"都定了什么？"

"全都定了。"

"这，"我吃了一惊，"可还没有看看是什么样的房子呢……"

母亲一只手肘支在桌子上站起来，手抵在额头，小声叹气说："你和田舅舅说了是好地方，我就闭着眼过去都成啊。"说着，扬起脸微笑起来。这张脸憔悴而美丽。

母亲对于舅舅如此信赖，我也不由得叹服，就附和说："要这么，我也跟妈妈闭着眼搬过去好了。"

两人都笑出了声，笑过后，又觉得凄凉无比。

之后便每天都有人过来，开始准备打包搬家。和田舅舅也为我们操办各种事务，看看能卖的东西就都卖了。我与女佣阿君两个人整理衣物，将废品在院子里烧了，每天忙个不休。母亲没有插手任何事，也没有吩咐什么，只是每天把自己关在房间里闷闷不乐。

“怎么了？不想去伊豆了吗？”我狠下心来，用稍稍严厉的语气问她。

“不是。”她脸上一片茫然，只答了这么一句。

花了十天工夫，家当都整理完毕。到了傍晚，我与阿君两个人在院子里烧一些碎纸草屑什么的，母亲从房间里出来，站在檐廊下默默看着火光。阴冷的西风吹来，轻烟低回缭绕。我猛然抬头看见母亲的脸色，从未见过她如此苍白，我惊叫起来：“妈，你脸色好差。”

母亲淡淡笑道：“没事的。”

那天夜里因为被褥都已经打包了，阿君只好睡在二楼西式房间的沙发上，我跟母亲在她房间里，借了邻家一套铺盖一起睡下了。

母亲忽然想起了什么似的，用衰老的声音对我说：“还好有和子陪着妈妈，妈妈才去伊豆的。只要和子还陪着就行。”

这话出乎意外，我不假思索地问：“要是没有和子呢？”

母亲马上哭起来，“那还不如死了好呢，你爸爸死在这个家里，我也死在这里好了。”她断断续续说着，越哭越伤心。

在此之前，母亲从未向我用这么沮丧的语气说话，也没在我面前如此伤心地痛哭。无论是父亲过世的时候，我出嫁的时候，怀孕了回到母亲身边的时候，还是在医院产下死胎，卧病不起的时候，或是直治干了坏事的时候，母亲从未像这天这么脆弱过。

父亲去世后的这十年里，母亲与父亲在世时几乎没什么改变，一直是悠闲、优雅的姿态。我们姐弟也是性子上来了就撒撒娇什么的，就这么成长起来。然而到了最后，母亲没钱了。为了我们，为了我和直治，她从不吝惜花钱，结果现在这个常年居住的家也不得不搬出去，只能去伊豆的小山庄两个人住着，过着冷清的生活。但凡母亲是个铁石心肠的吝啬鬼，老是训斥我们，自己一门心思地攒私房钱，不管世道怎么变，也不至于沦落到现在这般想要寻死的境地。唉，没有钱真是可怕的事，是凄惨的、得不到拯救的地狱。这是我生来第一次体会到这一点。苦闷把胸口填塞得满满的，想哭也哭不出来。所谓人生的严峻，就在这种时候深深压在我身上，我如瘫痪了一般，只是仰躺着，像一块石头似的一动不动。

次日，母亲仍是脸色很差，磨磨蹭蹭的，像是要尽可能在这老房子里多待一会儿的样子。可和田舅舅来了，说，既然行李基本都发送过去了，那就今天过去吧。母亲不情愿地勉强穿上外衣，跟阿君还有家里平常来往的一些人默默告别。加上叔父与我，三个人就从西片町家里离开了。

火车乘客不多，三个人都坐下了。一路上，舅舅兴致勃勃，哼着小曲儿。母亲的脸色还是很难看，低着头闷闷的，怕冷似的缩着。我们在三岛换乘骏岛铁道，在伊豆长冈下了车，之后又乘巴士，十五分钟左右下了巴士，向着山那边走上一条平缓的山路，来到一个小村子，村子的尽头就是那个中式的小山庄。

我喘息着说："妈，比我想象的要好呐，这个地方。"

"嗯，"母亲站在山庄正门前，一时之间脸上竟有了一丝喜色。

"首先就是空气好，空气新鲜呐。"舅舅得意地讲。

"还真是这样，"母亲微笑着，"香甜啊，这里的空气真香甜。"

三个人都笑了。

进了正门，东京运来的行李都已经到了，从正门到房间里摆了一地。舅舅饶有兴致地把我们领到客厅坐下，"其次就是客厅里看出去的风景好。"

正是下午三点左右，冬日和暖地照在庭院的草地上，从草地下了石阶，下面有个小池子，旁边有很多梅花树。庭院下面是广阔的橘田，再往前走有一条乡村小道，路对面是水田，再往远处是松树林，松林那边可以看到大海。坐在客厅，海平面正好和我的胸口齐平。

“景色看上去都很和谐。”母亲神色忧愁地说。

我开心地说：“这都是因为空气好，阳光也和东京不一样。光线就像从丝绢滤过一样，变柔和了。”

房间有十个榻榻米大的，有六个榻榻米大的，还有一间中式客厅。玄关和浴室都有三个榻榻米大。此外是餐厅，厨房，在二楼还有一间为客人提供的带大床的西式房间。房间虽只有这么多，但我们两个人住是绰绰有余了，哪怕直治回来，三个人住也不会觉得挤。

舅舅从村里唯一的旅店订了餐。便当来了，在客厅里摆开，他喝着自己带来的威士忌，兴味盎然地讲起了自己与山庄前主人河田子爵在中国旅游时闹出的笑话。母亲对着便当几乎没有动筷子。

天色暗下来，母亲小声说：“我想躺一会儿。”

我从行李卷中拿出被子，让她躺下来。她看上去让人很不放心，就从行李中找出体温计一量，三十九度了。

舅舅也很吃惊，连忙去下面村子里找医生。

“妈！”我叫了声，可她只是昏昏沉沉的。

我握着母亲纤细的手，啜泣起来。母亲太可怜了，不，我们两个人都很可怜。我怎么哭都止不住，真想就这么着跟母亲一块死了算了。我们已经什么都无所谓了，在离开西片町时，我们的人生就已经终结了。

两小时左右，舅舅请来了村里的医生。这位医生已经上了不少年纪，穿着仙台绫的裙裤，脚上穿着白袜子。

诊断完了，他模棱两可地说：“可能会发展成肺炎，不过就算成了肺炎，也不用很担心。”然后给母亲打了一针就回去了。

次日母亲高烧未退。舅舅给了我两千元，说万一要住院的话，就打电报给东京。他留下这句话，没再逗留，就回东京了。

我从行李中取出最必要的几样炊具，做了粥劝母亲喝。母亲躺着，只喝了两三汤匙，就摇摇头表示不再喝了。

将近正午，村里那位医生又过来看母亲。这次没穿裙裤，仍穿着白袜子。

我说："是不是得住院……"

"不用，没这个必要。今天再打一次强效针，就该退烧了。"这话让我听了仍然七上八下的，之后医生便给母亲打了所谓强效针，又回去了。

没想到，这所谓的强效针果然奏效了。过了正午，母亲的脸上有了血色，出了很多汗。我给她换睡衣时，她说："不定真的是名医呢。"

妈妈体温降到了三十七度。我很是高兴，去村里唯一的旅店让老板娘卖给我十个鸡蛋，立刻煮了半熟给妈妈吃。妈妈吃了三个鸡蛋，又喝了半碗粥。

第二天，村里这位名医又穿着白袜子过来看母亲。我感谢他昨天给母亲打的强效针。他点点头，意思好像是说：这肯定见效了。他仔细给母亲诊察了，对我说："令堂大人的病无碍了，今后饮食起居，任其自然即可。"听着他带古风的说话方式，我使劲憋着才没笑出来。

我把医生送到正门外，又回到客厅，母亲已经坐起来，自言自语地说："果然是名医，我的病都好了。"

"妈，要拉开隔扇看看吗？下雪了。"

花瓣一样大的雪开始纷纷扬扬下起了。我拉开隔扇，跟母亲并肩坐着，透过玻璃门望着伊豆的雪。

"我的病全好了，"母亲又自言自语地说，"这么坐在这里，以前的事就像大梦一场。搬家来伊豆，我是无论如何都不情愿的。总想着在西片町哪怕多待一两天也好。坐火车的时候，人好像已经死了一半一样。到了这里，才稍微提起点兴头。天一黑，又开始想念东京，胸口就火烧火燎的，昏天黑地起来。这不是普通的病啊。这是神杀了我，又把一个不一样的我复活过来了。”

于是，我们两个人就这么着在山庄里定居下来，安稳地一直生活到现在。村里人对我们都很友好。去年十二月搬来，然后是一月、二月、三月，到四月的今天，我们除了准备吃饭以外，大都在檐廊下做编织，在中式客厅里读书、喝茶，过着与世隔绝的生活。

二月里梅花开了，整个村子都淹没在梅花里。整个三月都风和日丽，梅花也没有凋零，一直眉开眼笑地开到三月末。无论朝夕，无论昼夜，梅花都不知疲倦地绽放着，美得令人叹息。一拉开檐廊的玻璃门，花香就幽然潜入房间里。三月末，每到黄昏，总要起风，我们在餐厅摆好碗碟，窗里吹进了梅花瓣，飘到碗里，浸湿了。四月，我与母亲在檐廊下做编织。两人悠然说起田里的耕种计划。母亲说会帮我种庄稼。

啊，写到这里，我们仿佛真的就像母亲说的那样，死过一次后以新的面目重生了。然而像耶稣那样复活，对世人来说毕竟是不可能的。母亲虽那么说，可还是喝了一口汤就想起了直治，啊地叫了一声。而我过去的伤痕，一点也没有平复。

唉，我真想把所有的一切巨细无遗、毫无隐瞒地写出来。我有时想，在这个山庄里的安稳生活，也许不过是海市蜃楼。这是神给我们的短暂的休息时间。哪怕在当下的平和之中，不祥的阴影也在悄悄逼近，让人无法忍受。母亲假装幸福，日渐衰老，而我的心里则盘踞着一条蝮蛇，要将母亲牺牲来养大自己。我没法抑制这条蝮蛇蠢蠢欲动的架势。唉，但愿只是季节的原因吧。我最近对于这样的生活常常感觉无法忍受。会做出烧蛇卵这样晦气的事，也是自己这种焦躁心情的反映。这只会让母亲更悲伤，更衰弱。

还说什么都写，可一触及恋情，我就无法写下去了。

二

出了烧蛇卵的事以后，过了十天，又出了一件不详之事，一件让母亲的悲哀更深、寿命更短的事。

我差一点就引发一场火灾。

火是因我而起。我的生涯中竟会有如此可怕的事，从幼时到现在，做梦也没有想过。

对火粗心大意会导致起火，这种再自然不过的常识，我都没能留心，难怪人家叫我“千金娇小姐”吧。

半夜起来上厕所，来到玄关旁边的屏风那儿，忽然看见浴室那里明晃晃的，不经意一瞧，浴室的玻璃门都变红了，还听见噼里啪啦的声音。我小跑着过去打开浴室门，赤着脚跑出去一看，这才惊觉是浴室外炉灶旁的柴火垛熊熊燃烧起来了。

我飞奔向最近的农家，拼命拍门，叫道：“中井先生！中井先生！快起来，家里起火了！”

中井好像正在睡觉，回应说：“好，马上过去。”

我连忙说：“拜托了，请快一点！”然后看着他穿着睡衣从屋里冲出来，我们两人跑到起火的地方，拿着铁桶舀水上来，见母亲出现在廊檐下，啊地惊叫了一声，我连忙放下铁桶，上了檐廊，说：“妈妈，别担心，没事，你休息吧。”

说着，我把快要晕厥在地的母亲抱着，搀扶到床铺那儿让她躺下，又回到起火的地方，这次是我从浴室汲了水递给中井，中井再将其泼到柴火垛上，但火势太猛，一下子没有要灭的迹象。

“起火啦，起火啦，别墅那里起火啦！”

下面有声音在喊，很快有四五个村里人撞开篱笆飞奔进来，然后将篱笆下面的水以接力的方式运过来，两三分钟内火就灭了。好悬，差点就烧到浴室的屋顶了。

我心里庆幸的同时，也明白了着火的原因。原来是昨晚浴室炉灶下的柴，我以为已经灭了，就抽出来放在了柴火垛旁边。一想到这个我快要哭起来了，呆呆地站在那儿，就听前面西山家的媳妇在篱笆外高声喊："浴室都烧干净了，都因为灶没看好。"

村长藤田先生、警官二宫先生、警防团长大内先生都来了。藤田还像平常一样温和地笑着问："受惊了吧？怎么回事？"

"都是我的错，本以为柴火已经灭了……"

说到这儿，想到自己的凄惨境地，禁不住泪如泉涌，只好不吭声了。我甚至想到自己会被警察带走，成为一个罪犯。再想想自己光着脚穿着睡衣、惊魂未定的狼狈相，又觉得很是羞惭。

"明白了，老夫人怎么样？"藤田用安慰的口气安静地说。

"让她在屋里休息了。她吓得够呛。"

"不过，还好吧，"年轻的警官二宫说，"没烧到房子就好。"

一会儿，下面的农家中井先生换了衣服出来，气喘吁吁地替我说情，"只是烧了，算不上火灾。"

"这样就好，我们都明白了。"村长藤田点了点头，跟警官二宫小声交谈了几句。

"那我们就回去了，代我们向老夫人问好。"说着，警防团长大内先生与其他人都回去了，只有警官二宫留了下来，来到我面前很近的地方，用喘息一般的低语说："今晚的事，我们就不上报了。"

二宫警官回去后，中井先生有点担心地问："二宫先生说什么了？"

"他说不会上报。"我回答了这句，篱笆周围一些附近的人好像都听到了我的回答，纷纷说"好啊，那就这样"，回家去了。

中井也说："那请休息吧。"于是也回去了。之后我一个人一片茫然站在烧过的柴火垛旁，眼泪一个劲儿涌上来。望望天空，夜色渐渐微明。

我回到浴室，洗了把脸，又洗了手和脚，总觉得没法觍着脸去见母亲，就在浴室三个榻榻米的房间里梳理了一下头发，又到厨房煞有介事地整理了一会儿餐具，磨磨唧唧地等了好一阵子。

天亮了，我蹑手蹑脚去母亲房间一看，母亲已经换好衣服，坐在中式客厅的椅子上了，样子像累坏了似的。见了我，她微微一笑，脸色苍白得令人吃惊。

我没有笑，默默站着母亲身后。

过了好一会儿，母亲开口道："也不算什么事，柴火本来就是要烧的。"

我扑哧一声笑出来，觉得这句话特别可乐。想起《圣经》上一句箴言：一句话说得合宜，就如金苹果在银网子里。[1]有这么温柔、这么体贴的母亲，是自己的幸福。感谢上帝。昨天的事，已经过去了。我透过中式客厅玻璃窗，望着伊豆清晨的大海，就这么久久站在母亲身后，渐渐地，母亲平静的呼吸与我的呼吸合为一体。

早上简单吃了点东西，我收拾了一下烧剩下的柴薪，村里"独一家"旅店的老板娘阿咲从庭院栅栏门那里小跑着进来，眼里满含着泪。

"怎么了？到底咋回事？我还是刚刚听说，昨晚究竟是怎么了？"

"对不起。"我小声向她道歉。

"对不起什么的就免了。警察那边没事吧？"

"那边已经没事了。"

"那就好。"

她发自内心的高兴。

我问阿咲，该以什么形式向村里人表示歉意和感谢才好。阿咲说给钱就好了，又跟我说都该去哪些人家送钱。

---

①《旧约全书 · 箴言》25：11。

“要是小姐自己去的话觉得不好意思，我就跟你一起去。”

“还是我一个人去更好吧？”

“你能一个人去的话，当然还是一个人更好。”

“那我还是一个人去吧。”

之后阿咲也帮忙整理了火烧后的一片狼藉。

整理完毕，我跟母亲要了钱，用美浓纸每包包了一百日元，包外面写上“致歉”二字。先是去了村公所，村长藤田不在，就拿出纸包给了传达室的姑娘：“昨晚的事很是抱歉，以后会多加小心。请原谅。代我跟村长问候吧。”

我又转去警防团长大内家，大内先生从玄关迎出来，见了我默默地悲哀地笑着，我不知怎的就想哭，急急忙忙说了一句“昨晚的事打扰您了。”回到路上，眼泪就止不住地流，脸上的粉妆都花了，只好又回到家，洗了脸，重新化了妆。在门口穿鞋的时候，母亲出来问：“还得出去啊？”

我没抬头，说：“刚才只去了一两家。”

“真是辛苦你了。”她体贴地说。

母亲的关爱给了我力量，这一次我没有再哭，一口气挨家挨户转了一遍。

去区长家的时候，区长不在家，他儿媳出来，见我，她自己先泪汪汪的。在警官那里，二宫先生对我说：“好啦好啦，没事啦。”大家对我都很和善，之后又去拜访近处几个邻居，大家也都表示同情与安慰。只有前面西山家的媳妇，说是媳妇，其实已经四十多岁了，她很严厉地叱责了我：

“以后可得当心啊。皇族什么的，咱也不懂。咱之前就说，你们整天就那么优哉游哉地生活，跟两个小孩似的，粗枝大叶的，结果现在起火了吧，一点都不奇怪。今后真是得留点神了，昨晚要是风再大一点，咱整个村子都烧了也说不定呢。”

之前村长与二宫警官过来，中井先生给我说情，说不是火灾的时候，大声嚷嚷着说浴室全烧光了，是灶里火没看好的，正是这位西山家的媳妇。但我觉得她的话也没错。确实如此。对西山家媳妇我一点都没有恨意。母亲开玩笑说柴火就是用来烧的，这是为了安慰我，可当时的风要是再大一点，像西山家媳妇说的将全村烧光也不是没可能啊。真要那样，我就是以死谢罪也无济于事了。我一死，母亲也活不下去了。于父亲的一世英名也有损。现在也谈不上什么皇族、华族了，早晚都要灭绝，只想着死的时候能体面一点，光彩一点，由于引发火灾而以死谢罪，这么可怜地死去，实在是窝囊。总之，要死也堂堂正正去死吧。

第二天开始，我便全力以赴做农活了。下面农家的中井家姑娘也时时过来帮忙。我差点就酿成火灾这种丑事，让我觉得自己体内的血有些变成暗红的了。之前就在心里养了条恶毒的蝮蛇，现在居然连血色也变了，我渐渐要变成粗野的乡村姑娘了。跟母亲在廊檐下编织时，我总感觉窒闷，反而是到田地里去挖土，让我感觉更舒畅。

这就是筋肉劳动啊。从事体力劳动，对我并不是第一次。战时我就曾应征去义务劳动，干过打夯的活儿。现在去地里干活用的胶底袜子就是当时军队配给的。胶底袜子这种东西，当时是生平第一次穿，觉得很舒服，穿上以后在院子里走了走，就像鸟兽赤脚走在地上一样轻快。心里自然而然的喜悦。战争中唯一开心的回忆仅此而已。战争真是无聊透顶的事。

去年，啥事都没有发生。

前年，都没有发生啥事。

大前年，啥事都没有发生。

这首有趣的诗，是战争结束后不久，一份报纸上登出来的。现在回想一下，尽管确实发生了各种各样的事，可仍然跟什么事都没发生一样。我不喜欢谈，也不喜欢听战争回忆。的确，死了很多人，可这又陈腐又无聊。这难道是我自己自私任性吗？只有我应征去打夯、穿了胶底袜子这件事，没那么陈腐。虽然也是讨厌的回忆，但我得力于打夯的锻炼，身体变结实了，现在要是觉得生活没着落，总想着说不定还可以去打夯赚钱呢。

战局渐趋绝望之时，一个穿着军制服的男人来到我们西片町的家里，向我下达征用通知书，还有劳动日程表。日程表说需要我每隔一天到立川的深山去劳动，我一看就流泪了。

"能找人代替我去吗？"

泪止不住地流，啜泣起来。

"军队征用的是你，必须本人到场。"那人斩钉截铁地回答。

我只好去了。

第二天有雨。我们在立川山麓排好队，听一名将官宣讲：

"我们肯定会战胜的！"他这么开头道，"战争肯定会取得胜利，但是各位如果不服从军队的命令，妨碍战争的进行，就会出现冲绳那样的结果[①]。一定要做好你们的工作。另外，我们这山里也会有间谍潜入，你们一定要警惕。从此以后，你们就跟军人一样，这里就是你们的阵地，阵地上的情况，绝不能告诉他人！这点务必要注意。"

山里烟雨迷蒙。男女合起来有将近五百名队员，都浑身湿漉漉地恭听他训话。队员中还有国民学校的男生女生，所有人都冻得抖抖索索，哭丧着脸。雨水透过我的雨衣，浸湿了上衣，连贴身衬衣也都湿了。

---

①冲绳战役从1945年4月上旬开始直至6月中旬结束，美军彻底消灭了日本海上和空中力量，为二战胜利奠定了基础。日本方面共有超过10万名士兵战死或被俘虏，美军遭受的人员伤亡亦超过8万人。同时，数万名当地平民丧生、受伤或被迫自杀。

整整一天我都在挑筐运土石。在回去的电车上流了一路泪。

下次再去就是拉大绳子打夯了，我觉得这个工作最有趣。

去了山里两三次，国民学校的男生开始莫名其妙地盯着我看。有一天我正挑着筐子运土石，两三个男生与我擦肩而过，其中一个说：“那个女的是间谍吧？”

这话把我吓了一跳。

“他为什么这么讲啊？”我对跟我并肩一起走、运土石的姑娘说。

“因为你长得像外国人吧。”年轻姑娘认真地回答。

“你也觉得我是间谍吗？”

“不是啦。”她这次微笑了。

“我明明是日本人啊。”说了这种没意思的废话，自己也吃吃笑了。

有一天很晴朗，我从一大早就跟男人一起运圆木。当班监工的年轻将官皱着眉指了我一下：“喂，你。你跟我来。”

说完，他转身向松林那边快步走去。我心里满是恐怖和不安，胸口咚咚直跳。跟在他身后，来到树林深处，那里堆着很多从锯木厂运过来的木材。那将官在那里站住，忽然转过身对着我露出雪白的牙齿笑起来：“每天这么干活肯定很辛苦吧？今天你就看守这些木材吧。”

“就站在这儿吗？”

“这里又凉快又清净，在木板上睡午觉也行。要是觉得无聊，就看会儿书吧。”说着，他从上衣口袋里取出一本文库版小书腼腆地扔到木板上，书名是《三套马车》。

“这样的书你不嫌吧。”

我拿起那本文库本，说：“我家里也有一位喜欢读书的，现在去了南方。”

对方误会了我的意思，说：“啊，是你的先生吧。南方现在挺危险的。”他摇摇头，有些沉重地说，“不管怎样，今天你就在这里看着，便当到时候我会拿过来给你。你就慢慢休息吧。”说完，急忙回去了。

我坐在木材上，读那本书，读到一半时，听到脚步声，那个将官又回来了。

“便当给你拿来了，一个人有点无聊吧？”

说完，在草地上放下便当，又急匆匆回去了。

我吃过便当，这次爬到了木板顶上躺着继续看书。全部看完以后，迷迷糊糊睡过去了。

醒来时下午三点了。我突然想起我好像在什么地方见过这个年轻将官，但怎么想也没想起来。从木板上下来，整理了一下头发，我又听见了脚步声。

“今天辛苦了，请回去吧。”

我走到将官那边，将文库本还给他。想说声谢谢，可只是默默仰望着将官的脸。两人对视了片刻，我眼里簌簌泪下。将官眼里也泪光闪闪。

就这么默默分别了。在我们干活的地方，这位年轻将官，我只见过这一次，从此就再没见过。那天就那么玩了一天。从此后，还是每隔一天去立川山里做苦工。母亲一直担心我的身体吃不消，但我身体反而更结实了。现在对于出去做工打夯也暗暗自信，干农活也不觉得苦。

我说自己不喜欢谈，也不喜欢听战争的事，可是却不知不觉也讲了自己的“珍贵体验”，然而我回忆起战争，稍微想说说的也就刚才说的这么一点点事。至于别的，就像那首诗里说的——

去年，啥事都没有发生。

前年，都没有发生啥事。

大前年，啥事都没有发生。

何等的荒唐啊，最后剩下的，还留在我身边的，就是这双胶底袜子了。

从胶底袜子的事，拉拉杂杂写了这么多。胶底袜子算是这次战争留给我的唯一的纪念品了，我现在每天穿着它去田里干活，心里总潜藏着不安与焦虑。而且，母亲眼看着一天比一天衰老了。

蛇卵。

火灾。

出了这些事儿，母亲越来越像病人了。我呢，恰恰与她相反，渐渐变成一个粗野、庸俗的女人，感觉就好像我把母亲的精气都吸走了才变得这么强健的。

出了起火的事后，母亲开玩笑说柴火就是为了烧的，之后对于这事便再也没提过，反而总在安抚我，让我安心。可是，母亲受到的冲击肯定比我强十倍。打那以后，母亲不时会在半夜呻吟，风大的夜晚，还会假装去上厕所，深夜了还不睡，在家里到处转悠。她的脸色越来越苍白，走路都感觉很困难。她曾说要帮我做农活，有一次我怎么劝都不听，用一个大桶往地里运了五六桶水。到了第二天，肩膀就疼得透不过气来，躺了一整天。之后她对干农活算是死了心，只是偶尔在旁边静静地看我干活。

“喜欢夏天的花，就会死在夏天。这话不知道是不是真的。”

母亲今天看我干活的时候，忽然说起这事。我默默地用水管浇水。这么说，已经是初夏了。

“我喜欢合欢花，可是这院子里一棵也没有。”母亲又静静地说。

“不是有很多夹竹桃吗？”我故意用胡搅蛮缠的口气说。

“我不喜欢那个。夏天的花我大都喜欢，可是夹竹桃给人的感觉太轻佻了。”

“我喜欢蔷薇，不过那个四季都开。那么说，喜欢蔷薇的人，会春天也死，夏天也死，秋天也死，冬天也死，一年死四次咯？”

两人都笑了。

“不休息一会儿吗？”母亲又笑着说，“我今天想跟和子说点事。”

“什么啊，我可不想再谈死啊活啊的事儿了。”

我跟在母亲身后，来到紫藤架下的长凳上坐下。紫藤花已经谢了，和暖的午后的阳光从枝叶间洒落在我们身上，把我们的膝盖染成了绿色。

“这事儿前一阵子就知道了，早就想跟你说，可想等一个咱俩心情都不错的时候再讲，一直等到现在，唉，毕竟也不是啥好事。只是，今天我觉得精神好了点，能把这事和盘托出了，你也耐心点听听吧。其实，直治还活着呢。”

我的身体一下子僵硬了。

“有五六天了，和田舅舅写信过来说，有个之前在他公司工作的人，最近从南方回来了，去舅舅那里叙旧，说到最后的时候，偶然提起来，这位竟然和直治是同一部队的。他说直治没什么大碍，很快就回来了。就有一点麻烦事，照他说来，直治染上了大烟瘾，所以……”

“他又……”

我嘴里就像吃了苦东西，扭到了一边去。直治在高中时就因为模仿一个小说家，染上了毒瘾，结果在药店欠下巨额债务，母亲用了两年时间才还清。

“是啊，又开始了。不过，有规定在戒毒之前不允许他回来。那个人说肯定让他治好了再回家。你舅舅说，即便治好了，也没法马上去工作。如今东京也乱糟糟的，哪怕正常人在那里都难免要发疯，更何况刚戒毒的半病的人，要是毒瘾又犯了，指不定又闹出什么事来。因此打算先让直治回来住在伊豆山庄里，哪儿都不去，先静养一段时间再说。这是第一件事。另外就是，舅舅说，我们的钱也不剩多少了，再加上存款冻结，要征收财产税什么的，舅舅也不能像以前那样给我们寄钱了。这样的话，直治一回家，妈妈与直治、和子三个人都不工作的话，舅舅要为我们筹措全部的生活费的话，就很为难。所以，就想着尽快给和子物色一个合适的人，或者说先找个人家去做工，就这点事儿。”

“找个人家做工，是去做女佣吗？”

“不是，舅舅的意思是，在驹场有一家……”她说了一个皇族的名字，“这家人跟我们也有血缘关系，和子过去是兼任他们小姐的家庭教师，这样和子也不至于觉得拘束和寂寞。”

“就没有别的差事可以做吗？”

“别的工作恐怕对和子不合适啊，他说。”

“为什么？怎么就不合适了？”

母亲只是凄凉地笑着，什么都没回答。

“我讨厌去人家里做佣人！我讨厌说这些！”

我无法控制自己，开始说一些自己都不愿提及的事。

“我穿着这双袜子，这种胶底袜子，”说着眼泪就流出来，不由得哇一声大哭起来，抬起头，用手背擦了一下眼泪，心里想着，我不该这么说，不该这样，可是嘴里却像无意识的，像是与肉体毫无关系似的，滔滔不绝说起来：

“那次妈妈不是跟我说，正因为有和子，只要和子还在，妈妈就愿意来伊豆的吗？不是说，没有了和子，妈妈不如死了吗？正因为这样，和子才哪里都没去，才愿意陪着妈妈，就这么穿着胶底袜子，一门心思想给妈妈种新鲜蔬菜吃。可是一听说直治要回来，就觉得我碍事了，就打发我去给皇族做佣人，太过分了，太过分了。”

自己也觉得这番话很伤人，可是这些话就像野兽一样从嘴里跳出来，拦都拦不住。

“要是穷了，没钱了，我们就卖衣服，这个房子也卖了，不行吗？我干什么都行。就做村公所的办事员，或者别的啥都行。村公所不用我，我就去做打夯的。我不怕穷，不怕苦，只要妈妈还疼我，我就一辈子守在妈妈身边。可是妈妈比起我来却更疼爱直治，那我就滚蛋吧。我走。反正以前我就跟直治处不来，三个人一起生活，大家都不自在。我现在跟妈妈也一起生活了这么久，也没什么值得留恋的了。妈妈就跟直治两个人过清静日子吧，我已经厌烦了，直治会孝敬您的，我就算了吧。我厌烦了，还是滚吧，今天我就走。我有去的地方。”

我站了起来。

“和子！”

母亲倏地站起来，面对着我，看起来比我高一点。她的声音很尖厉，一脸威严的神色，我从未见过她如此让人敬畏。

我心里想说，妈妈对不起，但嘴里像被堵上似的说不出来，反而又说出别的话来。

“别骗我了，妈妈你别骗我了。直治没来，就利用我，我就是妈妈的女佣，用完了，就打发我出去当佣人了。”

我又哇的一声哭起来，站在那里没完没了地哭。

“你怎么这么傻。”母亲低声说着，声音因发怒而颤抖。

我仰起脸，傻话又接连不休地往外冒：“我就是傻，就因为傻才会被骗，我妨碍你们了，我走还不行吗？穷算什么，钱算什么，这些我都不懂，我只相信爱，只相信妈妈的爱啊。”

妈妈转过脸去，也哭了。我想跟妈妈说，对不起！然后再抱抱妈妈，可是因为干农活手都脏了，就索性继续发狠说道：“我滚蛋更好是吧？我这就走，我有去的地方！”

扔下这句话，我小跑着来到浴室，呜咽着洗了脸和手脚，又去自己房间换上外套，哭着哭着，越哭越想哭，就去了二楼的西式房间，扑倒在床上，用毛毯蒙住头，放声大哭，哭得神志恍惚了，不断地想起一个人，想要见他，想听听他的声音，想得难受得不得了，这时的心情就像两脚被艾灸，一声不吭地忍着，忍着。

黄昏时分，母亲静静地进来，啪嗒打开电灯，走近我，柔声呼唤我，"和子。"

"嗯。"我在床上坐起来，两手拢了拢头发，看见母亲一脸和蔼，就噗嗤笑起来。

母亲也微微笑了，然后坐在窗下的沙发上，"这还是我生平第一次没有听你和田舅舅的话，我刚才给他写信了，说，我孩子的事，请让我自己做主。不好过了，我们两个就慢慢把衣服都卖了，钱该怎么花就怎么花，过舒坦日子，我也不想再让你干地里的活了。就买贵一点的菜又咋样。这样不好吗？那样每天去地里干活，太委屈你了。"

确实，我每天干农活，有些吃不消了。刚才那狂风暴雨的哭泣，也是因为干活干得疲惫不堪，伤心过度，充满怨恨的缘故。

"和子啊。"

"嗯。"

"你说有去处，是说哪里呢？"

我感觉到自己的脸红到了脖子。

"是去细田家吗？"

我没吭声。

母亲深深叹了口气："能谈谈过去的事吗？"

"说吧。"我小声说。

"你离开山木家、回到西片町老家的时候，妈妈没跟你说过一句伤人的话，可只有一件，妈妈说，'你辜负妈妈的期望了'，你还记得吗？当时你一听这句话就哭了。我也觉得用辜负这样的词，说得太重了。"

不过，那个时候，我倒是很感激妈妈这句话，当时可以说是喜极而泣。

“那时候说你辜负了妈妈，并不是因为你离开山木家，而是因为从山木那里听说和子原来是与细田恋爱的。这么一听他说，我的脸就没处搁了。细田很早就结婚了，有夫人有子女的，你们不管怎么相爱，都没有结果呢。”

“恋爱什么的，都是他瞎说。山木这些话也都是捕风捉影的。”

“这样啊，那你还想着那位细田吗？是说去他那里吗？”

“反正不是去他那里。”

“那又是去哪里呢？”

“妈妈我最近在想一件事，人跟别的动物本质不同在哪里呢？语言，智慧，思考，社会秩序，这些虽然有程度上的差异，可其他动物也都有。动物说不定也有信仰呢。人总吹嘘说自己是万物之灵长，就没有一点与动物截然不同的地方吗？我就想到一个。是动物绝对没有，而人有的，妈知道是什么，就是秘密啊。”

母亲的脸微微泛红了，笑得很美。

“啊，和子的这个秘密，希望能结出好的果实来吧。妈妈每天都向你父亲的在天之灵祈祷，让他赐予和子幸福呢。”

一听这句话，我心里蓦地浮现出一派秋天原野的景色，那是跟父亲在那须野兜风，途中下了车看到的，芦荻，瞿麦，龙胆，女郎花，开遍了整个原野。野葡萄的果子还是青的。后来又跟父亲在琵琶湖坐了汽艇，我跳到水里，水藻间的小鱼儿碰触着我的腿，波光颤动，湖底显现出我的影子。这一场景与前后并无联系，一下子浮现在心头，转眼间又消失了。

我从床上滑下来，抱着母亲的膝盖，这才开口说：“妈妈，刚才的事对不起了。”

此后回想起来，这是我们幸福日子的最后的余晖。直治从南方回来后，我们就堕入了真正的地狱。

三

每天惶惶不安，简直活不下去。痛苦的浪不断涌上来，就像黄昏后雨过天晴，白云一朵一朵地飘过。我的心收紧，又放松；我的血液凝滞，呼吸困难。眼前一片昏暗，全身的力量像是从指尖一下都抽走了一样。再也没法继续做编织了。

最近一直阴雨连绵，不管做什么，都令人厌倦。今天从房间里搬出藤椅，在檐廊里，打算把今年春天起了头的活计，继续干完。用的是淡牡丹色的毛线，我想配上深蓝色的毛线，织一件毛线上衣。

这淡牡丹色的毛线，原本是一条围巾。那时还上小学，母亲给我织了这条围巾，围巾一端还有个头巾，戴上后在镜子里照了一下，跟个小鬼似的。它的颜色与其他同学戴的大不一样，我很不喜欢。来自关西的一位家境豪富的同学用大人的口吻称赞说："你这条围脖不错。"可是这让我越发觉得害臊，再也不肯戴它，就这么放在了一边。

今年春天，带着一种让死物复生的意思，我打算把它拆了做毛衣，可是对这种黯淡的颜色实在不中意，只编织了一半，又扔在一边。今天因为无所事事，又取了出来，慢慢试着编织。没想到，在编织的过程中，我发现这淡牡丹色的毛线与灰蒙蒙的天空似乎融为一体，有一种无以言表的和谐，极为优美。我以前从未想过，服装的颜色是要考虑与天空的颜色搭配调和的。这让我惊讶而茫然了。阴云的灰色与淡牡丹色组合起来后，两种颜色都不可思议地鲜活起来。手里拿的毛线也顿时变得温暖了，湿冷的天空则变得就像天鹅绒那么柔和。感觉这就像莫奈所画的雾中教堂。这毛线的颜色，让我第一次认识了gout（法语：品味；鉴赏力）这种东西。品位高就是不一样，母亲早就认识到了冬日下雪的天空与淡牡丹色之间的协调之美，这才特意选了这种颜色，可是愚蠢的我却很讨厌它。然而母亲并未勉强还是孩子的我接受它，就这么把它一直搁置了。

在我真正理解这颜色的美之前，在这二十年里，母亲从未对之有过解释，只是默默等待着我去心领神会。这让我对母亲的好有了更深一层的认识，然而一想到她是如何因我与直治的事受折磨，如何一再陷入困窘的境地，现在又如何衰弱，我心里就满是恐怖与忧虑的阴云，总觉得前途可畏，除了倒霉的事儿别的什么都没有，活着只是焦躁不安。想到这儿，我的指尖便没了力气，只好把棒针放在膝盖上，长叹一声，仰面朝天，闭上眼，不自觉地叫了声，“妈妈。”

母亲正倚在房间一角的桌上看书，不解地应了一声：“嗳？”

我一时有些慌乱，提高嗓门说：“蔷薇花到底还是开了啊，妈妈看到没，我刚注意到。终于开了。”

檐廊前面就是蔷薇，这是和田舅舅很久前从法国还是英国（我不记得了）费心劳神大老远地带回来的，两三个月前移植到了这山庄的庭院里。今早我就已经真真切切看见有一朵蔷薇开了，当时没有讲，现在为了掩饰内心的窘迫，才特意像是刚刚注意到一样，煞有介事地让母亲看。花是深紫色的，有一种傲然挺立的姿态。

“知道了。”母亲平静地说，“你把这看成一件了不得的大事似的。”

“也许吧。妈妈觉得可爱吗？”

“说起这个，你小时候就有这样的爱好，喜欢在厨房火柴盒上贴列那狐的画片，或是用手绢做成小人儿，说到蔷薇花开，就好像提到一个大活人的事儿一样。”

“因为我没有孩子啊。”

完全没想到这种话会脱口而出，说完了自己也大吃一惊，有些烦乱地将膝头的没编完的毛衣胡乱摆弄着。

——你已经二十九岁了。

我仿佛听到一个男人的声音这么对我说。声音很清晰，像是从电话里传来，这让我羞赧，两颊灼热如烧。

母亲什么都没说，又继续读书了。最近她戴上了纱布口罩，并因为这个不大喜欢开口讲话。口罩是听从直治的建议戴上的。

直治十天前回来。脸在南方的岛屿晒黑了。之前没有任何通知，就在夏天的傍晚，从后门进了院子。

“哇，真差，这什么破房子，挂一个‘来来轩’的招牌卖烧卖还差不多。”

直治刚跟我见面，开场白就是这个。

他来以前两三天，妈妈舌头有病卧床不起。舌头从外面看不出异样，但一动就疼得不得了。只能喝稀粥。我劝她去看医生，她一个劲儿摇头，苦笑着说，“这不让人笑话吗。”涂了点碘酊，一点用都没有，为此我很是焦虑。

就在这时，直治回来了。

直治在母亲床头坐下，说了声“我回来啦”，就马上站起来，在小房子里到处转悠着看。我跟在他身后问：“怎么样？你觉得妈妈变化大吗？”

“变了，变了，更瘦了。还是早点死了更好。如今这样的世道，妈妈这样的人活不下去的。看着真可怜。”

“我呢？”

“变得下贱了。就像有两三个男人的样子。有酒吗？今晚可得好好喝点。”

我去了村里独一家旅店，跟老板娘阿咲说，弟弟回来了，央求她分给我一点酒。阿咲说，真不巧，酒刚好卖完了。我回去跟直治一说，直治脸色陡变，看我就跟看一个陌生人一样，“切！你也太不会办事了。”他问清楚旅店的位置，趿拉上木屐就飞奔出去了。我在家里做了直治喜欢吃的烤苹果和鸡蛋料理，又把餐厅的电灯换了个更亮的，可是左等右等不见他回来。最后是阿咲忽然在厨房门那儿露了一下脸。她那双鲤鱼眼瞪得圆溜溜的，像是出了什么大事似的，低声说：

“唉，唉，没事吧？他在喝烧酒哪。”

“喝烧酒？不是甲醇吧？”

“不是，不是甲醇。”

“喝了不会马上生病吧？”

“嗯，不过……”

“那就让他喝吧。”

阿咲就像咽了口唾沫一样点着头回去了。

我走到母亲那儿，“在阿咲那里喝酒呢。”

母亲撇了一下嘴笑着说：“这样总比吸鸦片好吧。你先吃，今晚我们三个人都在这儿睡，直治的被子放中间吧。”

我听了只想哭。

夜深时，直治脚步沉重踉跄地回来了。我们三个人进了蚊帐就寝。

“南方的事，给妈妈说说吧。”

“没啥好说的。什么事都没有。都忘记了。还记得的就是回到日本，坐上火车，从车窗望出去，水田挺美的，就这些。电灯灭了吧。还让人睡觉不？”

我灭了电灯。夏日的月光洪水一般涌进了蚊帐。

次日早上，直治趴在床铺上，吸着烟，眺望着远处的大海。“妈妈舌头痛是吧？”他就像刚刚注意到母亲的状况。

母亲微微笑了笑。

“这都是心理作用。没准儿是晚上自己不注意，张着嘴睡觉造成的。

用纱布在利凡诺消毒液里泡一泡，放在口罩里戴上一段时间就好了。”

我听了不觉莞尔。“这什么疗法啊？”

“美学疗法。”

“可是妈妈不喜欢戴口罩。”

别说口罩，一切要贴在脸上的东西，眼罩啦，眼镜啦，她都不喜欢。

“妈妈你会戴口罩吗？”

“戴吧。”她一本正经地小声回答。我愣了一下。她对直治真是言听计从啊。

早饭后，我按直治刚才说的，在利凡诺液里泡了纱布，这样子做了一个口罩递给母亲。母亲默默地接过去，像个小女孩一样温顺地躺在那儿戴上了口罩。我看着，感觉很悲凉。

过了正午，直治说要见见东京的朋友还有文学方面的师长，就换了西装，跟母亲要了两千元去东京了。之后十天了还没回来。母亲呢，每天都戴着纱布口罩等着直治。

“利凡诺应该是好药吧，戴了这个口罩以后就没那么痛了。”她笑着说。

我总觉得母亲是在说谎。虽说没事，现在也起床了，可她还是食欲不振，也不怎么开口说话。这让我很是忧心。直治在东京做什么呢？还与那个叫上原的小说家一起到处游荡吗？有没有卷入东京疯狂的旋涡里呢？我越想越觉得苦闷，这才突然跟母亲说蔷薇开花这种事，又出乎自己意料地说什么这都是因为自己没孩子。这样下去真受不了，“啊”了一声站起来，可是也没地方可去，而且什么都不想做，就摇摇晃晃上了楼梯，进了二楼的西式房间。

这个房间是打算给直治住的。四五天前，我与母亲商量过后，让下面的农人中井先生帮忙，将直治的衣橱、书柜还有塞满藏书与笔记本的五六个箱子，总之将以前西片町家里直治房间里的东西一股脑儿搬到这个房间来了。想等直治从东京回来，再按他的意思把衣橱、书柜摆放好位置，在那之前就随意堆放着。房间里满满的几乎没有立足之地。我漫不经心地从脚下一个书箱取出直治的一册笔记本看，扉页上写的是“夕颜日记”，本子里写满了字，看上去是直治在苦于麻药成瘾时写的手记。

如同被火慢慢烧死。这样的苦痛无法向人道出一言半句。人世间古来未曾有，史无前例的苦痛，无底的地狱。说出来大家都以为是骗人的。然而不是。

思想？骗人的。主义？骗人的。理想？骗人的。秩序？骗人的。诚实？骗人的。真理？骗人的。纯粹？骗人的。全都是骗人的。半岛的紫藤，树龄千年；熊野的紫藤也有数百年。据说其花穗前者最长九尺，后者五尺。单单这花穗，就令我神驰不已。

那也是人之子啊。活在这世上。

逻辑，归根结底是对逻辑的爱。不是对活人的爱。

金钱与女人。逻辑对其避之唯恐不及。

历史、哲学、教育、宗教、法律、政治、经济、社会，所有这些学问，在少女的微笑面前都不值一提。后者更值得尊重。这是浮士德博士勇敢的实证。

学问是虚荣的别名。是人企图超越自身的努力。

哪怕面对歌德，我也可以发誓：我也可以妙笔生花，写出的小说通篇结构谨严，诙谐适度，还有让读者眼角一热的悲情，还能让他们肃然起敬，正襟危坐。我将写出完美的小说，朗朗读出来，就如同电影旁白一般。好像我真能写出来一样。真令人羞耻。这种所谓的杰作意识，实在小家子气。只有疯子才会正襟危坐来读小说。要这么读小说，干脆穿上羽织绔礼服来读好了。好的作品从不拿腔作调。我写小说只是为了让友人发自内心地捧腹大笑一场。我会把一篇小说故意写得很拙劣来逗他们开心，就像假装摔个屁股蹲儿或者抱头鼠窜一样。瞧一瞧友人那乐呵的样子吧。

此乃日本第一蠢货，文字不行，人品也不行，吹着玩具喇叭问人：你还好吗？尚健在否？这样祝愿的爱到底是什么呢？

友人一脸得意地感慨：那人就这个坏毛病，可惜了。哪怕别人爱他，他也不懂。

世上有谁不是坏蛋吗？

无聊至极。

想要钱。

要不到的话，就睡着的时候自然死掉好了。

药房里欠了一千元。今天悄悄地把当铺的掌柜领进我的房间。你看着屋里有什么值钱的就拿去吧，我说，我急着要钱用。掌柜不屑一顾，算了吧，这些家具都不是你的。我没有泄气。说，这些小东西都是我用自己的零用钱买的，拿去吧。可是我收集的这些破烂没一样可以抵押了换钱。

最值钱的就是那个石膏手像了。这是维纳斯的右手。像大丽花一样的手。一只雪白的手，下面还有个台座。仔细看的话，会联想到这是全裸的维纳斯被男人看到、含羞带怒、惊诧莫名、如旋风一般扭转羞红灼热的胴体离去时的手。美得令人窒息的维纳斯。这只手没有指纹，掌上也没有手筋血管。纯白的右手，看上去让人心痛。可是，毕竟不是实用之物。掌柜估价五毛钱。

此外还有巴黎近郊的大地图，直径近一尺的赛璐璐陀螺，可以写细如丝线的小字的笔尖。所有这些都是我视若珍宝一般收罗来的。掌柜笑了：没别的事我就告辞了。等等，等等。终究让他背了一大堆书回去。只给了五元。我书架上的书，大都是廉价的文库本，再不就是从旧书店淘来的旧书，全都不值几个钱。

一千元的债务只解决了五元。我在这世上的实力就这么一点。这可不是闹着玩儿的。

说我是颓废派？然而，非如此便没法活下去。这么非难我的人还不如直接跟我说：去死！这样反而更爽快些。然而很少有人会这么说，都是些小气吧啦、谨小慎微的伪君子。

正义？所谓阶级斗争的本质，不在这里。人道主义？别开玩笑。为了自己的幸福，必须打倒对方，杀死对方。我知道的。不如宣告：去死！除了这个，都是骗人的。

然而，我们的阶级也有几个像样的人。白痴、幽灵、守财奴、疯狗、吹牛大王、假正经、从云端撒尿的人。

去死吧！即令对我这样说，也是多余的。

战争。日本的战争是自掘坟墓。

不想被卷入进去。还不如自己一个人去死。

人要说谎，必定故作严肃。这阵子，那些大人物可都严肃得很哪。噗！

想跟那些与世无争、不想出人头地的人交往，在一起玩儿。

不过，这么好的人，肯定不愿跟我一起玩儿。

我装作早熟，人都说我早熟。我装成懒汉，人都说我是懒汉。我装作不会写小说，人都说我不会写小说。我假装在撒谎，人都说我是骗子。我假扮阔佬，人都说我是阔佬。我面若冰霜，人都说我铁石心肠。然而，当我真的痛苦万分发出不自觉的呻吟时，人却说我在装病。

何等的圆凿方枘啊。

到最后，除了自杀别无他途。

如此地受苦，只能以自杀了局么？念及于此，放声大哭。

春天的早上，梅枝迎着朝日，有两三朵梅花开了。听说有一个海德堡来的年轻学生在梅枝上自缢而死。

“妈妈，痛骂我一顿吧。”

“怎么骂你呢？”

“就说我是怂包软蛋。”

“好吧。怂包软蛋。这样行了吗？”

妈妈好得无可比拟。一想到就想哭。为了向妈妈谢罪，只有一死了之。

请原谅。请原谅我这一次。

从小就目盲
雏鹤立于老鹤旁
细雨湿流光
含辛茹苦拉扯大
可怜还是睁眼瞎
（元旦戏作）

吗啡 阿托罗莫 纳克彭 盘多彭 巴比纳尔 班奥品 阿托品[①]

尊严是何物？尊严啊。

人，不，男人，如果不时刻想着“我是了不起的”“我有很多优点”，还能活下去吗？

我讨厌人，人也讨厌我。

智力比拼。

严肃=傻子的感觉

活着就要装模作样，好不容易啊。

写了一封请求借钱的信。

“请给我回信吧，请给我回信。

当然，但愿是好消息。

我料定自己将受尽各种屈辱，独自一人呻吟着。

这不是在演戏。绝不是。

求你了。

我羞耻得想死。

这不是夸张。每天每天，等着回音。不管白天黑夜都在瑟瑟发抖。

别让我去吃土。

墙那边传来窃笑声，深夜在床上辗转反侧。

别让我这么羞耻。

姐姐！”

①这些都是止痛药名。

读到这里，我合上这本“夕颜日记”，放回到木箱里，走到窗户边，将窗户全部打开，望着烟雨迷蒙的庭院，回忆起了那时的事。

六年前，直治的毒瘾导致了我离婚，不，这么说不对，纵然没有直治的毒瘾，总有一天我也会离婚。这件事就像是生来注定的一样。直治因为欠药店的钱，频频向我伸手。我刚嫁到山木家，在金钱方面能随意支配，况且我也觉得用婆婆家的钱周济弟弟，不大像话，于是只能跟陪我过来的阿关商议，将自己的手镯、项链、裙子什么的变卖了给弟弟。

弟弟的信里除了要钱，还这么说：

我现在痛苦而羞耻，没脸见姐姐，电话也不好意思打。钱的话，可以跟阿关说，到京桥某町某丁目萱野公寓，交给小说家上原二郎先生。姐姐也知道他的名字吧。尽管社会上都评价他是无德之人，但他绝非那种人，把钱交给他是可以放心的。之后上原先生会打电话通知我。姐姐务必按我说的做。这次麻药成瘾的事，我不想让妈妈忧心，想趁着妈妈还不知道，努力戒毒。一收到姐姐的钱，我就去还清药店的债务，然后就去盐原别墅，直到恢复健康再说。真的，我向上帝发誓，只要还清债务，当天我就立马完全断绝麻药，请相信我吧。千万瞒着妈妈，让阿关去萱野公寓找上原先生。求你了姐姐！

信里的话大致如此。我按照他的指示，让阿关拿着钱悄悄去萱野公寓给了上原先生。然而弟弟信里的誓言，每次都成了弥天大谎，他非但没去盐原别墅戒毒，毒瘾反而越来越严重了。每次写来要钱的信都说自己痛苦不堪，语调近乎悲鸣，每次都信誓旦旦，总是说这次一定要戒毒，虽然我对这些凄惨哀切的誓言也不无怀疑，可还是给了阿关胸针之类的饰品去变卖，再拿钱去上原的公寓。

“这位上原先生，是个什么样的人？”

“小个子，脸色不好看，对人待理不理的。”阿关回答。“不过，我在那里很少见他，都是见他夫人的多。他夫人不怎么漂亮，却温柔和气，一看就很有教养。钱交给这位夫人挺放心的。”

与如今的我相比，那时的我真是，唉，比这个没意思，不过，那时的我与现在的我确是判若两人。那时的我是有些懵懵懂懂、优哉游哉的，但即便如此，见弟弟这么没完没了地要钱，而且数额越来越大，心里未免也开始担忧了。一天，看完能剧后，在银座那里我让小车先回去，自己一个人步行去了京桥萱野公寓。

上原先生一个人在公寓里看报纸，穿着条纹夹衣，藏青碎白花的外褂，样子是苍老还是年轻，无法说清，给我的印象很奇特，就像一个怪物。

“内人——跟孩子一起出去——领配给物资了。”

他说话断断续续的，带着些鼻音。显然，他将我当成了他太太的朋友。我一说自己是直治的姐姐，上原就哈一声笑了。我不知怎的竟有些怕，哆嗦了一下。

“出去走走吧。”

说着，他披上和服外褂，从木屐箱取出一双新木屐，快速来到走廊。

外面是初冬的黄昏。凛冽的寒风仿佛是从隅田川吹来的河风。上原迎着风、右肩微耸，默默地向筑地那边走去，我小跑着紧跟在后面。我们进了东京剧场后面大楼的地下室。里面是二十个榻榻米大的细长的房间，有四五组客人，各自围着桌子喝闷酒。

上原喝酒用的是玻璃杯。他给我另外要了一个杯子，劝我也喝点。我喝了两杯，没什么特别的感觉。

上原边喝酒边吸烟，一直不怎么吭声。我也沉默着。这是我平生第一次来这种地方，觉得很沉静，心情还不错。

“喝上酒就好了。”

“嗳？”

“我是说你弟。他要是喝酒上瘾就好了。我以前也曾麻药上瘾。世人都觉得麻药上瘾很可怕。其实酒是同样的东西，但喝酒的话，大家会格外宽容。也让你弟转到喝酒上去吧，如何？”

“我见过酒鬼。新年的时候，我要出去，家里的司机有个老相识，在副驾驶座上，满脸通红，跟个鬼似的，打着呼噜在睡觉。我惊叫一声。司机说，只是个酒鬼罢了，没办法。他把那个酒鬼拽下车，扛在肩上不知去了哪里。那个酒鬼就像没有骨头似的身子耷拉着。我那次是第一次见酒鬼，还挺有趣的。”

“我也喝酒啊。”

“喝酒跟喝酒还是不一样的吧。”

“你也喝酒的。”

“不是一回事，我见过酒鬼了，完全不一样。”

上原第一次露出开心的笑。

“你弟也许不会变成酒鬼，但成为酒鬼总比麻药上瘾强一些。回去吧？晚了不方便吧？”

“没事。不要紧。”

“唉，说老实话，我现在手头拮据，没钱继续喝了。小姐！结账。”

“钱很多吗？不多的话，我也带了点钱。”

“那你来结账吧。”

“不知道够不够。”

我看了看包里，告诉上原有多少钱。

他皱着眉头说：“真是开玩笑。还有这么多的话，可以再去喝两三家的。”

“那再去什么地方继续喝吗？”我问。

他一本正经地摇摇头，“喝得够多了。我给你叫辆的士，回去吧。”

我们走上地下室阴暗的楼梯。先行一步的上原在楼梯中段，猛地转过身朝着我，迅速吻了我一下。我猝不及防，紧闭嘴唇，接受了这一吻。

我并不是特别喜欢上原，但那时的我，就这样有了一个“秘密”。上原咔哒咔哒上了楼梯。我有一种不可思议的清澈透明的心情，也慢慢上了楼梯。河风轻抚着我的脸颊，很是惬意。

上原为我拦了的士，我默默与他分别，上了车。

在车上摇摇晃晃的，我忽而感觉这世间像大海一样广阔。

“我有情人。”

有一天，在被丈夫训斥后觉得凄凉，不经意间这句话就脱口而出。

“我知道，是细田吧。你到现在还没死心吗？”

我没有再吭声。

每次夫妻之间发生龃龉，就会在我们之间提起这个。这样的婚姻已经没救了，我想。好比衣服料子裁剪错了，就无法缝合成衣服，只能全部舍弃掉，另外找新的料子来裁剪了。

“那肚子里的孩子是谁的？”

某天夜里，丈夫这么一说，让我大为惊恐，全身都在颤抖。现在想来，我与丈夫都太年轻了。我不懂什么是迷恋，什么是爱情。细田的绘画让我着迷，到处跟人说：若是成为细田先生的夫人，日常生活会何等美满，不能与那样风雅的先生一起生活，婚姻是多么无趣的事，等等。为了这个，所有人都误解了我，而我仍旧满不在乎，口无遮拦地乱说一气。现在就连腹中的胎儿，也引起丈夫怀疑了。尽管没有谁提出要离婚的事儿，但不知从何时开始，周围的人都在对我翻白眼。与山木的婚姻已经大成问题。我不得不跟阿关一起回到娘家，之后诞下死胎，自己也卧病不起，与山木的关系就这样断了。

直治似乎认为自己要对我的离婚负重大责任，说了好几次要死要活的，哇哇地乱叫，简直要把脸抓烂了似的大声哭泣。我问他到底欠药店多少债，他告诉我一个可怕的数额。以后才知道，其实这个也是谎话，最后核实的数额是弟弟说的将近三倍。

“我与上原先生见过面了，人很不错。今后你就与上原先生一起喝喝酒吧。喝酒当然也不便宜，不过想喝的话，我随时可以给你钱。药店还债的事就不用担心了。总会解决的。”

我见了上原，还说他是个好人，这让弟弟喜出望外。当天晚上，就从我这里拿了钱去找上原玩儿了。

上瘾也许是一种精神病。我赞扬上原，又从弟弟那里借来上原的书读，说：看上去是个了不起的人哪。弟弟说：姐姐能知道什么啊。但他还是很高兴，给我看上原别的书，说：读读这个吧。这时我开始认真读上原的书，两个人在一起尽说些上原的轶事。弟弟每晚都大张旗鼓在上原那里玩儿，渐渐地按照上原的计划转向了饮酒。药店的债务我私下和母亲谈过了，母亲用一只手捂住脸，一动不动，好久都说不出话来。最终，她扬起脸，凄凉地笑着，说：“发愁也没有用啊，也不知道能不能缓一缓，缓几年，我们每个月一点一点地还吧。”

从那以后六年了。

夕颜。啊，弟弟也确实是痛苦的吧。而且，他面前只有死路一条。到现在也不明白该怎么办才好。只是每天拼命地喝酒。

他倒不如狠下心来，做一个彻底的坏蛋，那又如何？那样的话，说不定心里反倒轻松许多呢。

那个笔记本上写着：世上有谁不是坏蛋？这么说起来，我是坏蛋，舅舅也是坏蛋，就连妈妈也是坏蛋呢。坏蛋就是太心软啊。

四

到底要不要给您写信，我犹豫了很久。但今早，我想起一句耶稣的话："你们要灵巧像蛇，驯良像鸽子。"奇妙地，精神为之一振，就决定给您写信了。我是直治的姐姐。或许您已经忘记我了吧。若是忘了的话，请回想一下。

直治最近又打扰您了，想必给您添了很多麻烦，很是抱歉。（不过，直治的事自然由他自己来解决，我多嘴替他道歉，实在没什么道理）今天要说的，不是直治的事，而是我自己的事。听直治说，您在京桥的公寓罹灾，现已搬到这个地址，早就想去您在东京郊外的府上拜访，可是母亲最近身体欠佳，没法跟母亲上京。因此，还是写信给您吧。

下面谈一下我的事。

我要说的，从过去《女大学》[①]的立场而言，是狡诈的，卑贱的，甚至可以说恶劣的犯罪。然而，我们家如果照现在这个样子，实在难以再过活下去。您是弟弟直治在这世上最尊敬的人，请您耐心听一听，给我一点指示。

我现在的生活是难以忍受的。已经不是喜欢或者讨厌的问题，而是母子三人这样子过生活，根本过不下去的问题。

昨天我就很难受，身体发烧，胸口憋闷，喘不过气来，不知如何是好。刚过正午，下面农家的姑娘背了一袋米过来。按照约定我给了她衣服。这位姑娘跟我在餐厅面对面坐下喝茶，以现实的语气说："你们就这样变卖东西，一直这样生活能过多久呢？"

①日本江户时代以来讲"女德"的一部书。作者不详。

“也就一年半载吧。”我回答说。然后我用右手捂了一下脸，“我好困，老是想睡觉，没办法。”

“您这是累了，可能因为神经衰弱得了嗜睡症。”

“是吗？”

我的泪差点流出来。现实主义、浪漫主义这些词蓦地浮现在我的脑子里。对我来说，不存在什么现实主义。目前的境况，只要一想怎么活下去就不寒而栗。母亲是半个病人，时常卧床不起。弟弟，您也知道的，是个心理疾病严重的人。他在这里，三天两头光顾附近的旅店兼饭馆，又屡次拿了我们变卖衣服的钱去东京。可是，真正痛苦的还不是这个。真正痛苦的是，我感觉自身的生命在这样的日常生活中，就像还没有落的芭蕉叶就这么腐烂掉了，我可以清楚地预感到自己就这么在原地腐烂掉了，觉得真是可怕。不堪忍受啊。因此，我想背离《女大学》的教诲，逃离现在的生活。

因此，让我跟您谈谈吧。

我现在就想跟母亲与弟弟清楚地宣告：我从很久以前就与某人相恋，我在将来想作为此人的情人生活。此人想必您也认识。他名字开头的字母是M·C，我之前想过好多次，一遇上痛苦的事，就想飞奔到他那里去。这种思念真是让人心痛。

M·C与您一样，也都是有家室有儿女的人。恐怕还有比我更漂亮更年轻的女朋友，然而我除了奔赴M·C，再无别的生路。我与M·C夫人没见过面，但听说是一位温柔和善的夫人。我一想到这位夫人，就觉得自己是可怕的女人。然而，我觉得我的生活不会比现在更可怕了。我只能依赖M·C来生活，没法舍弃这样的想念。我想要“灵巧像蛇，驯良像鸽子”，这样来实现自己的恋情。然而，无论母亲、弟弟，还是世上的其他人，没有一个会赞成我的想法。您是怎么看的呢？

终究我还是要一个人拿主意，一个人做事情。除此之外别无他法。这么一想，眼泪就出来了。生平第一次遇到这样的难事。在这件事上，我怎么也无可能得到旁人的祝福。我就像做因式分解的代数题一样，绞尽脑汁地苦思冥想，忽然找到一个线头，若能把乱成一团的线理清解开了，人也突然变得有精神了。

可是，最重要的是：M·C这边对我是怎么看待的呢？这么一想，我就一蹶不振了。说到底，我这等于自己送上门来，不能说是妻子，只能说是送上门的情人。这样的话，只要M·C不愿意，一切就完蛋了。怎么办呢，只能拜托您问问他。六年前的一天，我的心里闪过一道淡淡的彩虹，不知是迷恋还是爱情，而今，经过了这些岁月，这道彩虹的鲜艳程度有增无减。我时时刻刻惦记着它。黄昏时分雨过天晴后的彩虹，梦幻一般转瞬即逝，但在我心里的彩虹却似乎永远不会消失。我想听听那个人的意见。那个人对我究竟是怎么看待的呢？果然是像雨后的彩虹一样吗？是不是早已消失了呢？

如果那样，我也只好消灭掉我心中的彩虹了。可是，我生命尚存，怎能消灭它呢？

热切期待着您的回音。

致上原二郎（我的契诃夫，my Chekhov. M·C）

我最近有些变胖了。不过，与其说有了更多动物性，不如说更像人了。今年夏天，我只读了一本劳伦斯的小说。

没有收到您的回信，因此又给您写了这一封。上次给您写的信，可以说充满了蛇的狡诈，想必您已一一看破。确实，在那封信里，每一行都竭尽狡诈之能事。您可能会认为我是想求您接济我的生活，我只是想要钱。对此，我不想否认。然而如果说自己只是需要一个资助人的话，实在没必要特意选择您。有不少有钱佬愿意照料我的生活的。最近就有一件奇妙的相亲的事儿。那位的名字，想必您也听说过。他是一位六十岁的单身汉，好像是艺术院的会员什么的，一位大师级的人物，特意为我跑到山庄来了。这位大师住在我们西片町老宅的附近，是同一邻组，时时碰个面什么的。还记得一个秋日的夜晚，我与母亲两个人坐汽车从这位大师门前经过。大师独自一个人茫然站在门前，母亲从车窗跟他打招呼，大师紧绷的脸立马变得比红叶还要红。

“那位是在恋爱吗？”我打趣说，“是不是在暗恋妈妈啊？”

妈妈平静地自言自语似的说：“不是。那位是个很了不起的人。”

尊敬艺术家是我们的家风。

这位大师，夫人早已亡故，通过和田舅舅一位一起唱谣曲的票友，也是位皇族，致信给母亲，提起这门亲事。母亲跟我说：“和子就按照自己的意思直接回复对方吧。”

我没有想很多，因为根本就不想考虑，就随手写了一封回绝的信给对方，说自己现在没有结婚的打算，云云。

“就这么拒掉可以吗？”

“嗯……我自己也觉得这门亲事不太合适。”

最近，因为大师在轻井泽的别墅住着，我就把信寄到了那里。没想到，信寄出去的第二天，大师却亲自上门来了，说是要去伊豆的温泉，因此顺道过来看看，结果就错过了我的信。看来不管年纪多大，艺术家总是有些小孩子脾气的。

母亲身体欠佳，我出来招待客人。在中式客厅里给他上了茶，我说：“那个，我仔细考虑过后，已经给您轻井泽府上寄去辞谢的信了。”

“是吗？”大师窘迫地擦着汗。“不过，能不能再好好考虑考虑，怎么说呢，我可能给不了你精神上的幸福，但物质上的幸福肯定会满足你所有要求的。这个可以说清楚。你有什么要求都可以畅所欲言。”

“您说的这种幸福我不太懂。我说话可能有点冲，如有冒犯的话请多包涵。契诃夫曾经给他妻子写信说：生个孩子吧，为我生个孩子吧。尼采也曾在随笔中提到：有的女人就想为自己生孩子。我想要一个孩子。所谓幸福什么的，怎么都行。我也想要钱，但只要够养育孩子，也就可以了。”

大师奇怪地笑笑，“像你这样不管对谁都能率直讲话的人，真是少见啊。跟你这样的人讲话，我也许会有工作上新的灵感涌现，也说不一定呢。”

他说了这种不怎么像大人，有点装腔作势的话。我想：能让这样伟大的艺术家，因为我的力量重返青春，这也可以说是生活的意义了吧。可是，无论如何我都无法想象与这位相拥在一起时的情景。

“哪怕没有爱意，也能在一起生活吗？”我浅笑着问。

大师一本正经地答道：“女人这样子就可以了，懵懵懂懂的，不用想太多。”

“但我这样的女人，没有爱意，是不会考虑结婚的。我已经是大人了。来年就三十岁了。”

三十岁。以前我在某本法国小说上看到说，女人在二十九岁时还残留着少女的气息，但三十岁的女人怎么都找不到少女的气息了。看着外面沐浴着日光的大海，像玻璃碎片一样闪耀着，突然想到这句话，一种无尽的苍凉之感向我袭来。读到那句话时，我只是觉得有点道理，没有什么深切的体会。那个时候，可以坦然地认为女人的大好年华一到三十就结束。现在，我真怀念那个时候。手镯、项链、裙子、和服带子，这些物件从我的生活中一件件消失得无影无踪，而我身上少女的气息也越来越淡。贫穷的中年女人，唉。我不愿意这样的生活。然而中年女人的生活，也依然是女人的生活啊。最近对这些越来越明白了。一位英国的女教师在回国前对十九岁的我曾经这么说——

“你不要陷入恋爱。堕入情网的话，只会遭遇不幸。想要恋爱还是等大一点再说。到三十岁再说吧。”

那时听到这样的话不太能领会。三十岁以后的事是我无法想象的。

“听说这所别墅要卖？”

大师带着些不怀好意的神情突然问道。

我笑了。

“对不起，您让我想到了《樱桃园》[1]。您是过来看房子的吗？”

毕竟是大师，敏感地听出了我的弦外之音，怒气冲冲地撇着嘴不再问下去了。

这话也不是空穴来风。听说有位皇族愿意出五十万新币买下这栋别墅，不过也只是说说，并没有下文，不知怎么大师也听到了这个传闻。可是被说成是《樱桃园》里罗巴辛一类的人，他是难以忍受的，难免要动气，于是，又客套了几句就匆匆告辞了。

我想要求您的，不是要您做罗巴辛。我想明确说清这一点。这只是一个中年女子的投怀送抱，承望您能接受。

我第一次见您，是六年前的事。那时我对您一无所知，只知道您是弟弟的老师，是有些恶名昭彰的老师。然而，在一起喝了几杯酒，您搞了个小小的恶作剧。当时，我坦然接受了。我对您既非喜欢也非讨厌。但那时却感觉有些飘飘然。后来，为了讨弟弟欢心，才开始从他那里借来您的书读，感觉有的很有趣，有的很无聊，因此我也不算是您热心的读者。

六年之间，您这个人就像雾一样渗透进我的心里。那一晚，我们在地下室楼梯上的事，忽而在记忆里变得越来越生动鲜明了。现在可以说，那是决定我命运的重大时刻。也许这就是爱吧，为何让我一想到

---

①《樱桃园》是契诃夫的著名剧本，写的是俄国贵族家庭的衰亡。罗巴辛本来是贵族家庭的农奴，但在成为暴发户以后买下了原主人家的樱桃园。

就感觉慌乱无助，经常独自饮泣。在我心里，您是迥异于其他男人的。我不是《海鸥》里恋慕作家的妮娜。我对小说家并没有憧憬。如果把我当作文学少女的话，我会茫然不知所措。我只是想要您的孩子。

如果在很久之前，您还是单身，我也没有嫁给山木，我们两人相遇成家，我不会像现在这么痛苦。如今我已放弃做您妻子的想法。赶走您的夫人，代替她的位置，那是无耻的暴力行为，我绝对不愿意。我只是想做您的妾（这个词实在不想用，听起来也很刺耳，可如果用当今世上常说的情人，与妾又有多少区别呢，还不如直白一点，我不在乎这个）。世间普通的那些妾的生活，好像是很艰难的。照常人看来，一旦妾没有用了，就会很快被抛弃。将近六十岁时，不管什么样的男人，都会回到自己的原配夫人那里。从前也听西片町的老管家、奶妈说过，千万不能给人做妾。然而，我的情况又跟世间通常所谓的妾有所不同。对您来说，最看重的还是您的工作。要是您喜欢我，我们两情相悦，兴许对您的工作也不无助益。这样一来，贵夫人也许会接纳我们的关系。这套说辞乍听起来可能是胡搅蛮缠，但我总觉得没什么不对的地方。

因此最关键的就是您的回应。您对我是喜欢呢，还是讨厌呢，抑或是毫无感觉呢？一想到这个，我就惴惴不安，但我得问个明白才行。上封信里我说自己是投怀送抱的情人，这封信里又说自己是想要做妾的中年女子，但仔细考虑过后，我想若没有您的回应，即使我把自己送上门，也都是白搭。我也只能一个人茫茫然地憔悴下去罢了。

忽然想起，您在小说里写了许多恋爱冒险的事，因此世人传闻你是放荡的恶人。但也许实际上您是个循规蹈矩的老实人，而我对于规矩这事是不懂的，只想做自己喜欢的事，过好的生活。我想给您生孩子。别人，无论怎样，都没有让我有过这种想法。因此我才想跟您商量。你理解我的话，就回答我吧。把您的想法，明白说出来吧。

外面雨停了，风又起了。现在是下午三点。再过十分钟，我要带着两个空的朗姆酒瓶子，去下面的村子领一公升配给的一级酒，给您的信就装在胸前的口袋里。酒不是给弟弟喝的，是给我自己喝的。每晚我要喝满满一杯。酒还是要用玻璃杯喝啊。

要不要来看我呢？

致M·C

今天又下雨了。是雾一样的蒙蒙细雨。每天都不出去，翘首以盼您的回音，终究还是没有您的消息。您到底是怎么想的呢？上封信里写了那位大师的事，惹您反感了吧。您也许会觉得，说起这种事，就好似有意要激起您的嫉妒心一样。不过，这桩事已经了结了呀。

刚才也与母亲笑谈了此事。母亲最近舌头痛，在直治建议下实施了所谓美学疗法，果然见效了，不那么痛了。这两天精神也好些了。

我在檐廊站着望着被风吹得如旋涡一样的雾雨，猜想着您的想法。

“牛奶煮好了。”母亲在餐厅那边叫我。

“天气冷，想喝点热的，特意煮开了。”

我们在餐厅喝着热气腾腾的牛奶，说起前几天那位艺术家的事。

“那一位与我不合适吧。”

母亲无所谓地说：“不怎么合适。”

“我这么任性，而且也不讨厌艺术家，那个人收入也很可观，与他结婚的话，生活还不错，可我就是不愿意。”

母亲笑着说：“和子真坏啊。既然觉得不合适，怎么还跟人家慢慢地谈了那么久？真不明白你是怎么想的。”

“觉得有趣啊。本来还想谈更多的。和子是不是没教养啊？”

“何止啊，和子是脸皮厚，厚脸皮！”

母亲今天精神真好。

她看着我刚刚盘起的头发。“盘头发还是头发少的人更好看。和子盘高髻看上去太夸张了，就像戴了个小金冠一样。不像样。”

“真让和子丧气啊。母亲以前不是说我脖子又白又美，别让头发盖住脖子吗？”

“你就只记得这些话。”

“难得让妈妈夸一句，一辈子都忘不了啊，想起来就觉得开心。”

“上次那位有夸过你吗？”

“嗯，所以才这么厚脸皮。他说跟我在一起会激发他的灵感，唉，真受不了。我不讨厌艺术家，但像他那样自鸣得意的人，算了吧。”

“直治的老师是个什么样的人呢？”

这话让我吓了一跳。

“不太了解，但听说不愧是直治的老师，是个挂了牌的坏蛋。”

“挂了牌的？”母亲很高兴似的嘀咕着，“有趣的词，挂了牌的坏蛋反而让人感觉安全呢，就像脖子上挂了铃铛的小猫一样可爱。那些不挂牌的坏蛋才真是可怕呢。”

“是这样吗？”

开心，真开心，身体就像化作一缕烟，抽到了空中。您可以理解我为何这么开心吗？如果不理解，真想揍您一顿。

您会来这里玩儿一次吗？要是大张旗鼓让直治带您来的话，反而会觉得不自然，不正常。不如您乘着酒兴，突然驾临寒舍，让直治领您过来也行，但最好是一个人过来，趁着直治去东京的时候再来。要是直治在的话，你们俩保准去阿咲那里喝烧酒，最后喝个烂醉了局。我们家从先祖以来就尊敬艺术家。那位叫光琳[①]的从前在我们京都的家里住过很久，给家里画了美丽的拉门。所以，您若光临，母亲会感到很荣幸的。您可以在二楼的西式客房休息。别忘了关电灯啊。我会

①光琳（1658—1716），日本德川时代的画家、装饰艺术家。

一只手里拿着蜡烛，走上昏暗的楼梯……这样行吗？是不是太快了？

我喜欢坏蛋。喜欢挂牌的坏蛋。我自己也想成为挂牌的坏蛋。除了这个，我的生活别无选择。你是日本第一挂牌坏蛋。最近听弟弟因憎恨而攻击您，说您卑鄙下流，这让我更喜欢您了。肯定有许多许多ami[①]，但以后您会只喜欢我一个。不知为何，我就是这么认为，没办法。您与我一起生活，每天都会很愉快地工作。自幼就经常有人跟我说："跟和子在一起不会觉得辛苦。"迄今为止，我还没被人讨厌过。大家都说我是个好小孩。因此，您应该也不会讨厌我。绝对不会。

只要见面就行了。现在对我来说回信已没有必要。只想跟您见面。最简单的当然是我直接上您东京的府上拜访。可母亲现在是半个病人，我等于是她的女佣兼贴身护士，怎么也没法出远门。因此，就请您过来吧。无论如何来一趟吧。跟您见过后，一切自然明白了。请仔细看看我嘴边两侧细细的皱纹吧。看看这旷世悲哀的皱纹吧。比起言语，我的面容更能向您传达我的思绪。

最初给您的信里，我写过心里掠过一道彩虹的事。那道彩虹并不是像萤火虫的光或者星光那样高雅、优美。若是那种淡远的回忆，我也不至于如此苦恨连连，早就渐渐把您忘怀了。我心里的彩虹是一座熊熊燃烧的火焰之桥，是让我坐立不安的激情。麻药上瘾的人在断药后想要用药的心情，也不像我这么煎熬。我觉得自己并非品行不端的女人，但是偶尔想到自己要做的事也许是天底下最愚蠢的事，就觉得不寒而栗。我也反省过好多次自己到底是不是发疯了。但是我也能冷静从容地做计划。真的，请来这里一趟吧。什么时候都可以。我哪儿都不去，一直在这里等着，请相信我吧。

让我们再见一面，如果不喜欢我，就坦白告诉我。我心里的火是

①法语：情人。

您点起来的，还得由你来熄灭。我一个人的力量怎么也办不到。不管怎样见个面救救我吧。若是《万叶集》或者《源氏物语》的时代，我的提议完全不足为奇。我只是希望做你的爱妾，做你孩子的妈妈而已。

若有人嘲笑我这样的信，那就是在嘲笑女人为了活下去而做的努力，嘲笑女人的生命。港口内的空气太窒闷了，纵然港口外狂风骤雨，我也要扬帆出海。收起的船帆毫无例外都会脏的。嘲笑我的人，肯定都是收起的船帆。他们什么都做不了。

女人真是难缠啊。但在这个问题上，最苦痛的是我。一点也感觉不到苦痛的旁观者，收起丑陋的帆，对我指指点点，都是在胡说。别把什么思想强加给我，我不接受。我没有什么思想。我从未按照哲学思想的指导来行动过。

世间经常赞美和尊敬的人，全都是骗子、伪君子。我不相信社会。只有挂牌的坏蛋是我的同伙。哪怕作为挂牌的坏蛋钉在十字架上，我也死而无憾。哪怕遭受成千上万人的非难，我也不想收回自己的话。你们这些不挂牌的坏蛋，不是更危险的人吗？

您明白我了吗？

恋爱是没有理由的。我解释得已经太多了，感觉我只是在模仿弟弟说话。我只是在家里等着，想再见您一面。如此而已。

等待啊。人的生活中有喜怒哀乐各种感情，但这些只占生活的百分之一，其余百分之九十九都是在等待中生活。我等待幸福的脚步声在走廊上响起，最后只是一场空。唉，人生就是这么可怜。大家都这么想，不如不出生呢。每天从早到晚都在等待着，太可怜了。我也希望能欣赏生命，欣赏人类，欣赏这个世界啊。

您能挣脱那束缚您的道德吗？

致M·C（这个缩写不代表my Chekhov，我不是恋慕作家。

它代表my child①）

五

今年夏天，我给某男写了三封信，都没有回音。思前想后，只觉得这是唯一的出路。我将心中的情愫全部倾注在这三封信里，把信放入邮筒时的心情，就如从岩石上纵身跃入怒涛一般。然而，无论怎么等待，都杳无消息。我也委婉地跟弟弟打听过那人的近况，据说他没什么改变，只是每晚照例去喝酒，写一些越发不道德的作品，让那些仁义道德的正人君子越发厌弃、憎恶。他曾劝直治经营出版业，直治便邀请他与另外两三个小说家作顾问，听说还有人愿意出资支持，云云。

听直治讲这些，我能感受到我所恋之人周围的气氛，可以说自己的气息丝毫也没能渗入进去。这让我很是羞耻，真实的世界与我所想象的世界相差太远了，感觉就像一种奇妙的生物一样，而我呢，则独自一人被抛弃在秋季黄昏的旷野中，呼叫着，呐喊着，却得不到任何回应，一种前所未有的凄怆感向我袭来。这就是所谓失恋的滋味吗？站在旷野中，天眼看就要黑下来了，就只能在夜露中死去吗？想到这里，我不由得恸哭一场，肩膀与胸膛剧烈起伏着，哭得几乎喘不过气来。

事已至此，没法再等下去了，只能不顾一切去东京一趟，与上原见面。我的船帆已经扬起，就要驶出港口，只是站在这里干等无济于事，必须要前往目的地。可正当我暗暗做好了上京的心理准备，母亲的状况突然恶化了。

她整夜都在猛烈咳嗽，量了下体温，三十九度。“今天冷，明天就能好点了。”母亲一边咳嗽，一边小声说，而我觉得这不是一般的咳嗽，打算明天无论如何都要请下面村子里的医生过来看看。

次日早上，母亲的体温降到了三十七度，咳嗽得也轻了，不过我

---

① 英语：我的孩子。

还是去了村医那里，跟他说母亲最近急遽衰弱，昨晚发烧了，咳嗽得也跟普通感冒不一样，请他来诊查一下。

医生说："稍等我就过去。"说着，他从接待室一角的橱柜拿了三个梨给我，说，"这是别人送的，拿去吧。"

一过正午，医生穿着夏季单衣外面套着白地蓝花布衫，过来给母亲诊查。照例仔细听诊、叩诊，花了不少工夫，然后转身向我说："不劳过虑，喝过药后自然会好。"

不知怎的，我觉得他说话很好笑，憋着笑问："还要打针吗？"

"无此必要。只是感冒而已，静养几日，很快就好了。"

可是，一周以后母亲的发烧还是没退。咳嗽缓和了一些，但早上体温还是三十七度七，到了晚上就烧到了三十九度。医生第二天自己闹肚子休息了，我去拿药时，让护士告诉他说母亲的状况不大好，医生回话说，只是普通感冒，不用担心，又加开了药水和药粉。

直治最近仍不时去东京，已经十天没回来了。我一个人，因为太担心就写了个明信片给和田舅舅，说母亲的状况更严重了。

母亲发烧了十天，村医的腹泻好容易痊愈了，又过来给母亲诊查。他很仔细地在母亲胸部叩诊，忽然叫道："明白了，明白了。发烧的原因我明白了，是左肺浸润引起的，不用担心，还会继续发烧，但只需静养一段时日，毋庸忧虑。"

果真如此？我有些半信半疑，但就像溺水者抓住救命稻草一样，村医的诊断也让我稍稍松了口气。

医生回去后，我对母亲说："好啦，妈妈，只是稍微有些浸润，很多人都会这样。把心放宽吧，不知不觉就好了。都是今年夏天气候反常，不适应的缘故。夏天真讨厌，和子讨厌夏天的花。"

母亲闭着眼微笑说："我本来说，喜欢夏花的人会死在夏天，以为自己活不过今年夏天了，不料直治回来了，我能活到秋天了。"

这样的直治，也能成为让母亲活下去的支柱吗？想到这个，更难受了。

“是啊，夏天已经过了，妈妈也过了危险期。庭院里的花花草草，胡枝子、女郎花、地榆、桔梗、苓草、狗尾巴草，全都是一派秋日的气象。到了十月，妈妈肯定会退烧的。”

我这么祈祷着。赶快度过这九月的酷暑吧，过了这所谓的残暑也就好了。之后，菊花盛开，会持续一段晴朗的小阳春天气，母亲就会退烧康复起来，我就可以去东京见那个人了。我的计划也会像大朵的菊花盛开一样顺利实现。啊，十月赶快来吧。让母亲快快退烧吧。

给和田舅舅写了信一周后，他请来一位做过皇家侍医的姓三宅的老先生带着护士来给母亲看病。

老先生是先父的旧相识。母亲见了他很开心。这位老先生不拘礼节，言语随意，这也很对母亲的兴味。诊查先放到了一边，两个人天南海北地畅谈了一番。我在厨房做布丁，做好了端到房间时，诊查已经结束了。老先生脖子上耷拉着听诊器，耸耸肩，坐到檐廊的藤椅上，说：“就连我，也是在小摊前站着吃乌冬面，管他好吃难吃呢。”

他继续悠闲地跟母亲聊天。母亲也若无其事地望着天花板听着。我觉得肯定没什么事，放下心来。

“怎么样？村医说左肺有浸润……”

我鼓起勇气问三宅老先生。老先生漫不经心地轻声回答，“没啥事。”

“那就好，”我从心底里微笑着，对母亲喊道：“这可好啦，医生说没事！”

这时，三宅先生忽然从藤椅上起来，去了中式客厅那边，像是跟我有话要说的样子，我跟在他后面。

老先生在中式客厅的壁挂下面站住。

“我刚才听到呼噜呼噜的声音。”他说。

“不是浸润吗？”

“不是。”

“也不是支气管炎？”

“不是。”

结核病！我不愿意这么想。如果是肺炎、浸润、气管炎，我都会尽力让母亲痊愈，可是结核的话就不行了。我的脚下好像地面崩坍了一样，快要站不住了。

“声音很不好是吗？听见吧里吧里的声音了？”我因为焦心而啜泣起来。

“左右肺全都有。”

“可是妈妈还挺有精神的呀。吃饭的时候也说很好吃。”

“没办法了。”

“骗人！就不能好了吗？多给她吃奶油、鸡蛋、牛奶，会好吗？只要身体有了抵抗力，就会退烧的吧？”

“好的，能吃就尽量让她多吃点。”

“嗯，这样吗？她每天能吃五个西红柿呢。”

“能多吃西红柿也不错。”

“就是说她没事是吗？会好起来的吧？”

“话是这么说，不过这次的病可能是致命的，希望你们有这个心理准备。”

我生平第一次感觉到那绝望的墙壁，墙那边是许许多多人力无法办到的事。

“两年？三年？”

我颤抖着小声问。

“这个不清楚，不管怎么说，是没有办法了。”

之后，三宅先生说已经预定了伊豆长冈温泉的旅馆，与护士一起离开了。我把他们送到门外，如同在梦中一样又转回来坐在母亲枕边，尽量平静地笑着。

母亲问："先生怎么说？"

"说退了烧就好了。"

"肺部的问题呢？"

"没什么大问题，就是普通的病都有的那些。等天凉快了，就渐渐什么问题都没有了。"

我努力地相信自己的谎言。什么致命绝症之类的话，尽量都忘掉吧。一想到母亲会不在人世，就像我自己的身体也一同消失了一样难以置信。从此后什么都忘掉，一门心思给母亲做好吃的，鱼肉，浓汤，罐头，猪肝，肉汁，番茄，鸡蛋，牛奶，清汤。还有豆腐。可以做豆腐酱汤。白米饭。年糕。所有东西都可以卖掉，换了钱给母亲做好吃的。

我起身去了中式客厅，将那里的躺椅搬到廊檐下可以看到母亲的位置。坐在那里看着母亲，母亲的面容一点也不像病人，眼睛很美很清澈，脸色也很红润。她每天早晨都会正常起床，洗脸，然后在三个榻榻米的浴室里自己梳头。梳洗完毕后才回到自己屋里用餐，吃完饭在床铺上坐坐，躺躺，上午看看报纸，读读书，只是到了下午就会发烧。

"唉，母亲是没病的，肯定会好起来的。"我在心里否定三宅先生的诊断。

到了十月，就是菊花盛开的时节了，那时就好了。这么想着，渐渐打起盹来。我常常在梦中见到现实中从未见过的风景，这次又来到一个熟悉的森林中的湖畔。一个穿和服的青年男子与我一起并肩走着，我们的脚步悄无声息。一切都笼罩在绿色的雾气里。湖底有一座白色别致的小桥沉没在水下。

"啊，桥沉没了。今天哪里都去不了，就在这里的旅店休息吧。

应该有空房吧。”

湖畔有一家石头建筑的旅店。旅店的石头被绿色的雾气浸湿了。石门上有金色大字：HOTEL SWITZERLAND[1]。在读到SWI时，我忽然想到了母亲。母亲在哪里？也在这家旅店里吗？我纳闷着。

我与青年一同潜入石门，进了前院。前院雾气弥漫，到处是红色的绣球花，像熊熊大火一样绽放。小时候，我在棉被上看到过红色的绣球花的图案，现在看到它们感觉到莫名的悲伤，原来真的有红色的绣球花啊。

“冷吗？”

“有一点。雾气把耳朵打湿了，耳朵后面好冷，”我笑着说，“妈妈在哪里呢？”

青年即刻带着深深的悲伤，慈爱地微笑着说：“她在墓下啊。”

“啊。”我小声叫起来。是这样吗？母亲已经不在人世了吗？已经举行过葬礼了吗？母亲已经过世这种意识，有一种难以名状的凄凉，让我颤抖了一下，醒来了。

院里已经是黄昏。下了雨。仍像梦中一样，周围弥漫着绿色的寂寥。

“妈妈。”我叫道。

“在干什么呢？”妈妈安静地回答。

我高兴地蹿起来，跑到母亲房间。“刚才我睡着了。”

“我还在想，你在做什么呢？睡了好久的午觉啊。”她感觉有趣似的笑着。

妈妈就这么优雅地呼吸着，活着，是多么让人开心的事啊，谢天谢地，我的泪涌上来。

---

① 英语：瑞士酒店。

“晚饭妈妈想吃什么，我现在去做。”我欢呼雀跃地说。

“行啦，什么也不要。今天升到三十九度半了。”

我一下子就像被压扁了似的泄气了。在微暗的房间里茫然看着四周，突然好想去死。

“怎么回事？已经三十九度半了？”

“没事。只是发烧前很不舒服，头有点疼，觉得特别冷。然后就发烧了。”

外面天已经黑下来。雨停了，风在吹。开了电灯，将要去餐厅，母亲说：“好晃眼，灯别开了。”

“就这么在黑暗里静静躺着，妈妈不觉得烦吗？”我站在那儿问。

“跟闭上眼躺着是一样的，不觉得寂寞的，反而灯光太晃眼的话，会觉得不舒服。以后房间里的灯就别开了。”她回答说。

这话让我有种不祥之感。我默默灭了房间的电灯，转到隔壁房间，开了那里的台灯，只觉得无限凄凉，又匆匆进了餐厅，就着鲑鱼罐头吃冷米饭，泪扑簌簌流淌下来。

到了夜里，风更大了。九点钟风里吹来了雨点，变成了真正的暴风雨。走廊里两三天前卷起的帘子被风吹得啪嗒啪嗒地响。我在母亲房间隔壁，读着罗莎·罗森堡的《经济学入门》，有一种奇妙的兴奋。这是我从二楼直治房间里拿来的。也没跟他说，当时还随手借了《列宁选集》和考茨基的《社会革命》过来读，就放在自己桌上。母亲早上洗脸回来，经过我桌子旁边，无意中看到这三本书，一本一本地拿起来看了看，接着小声叹了口气，又放回到桌上，神情落寞地看了我一眼。但那眼神中绝非拒绝、否认与嫌恶，而是深深的悲哀。母亲平常读的是雨果，仲马父子，缪塞，都德等人的书。我知道在这些甘美的故事里，也有革命的气息。“天生的教养”这个词语很奇怪，未必正确，但像母亲这样具备天生的教养的人，也许会出乎意料地欢迎革命，把这当成理所当然的事。

我读罗莎·罗森堡的书，多少有些装模作样，可是我确实感到浓厚的兴趣。这本书写的虽然是经济学的事，但作为经济学来读是索然无味的。书里讲的实际都是些简单易懂的事例。不，其实我对经济学这种东西也许完全不懂。不管什么样的经济学我都没兴趣。经济学的前提是，人类是一种自私自利的动物且永远如此，没有这个前提，经济学便不能成立，对那些不自私自利的人来说，分配问题也好，别的问题也好，完全不能引起兴趣。

然而，从另一方面去体会时，我读这本书有种奇妙的兴奋。这是因为作者有一种毫不犹豫将旧有思想破坏殆尽的舍我其谁的勇气。我时不时想到那个不惜违反旧道德、义无反顾地奔赴所爱之人的有夫之妇。破坏思想。破坏是悲哀的，美的。梦想只有通过破坏、重建来完成。也许一旦破坏了，永远再无完成之日。但既然有爱，就必须有破坏，必然会引发革命。罗莎对马克思主义有有种悲壮的恋慕。

想起了一件十二年前冬天的事。

“你就像《更级日记》[①]里的那个少女，怎么说都没用。”有人说了这话，从此便再也不与我交往。那时我没有读列宁的书就还给她了。

“读了吗？”

“不好意思。没有。”

我们站在桥上，可以看到尼古拉教堂。

“为什么？怎么没读呢？”

这位友人比我高一寸左右，很有语言天赋，戴着红色贝雷帽很是帅气，大家都说她脸长得像蒙娜丽莎，是个美丽的姑娘。

---

①《更级日记》作者是菅原孝标的女儿，生于1008年左右。

“我不喜欢封面的颜色。”

“真是个怪人。不是因为这个吧。你实际上是因为怕我吧？”

“我会怕你什么？就是因为那个封面的颜色我受不了。”

“好吧。”她无可奈何地说。之后，她便说我是《更级日记》的女主人公，怎么说都没用。

我们一时都默默无语地看着冬天的河流。

“珍重吧。如果这是永远的别离，祝你永远保重身体。拜伦。”她吟诵着拜伦诗句的原文，轻轻抱了一下我。

我羞愧地说了声“对不起”。小声道歉后，就向茶之水车站方向走去，回头看时，那位友人仍然站在桥上没有动，静静地望着我。

此后再也没有见这位友人。我们在同一个外籍教师那里补习，但不在同一个学校上学。

这是十二年前的事儿了。这些年来我没有从《更级日记》里的少女前进一步。何以如此呢，这些年来我都做了些什么呢？我从未向往过革命，对恋爱也一无所知。迄今为止，社会上的大人都把革命与恋爱说成是愚蠢、丑陋、可怕的事儿，战争前，战争中，我对此都深信不疑。然而，战败以后，我不再相信社会上那些大人。我发现，要走上真正的生活道路，就得先反对他们说的话。革命与恋爱，这其实是世上最美好的事。正因为它们是好事，大人们才心怀歹毒地欺骗我们说它们是酸葡萄。我现在已然确信：人类是为了恋爱和革命才诞生在这个世界上的。

隔扇拉开了，母亲笑着露出脸来，“还没睡啊？不觉得困吗？”

看了下桌上的表，十二点了。

“嗯，一点也不困。一读社会主义的书，就兴奋得不得了。”

“原来如此。还有酒吗？这种时候要是喝点酒就能睡一觉了。”她用调侃的语气说。她的风度中有一种别样的妩媚，和颓废之间也就隔着一张纸。

十月终于来了，可是，并没有秋高气爽的万里晴空，而是像梅雨季节一样的潮湿闷热的酷暑。母亲仍旧一到傍晚就烧到三十八九度。

有天早上，我发现了可怕的事。母亲的手浮肿起来了。老是说早饭最好吃的妈妈，最近坐在床上只能喝很少的一点粥，菜的气味要是冲就一点不爱吃。这天给她煮了松茸清汤，然而她连松茸的香气也受不了，把碗拿到嘴边又轻轻放回餐盘。这时我看到母亲的右手已经肿得圆鼓鼓的了，吓了一大跳。

“妈妈，你的手是怎么了？难受吗？”

母亲的脸有些苍白，看起来也有点浮肿。

“没事，就这样子，不疼的。”

“什么时候肿的？”

母亲没有吭声，表情像是眩晕一样。我真想放声大哭。这样的手不是母亲的手，是别家阿婆的手。母亲的手是柔软纤巧的手，是温暖可爱的手，那才是我熟悉的母亲的手。那样的手就这样永远见不到了吗？她的左手不像右手那么肿，可是也让人不忍直视，只好扭过头看着壁龛的花篮。

终于，我再也忍不住眼泪，忽地站起来去了餐厅。直治一个人在那里吃半熟的鸡蛋。他偶尔回一下伊豆的家，一到晚上就去阿咲那里喝烧酒，快到早上才回来，一副垂头丧气的样子，也不吃饭，只吃四五个半熟的鸡蛋，吃完了就上楼躺下睡一阵子再起来。

“妈妈手肿了，”对直治只说了这一句，我就无法继续说下去，弯着腰、颤动着肩膀哭了。

直治没说话。

“已经不行了。你发觉了吗？肿成那样，已经不行了。”我扶着桌子一端说道。

直治脸色阴沉，说："看样子快了，最近一件顺心的事也没有。"

"我还想治好她啊，我想尽一切办法想治好她啊。"我双手绞在一起哭着。突然，直治也抽抽搭搭地哭起来，"什么好事都没有，我们咋就这么倒霉啊。"他一边哭一边用拳头胡乱擦着眼泪。

这天，直治去东京跟和田舅舅说明了妈妈的情况，又请他帮忙安排后事。从早上到晚上，只要不是陪在母亲身旁，我大部分时间都在哭。在朝雾中出去取牛奶的时候，对着镜子梳头、涂口红的时候，我都在哭。那些跟妈妈在一起生活的往事，一幕一幕如同画面一般涌现在眼前，让我怎么都抑制不住哭泣。到了傍晚，天黑的时候，我来到中式房间的阳台，又啜泣了好久。秋日的天空星辰闪耀，有一只邻家的猫一动不动蜷缩在我脚边。

第二天，妈妈手肿得更严重了。她一点东西都不吃。橘子汁放到她嘴边，她也不喝。

"要不妈妈还戴上直治说的那种口罩试试？"

我本想笑着说这句话的，可是突然感到难受起来，哇一声就哭了。

"每天这么辛苦，和子太累了。给我找个看护吧。"母亲静静地说。我明白，比起自己的身体，她更关心我的健康。我再也忍不住了，跑着冲向浴室，在那里尽情大哭起来。

过了正午，直治领着三宅老先生与一个护士过来了。

总爱说说笑笑的老先生这次也面容严峻，像是要发怒的样子。他咯噔咯噔来到病室，马上开始了诊查，然后自言自语地低声说："一下弱了好多啊。"

他给母亲注射了樟脑液。[①]

母亲像是梦呓似的说："先生晚上住在哪儿呢？"

---

①促进重病人血液循环、防止心脏麻痹的药物。

“还是住在长冈，已经预订房间了。有劳费心了。你这个病人啊，就知道为别人操心，还是看看自己想吃什么，一定要多吃点，多吸收营养，才能好起来。明天我再过来。我留下一个护士照顾你。”老先生对母亲大声讲着，又给直治使了个眼色。

直治一个人去送医生与护士。回来后再看直治的脸色，是想哭又竭力忍住的样子。

我们悄悄出了病室，去了餐厅。

“不行了？医生这么说？”

“好烦呐，”直治扭着嘴勉强笑笑，“说是极速衰弱，今明两天说不定就……”说着泪就涌出来了。

这时我反而冷静下来了：“给亲友打电报吗？”

“这事也跟舅舅商量过了。舅舅说现在不兴大操大办那一套了，哪怕真的来了很多人，这么狭窄的家里也容不下，反而失礼。附近也没有像样的旅馆，长冈温泉那儿顶多就预定两三个房间。再说，我们也没钱了，无力请那些社会名流、大人物过来。舅舅会很快过来的，但那个家伙之前就很吝啬，我们也没法指望他。昨晚跟他说母亲的病情，他反过来训斥了我一顿。吝啬鬼还教起别人做人来了，真是开眼。古今东西，实在闻所未闻。他跟妈妈，比起我跟姐姐之间，真是云泥之别。真是讨厌。”

“我就算了，无所谓，你今后不依靠舅舅的话……”

“别胡扯了。我宁愿去做乞丐也不会依靠他。姐姐就让他照顾吧。”

“我……”我的眼泪又出来了，“我有去的地方。”

“姐姐要结婚？已经定了吗？”

“没这回事。”

“姐姐要做自己养活自己的独立女性？好吧。”

“也不是，我要做革命家。”

"嗳？"直治用惊奇的眼神看着我。

这时，三宅先生留下的护士过来叫我们。

"老太太好像有事找你们。"

我们急忙去了病室，在床铺旁边坐下。我把脸贴近母亲问："怎么了？"

母亲欲言又止的样子。

"要喝水吗？"

她微微摇头。不是渴了。

过了一会儿，她小声说："我做了个梦。"

我惊了一下："做什么梦了？"

"我梦见在走廊外面放鞋子的石板上，有一条红色条纹的母蛇。你过去看看是不是。"

我哆嗦了一下，猛地起身来到走廊，从玻璃窗往外看了一眼，果然有一条蛇沐浴着秋阳伸展着身子。我简直要晕过去。

我认识你。自从上次见到你，你稍微长大了一点，老了一点。但我知道你是被我烧了蛇卵的那条蛇。我清楚你是过来复仇的。滚吧，快点滚。

我在心里默默念叨着，盯着那条蛇。过了好久，蛇都没有动。不知为何，我不想让护士看到这条蛇。我使劲咚咚地跺脚。

"没有啊，妈妈。梦里看见的哪能是真的？"我故意大声说，又看了一眼放鞋子的石板。蛇终于慢腾腾地动了动身体，从石板上垂下来。

完了。见到这条蛇，绝望开始从心底涌来。父亲过世时在枕边也有条黑色的小蛇。我在庭院的树上也看见好多蛇。

母亲已经没力气从床上爬起来了，总是迷迷糊糊的，只能完全靠护士照顾。而且几乎什么都吃不下了。看见蛇，我在极度悲伤以后，心里反而平静了，甚至可以说有种类似幸福感的安心。既已如此，也只能再尽量陪陪母亲了。

第二天，我没别的事，就靠在母亲床头做编织。我做编织、针线，都比别人快，但做得不好。母亲以前会挑出做得不好的地方，手把手教我做。这天我并没有做编织的心情，但为了陪在母亲身旁更自然一些，就假装专心致志地在那里做。

母亲看见我干的活儿，说：“你是在织袜子吗？得再多加上八针，要不就紧得没法穿。”

小时候，经常是不管妈妈怎么教，我还是一片茫然，母亲越在旁边看着越是发慌，觉得害羞。现在想到母亲再也不能教我做这些活儿了，泪水又模糊了我的视野。

母亲就这么躺着，她自己似乎并不觉得痛苦。吃饭还是一点都吃不下。只能用纱布浸了茶水给她不时润润嘴。然而她的意识还是清醒的，还会跟我平静地聊几句。

“报纸上登出的陛下的照片，想再看看。”

我把报纸上那个地方举给她看。

“陛下老了。”

“没有，是这张照片没有拍好。上次那张照片看着年轻多了，人也精神抖擞的。陛下可能更喜欢现今这个时代吧。”

“为什么？”

“陛下现在也解放了啊。”

母亲凄凉地笑了笑。过了一阵子，她又说：“我想哭，却没有泪。”

母亲现在是不是幸福呢？幸福感这种东西，是沉在悲哀的河底，像金沙一样闪光的东西吧。过了悲伤的极限，心里会有一种不可思议的微光，如果说这就是幸福感，那么陛下、母亲与我自己，在此刻都可以说是幸福的。秋日的上午静谧无声，日光温柔地抚摸着庭院。我放下毛线活儿，眺望着与我的胸膛齐平的波光万丈的大海。

“妈妈，我觉得自己以前真是什么人情世故都不懂。”

我还想说别的，但护士正在房间一角准备打针，怕让她听去了自己会感觉羞耻，就没再说下去。

母亲听了淡淡笑着，说："以前不懂，这么说，现在懂了吗？"

不知为何，我一下子面红耳热起来。

"谁又能真正明白这些啊，"母亲说着，脸对着空中，自言自语地小声说："我也不懂。根本就没人懂。无论多大年纪，大家都是小孩。无论怎样，没人是真的懂人情世故的。"

然而，我必须活下去。可能我还是小孩子，然而已经不能再撒娇了。我要与这个世界斗争。像这样与世无争，不羡慕谁也不怨恨谁，美丽而悲哀地终结这一生的人，母亲是最后一个了。从此世上再也没有这样的人了。濒死的人是美丽的。而活着，活下去，是丑陋的，血腥的，肮脏的。我俯下身，仿佛在榻榻米上看到了一条怀孕的蛇正在挖洞的身姿。然而，我不会服输，我要为了活下去与这个世界斗争。母亲正在死去这件事已经无可挽回，我的浪漫主义的感伤终将渐渐消亡，感觉自己最后会变成一个奸诈恶毒的生物。

这天刚过正午，我给母亲润嘴唇的时候，门前传来汽车声。和田舅舅与舅妈一起从东京过来了。舅舅进了病室，在母亲枕边默默坐下。母亲用手绢遮住自己半边脸，看着舅舅哭起来。不过，只是一副哭相，没有流泪，像一个人偶。

"直治呢？"过了会儿，母亲望着我说。

我上了二楼，对正在沙发上躺着看新杂志的直治说："妈妈叫你。"

"唉，这些悲愁哀叹真是没完没了，你们真有耐性。你们觉得我神经麻木也好，薄情也好，我再怎么难过，也没那么多力气老待在妈妈那里。"

虽是这么说，他仍然穿了上衣，与我从二楼下来了。

两个人并排在母亲枕边坐了。母亲从被子下面伸出手，默默指了指直治，又指了指我，又向舅舅那边转过脸去，把两只手掌合在一起。

舅舅用力点头，“明白，我都明白。”

母亲轻轻闭上眼，手也抽了回去，像是放下心来的样子。

我开始哭了，直治也呜咽着。

这时三宅老先生从长冈来了，急忙先给母亲打了一针。母亲与舅舅见过面后，像是了却一桩心事，再也没有遗憾了，对老先生说：“先生就让我早点解脱了吧。”

老先生与舅舅默默对视，泪光莹莹的。

我起身去了餐厅，做了舅舅爱吃的清汤面，又给先生、直治、舅妈每人一份，拿到中式房间里。舅舅拿来一份礼物，是丸之内酒店做的三明治，我放在母亲床头给她看。

“你受累了。”母亲小声说。

大家在中式房间里谈了一会儿，舅舅、舅妈给了我一些抚慰金。他们还有要事必须回东京，三宅与护士也要回去，老先生对留下的护士讲了一些应急方案，说只要意识清醒，心脏未衰竭，打针后四五天内都没问题。于是大家都坐汽车回东京了。

送走了所有人，我又回到房间，妈妈脸上带着只有对我才有的亲切的笑容，耳语一般说：“你忙坏了吧？”她的脸仍是那么鲜活，甚至闪着光辉。我想她是因为见了舅舅他们高兴吧。

“我没怎么忙。”

我的心情也有点轻松起来，微笑着。

这是与母亲最后的交谈。

三个小时左右母亲就溘然长逝了。在秋季的静静的黄昏，护士给她把了一下脉确认了她的死亡。仅有直治与我，她这两个血亲守在旁边，守护着日本最后一位贵妇，最美的母亲。

父亲去世时，脸色刷一下就变了，但母亲的脸色丝毫也没有变，只是停止了呼吸。停止呼吸的确切时间也不清楚。她脸上的浮肿，前一天已经消退了，脸颊像蜡一样光润，薄薄的嘴唇带着淡淡的微笑，比活着时还要优雅、美丽。我感觉她就像油画上悲悼耶稣的圣母玛利亚。

六

开始战斗。

不能总是沉溺于悲伤之中了。必须要战斗了。为了新的伦理吗？不是，即令这么说，也是一种伪善。为了恋爱。仅此而已。罗莎要靠着新的经济学才能活下去，我现在要有一个情人才能活下去。为了揭露这世上那些宗教家、道德家、学者、权势者的伪善，为了将上帝的真爱告知世人，耶稣将十二弟子派往四面八方各地，他在临行前教导弟子的话，与我现在的情形也大有关系。

腰袋里不要带金银铜钱……行路不要带口袋，不要带两件褂子，也不要带鞋和拐杖……我差你们去，如同羊进入狼群，所以你们要灵巧像蛇，驯良像鸽子。你们要防备人，因为他们要把你们交给公会，也要在会堂里鞭打你们，并且你们要为我的缘故，被送到诸侯君王面前，对他们和外邦人作见证。你们被交的时候，不要思虑怎样说话，或说什么话，到那时候，必赐给你们当说的话。因为不是你们自己说的，乃是你们父的灵在你们里头说的……并且你们要为我的名，被众人恨恶，唯有忍耐到底的，必然得救。有人在这城里逼迫你们，就逃到那城里去。我实在告诉你们，以色列的城邑，你们还没有走遍，人子就到了……那杀身体不能杀灵魂的，不要怕他们。唯有能把身体和灵魂都灭在地狱里的，正要怕他…… 你们不要想我来，是叫地上太平。我来，并不是叫地上太平，乃是叫地上动刀兵。因为我来，是叫人与父亲生疏，女儿与母亲生疏，媳妇与婆婆生疏。人的仇敌，就是自己家里的人。爱父母过于爱我的，不配做我的门徒；爱儿女过于爱我的，不配作我的门徒。不背着他的十字架跟从我的，也不配作我的门徒。得着生命的，将要失丧生命；为我失丧生命的，将要得着生命。[①]

开始战斗。

若是我为了恋情而发誓恪守耶稣的这段教导，会被耶稣申斥吗？为什么“恋”就是坏的，“爱”就是好的呢，我不懂。难道不是同样的东西吗？我敢断言，为了恋，为了我不太理解的爱，为了爱恋引起的悲伤，为了这些“把身体和灵魂都灭在地狱里的”，就是我啊。

在舅舅帮助下，我们在伊豆为母亲举行了很简单的葬礼。在东京举行完正式葬礼后，直治与我回到了山庄，过着莫名其妙的郁闷的生活，见了面也不怎么开口。直治声称需要资金来做出版业，将母亲全部的宝石饰品都拿去变卖，在东京喝酒喝累了，就像一个重病人似的面色苍白、脚步踉跄地回到伊豆山庄睡觉。有时还会带回舞女模样的人。趁着这个时机，我说：

“今天我去东京一下好吗？想去好久不见的朋友那里散散心，可能要住两三个晚上。你就留在家里，做饭的事就交给那一位吧。”

就这样，我“灵巧像蛇”，利用了直治的弱点，直治理亏似的没有细问我。我在手包里装了化妆品、面包，顺理成章地来东京见那个人了。

到了东京郊外，乘电车在荻洼站下车，出了北口再走二十分钟的路就可来到那人在战后的新住所。这个也是我从直治那里不露痕迹地打听到的。

这天寒风凛冽。在荻洼站下车时，周围已经微暗，我向过往行人

---

① 《新约 · 马太福音》第十章，省略号表示引文删节。

问了路，大体了解去他那里的路线后，在郊外路上兜兜转转走了一个小时，也没找到那里，不觉有些焦心，泪也流出来了，又在碎石路上绊了一下，木屐带子啪嗒一下断了，这可如何是好，在那儿茫然四顾，不经意间见右手边有两家连轩长屋，其中一家的门牌在夜色中泛白，隐约可见“上原”二字，于是也不顾一只脚上只穿着袜子，小跑到那家门前，仔细看了门牌，确实是上原二郎，但家中却没有灯光和声音，昏暗而沉寂。

一瞬间我又茫然了，怎么办？带着一种奋不顾身的心情，就像倒在格子门上一样依在上面，双手摸着格子门，小声叫着，“有人吗？上原先生？”

有了回应，然而是女人的声音。

玄关的门开了，是一个比我大三四岁的女子，细长脸，样子带点古风。她在黑洞洞的门口笑了一下，“是哪位啊？”语气中毫无恶意与警戒。

“不好意思，我……”

我对说自己的名字有些迟疑，到底还是没有报出来。唯独在她面前，我对自己的恋爱追求有些奇妙的内疚，我近乎卑屈地问：“先生不在家吗？”

“嗯，”她有些同情似的看着我，“不过，他去的地方大概在……”

“远吗？”

“不远，”她有些好笑似的，用手捂住嘴，“就在荻洼车站前面有家叫白石的卖素什锦菜的店。到了那儿就能问到他的去处。”

“啊，是这样吗？”我心里高兴得几乎要跳起来。

“你的木屐……”

我接受了她的好意，进门坐在玄关木板台阶上，夫人给了我一条可以修好木屐的简便带子。很快修好了木屐，夫人举着蜡烛在玄关等着。

“真不巧，两个电灯泡都坏了。最近灯泡真是又贵又容易坏，先生在家的话还可以让他去买，可他昨晚、前晚都没有回来。我们这三晚上都是身无分文的，只好早点睡了。”

夫人发自内心地笑着说了这番话。夫人身后有一个十二三岁的小女孩，大大的眼睛，苗条的身材，不怎么亲人的样子。

敌人。我自己虽然不这么想，可是肯定总有一天，这位夫人与女儿会把我当成敌人而憎恨我。一想到这儿，我热恋的情愫就冷下来了。我系好木屐带子站起来，两手拍拍灰尘，感到一阵突如其来的伤感，想冲进房间，在黑暗里抓住夫人的手大哭一场。可是，一想到随之而来的那种尴尬、无味又难以脱身的处境，只好向夫人恭恭敬敬道谢，告别出来了。

寒风扑面。开始战斗。恋着，喜欢着，思慕着。真的是恋着，真的是喜欢着，真的是思慕他啊，无可奈何啊，喜欢的话就没办法，迷恋的话就没办法，思慕他的话就没办法啊。那位夫人确实是难得的好人，那个小姑娘也很漂亮，可是哪怕我站在上帝的审判台前，也不觉得愧疚。人是为了恋爱与革命而生的。上帝不该惩罚我。我一点也没有坏心。既然真的喜欢，就问心无愧地去做，哪怕在外面露宿两三晚上都在所不惜。

在车站前马上找到了叫“白石”的素什锦菜店，但他不在那儿。

“肯定在阿佐谷，从阿佐谷北口出去，再一直往前走一百五十米，有个五金店，从那儿往右拐，走五十米有个叫柳屋的小饭馆。先生与柳屋的阿舍姑娘最近打得火热，整天泡在那儿喝酒，咱可比不上。”

我从车站买了票，上了去东京方向的电车，在阿佐谷下车，从北口出来走了约一百五十米，到了五金店，向右拐走了五十米，果然找到了柳屋，但里面静悄悄的，没有喝酒的客人。

一个比我年轻、沉着、优雅、亲切的女子，大概就是叫阿舍的那个最近和他比较热乎的姑娘对我说：

“刚刚走，说去西荻的千鸟老板娘那里，要喝个通宵呢。”

“千鸟？在西荻？”这时我已心力交瘁，差点又要掉下眼泪来，想自己现在是不是跟疯了一样。

“我也不太懂怎么走，你在西荻站下车从南口出去，不懂的话问一下巡警就知道了，他一般也不指定就在一家喝，去千鸟之前说不定还会去别家呢。”

“我去千鸟找找吧。再见。”

我原路返回去，在阿佐谷坐上车，经过立川、荻洼，到了西荻，从南口出去，迎着冷风，见到巡警，问了千鸟的方位，按照指示，在夜色中一路小跑，终于看见千鸟的青色灯笼，就毫不犹豫地开了门。

进了土间，里面是六个榻榻米的房间，大概有十个人，他们围着一张很大的桌子，吵吵嚷嚷地斟酒，抽烟抽得雾蒙蒙的，里面有三个比我年轻的姑娘，也在抽烟喝酒。

我站在土间，看看四周，找到了他。如在梦中一般找到了他。变了。六年之间，完全不一样了。

这就是那个人，我的彩虹，M·C，我生命的意义所在吗？六年了，乱蓬蓬的头发依然如故，但可怜已经稀稀疏疏，变成茶褐色了，脸色蜡黄浮肿，眼圈发红，门牙也掉了，嘴里老是像在咀嚼什么东西一样，伛偻着背，就像一只老猴子似的坐在角落里。

一个姑娘看见我，给他使了个眼色。他仍然坐在那儿，伸着细长脖子看了下我这边，没什么表情，只是抬了一下下巴。在座的人也都不在意我，仍大肆喧闹，不过稍微挤了挤，在上原旁边为我腾了个空位。

我默默坐下，上原用玻璃杯给我斟满酒，又给自己满上，嘶哑地低声说：“干杯。”

两只杯子无力地碰触，丁的一声悲鸣。

“断头台啊断头台，休、休、休！”不知是谁领头胡乱这么唱了一句，马上有人跟着迎合：“断头台啊断头台，休、休、休！”然后大声碰着杯子，一饮而尽。“断头台啊断头台，休、休、休！断头台啊断头台，休、休、休！”桌子周围此起彼伏地都唱起这首瞎编的歌，他们借着这荒腔走板的节奏助兴，一个劲儿给自己灌酒。

“告辞了，”一个人喝醉了似的摇摇摆摆走开了，接着又来了一个，跟上原点头致意，挤开一个位子坐下来。我认出他是以前见过的话剧演员藤田。我对他的扮相有点印象。

“上原君，那个，就是那个‘啊啊啊’到底该怎么说，是该说‘啊、啊、啊’，还是‘啊啊，啊’？”

“该说‘啊啊，啊’，比如，啊啊，啊，千鸟的酒真不便宜啊。”

“就老是提钱，哪里的便宜？”一个姑娘说。

“两个麻雀卖一分[①]，算是贵还是便宜？”一个年轻绅士说。

“耶稣还说过，一厘钱都要偿还，还说过更复杂的寓言，一个给了五塔伦特，一个给了两塔伦特，一个给了一塔伦特[②]。基督算账也挺精明的。”另一个绅士说。

“而且，耶稣也是好喝酒的人，我就奇怪，《圣经》里关于酒的寓言怎么那么多，‘果然啊，看哪，这个爱喝酒的人’[③]。可见耶稣不仅喝酒，而且喜欢喝酒。他肯定酒量过人，至少喝一升吧。”

“算了，算了。啊啊，啊，尔等畏惧道德，别用耶稣来为自己掩饰。断头台啊断头台，休、休、休！知惠小姐，我们喝一个。”上原说着与一个最年轻漂亮的姑娘叮的一声碰了下杯，咕咚饮了，酒从嘴角漏出，湿了下巴。他胡乱用手掌擦了一下，然后连打了五六个喷嚏。

---

①《新约·马太福音》第十章，原文是：“两个麻雀不是卖一分银子吗？若是你们的父不许，一个也不许掉在地上。”

②《新约·马太福音》第二十五章，塔伦特是古代银币单位。中译本作“一个给了五千，一个二千，一个给了一千”。

③《新约·马太福音》第十一章，原文是：“约翰来了，也不吃也不喝，人说他是被鬼附着的；人子来了，也吃也喝，人又说他是贪食好酒的人。”很显然，这位绅士引用这话是断章取义。

我悄悄站起身，来到隔壁房间，跟一个病恹恹的苍白枯瘦的夫人打听厕所在哪里。回来再经过这里时，刚才那个最漂亮年轻的姑娘好像在等我的样子，亲切地问："您饿不饿？"

"哦，我带了面包。"

"我们这儿也没什么可吃的，"病恹恹的夫人懒洋洋地倚坐在长方形的火盆边，"你就在我这儿吃吧，跟着那帮喝酒的人，一整晚什么都吃不上。请到这边坐。知惠也一起坐吧。"

"哎！阿娟，没酒了！"邻近的一位绅士叫嚷。

"来啦，来啦，"一个三十岁左右的女佣应声从厨房出来，她穿着漂亮的条纹和服，手里端着个盘子，上面有十来个长柄酒壶。

"等一等，阿娟，"夫人叫了一声，笑着说，"这里也要两壶酒，这样啊，阿娟，不好意思，捎带麻烦你去后面铃屋那里要两碗乌冬面吧，要快一点。"

我跟知惠并排坐在长火盆旁边，暖着手。

夫人说："给你搭上被子吧，看来你是冷了。喝一点吗？"她在自己茶碗里用长柄酒壶斟了酒，又在另外两个茶碗里也斟了酒。

我们三个人默默喝着。

"酒量都挺厉害的。"夫人不知怎的小声说。

门咔啦啦地响了一下，一个年轻的男子的声音，"上原先生，我拿来了。唉，我们社长太小气了，我一再要求说给两万，结果只给了一万。"

"是支票吗？"上原嘶哑的声音应道。

"对不起，是现金。"

"好吧，我来写个收据。"

"断头台啊断头台，休、休、休！"这怪异的祝酒歌，在此期间从未停歇。

"小直呢？"夫人认真地问知惠。我吃了一惊。

“不知道。我又不是他的看守。”知惠慌得脸有些红。

“最近他与上原有嫌隙吗？以前他俩都在一起的。”夫人平静地说。

“听说喜欢上跳舞了，有个舞女做情人。”

“小直啊，又是喝酒，又是泡女人，看来是没有改好的那一天了。”

“都是他老师教的。”

“小直比他老师还邪门，像他这种破落户的公子哥儿……”

“那个，”我感觉自己这种时候不说话反而对二人失礼，就微笑着说：“我就是直治的姐姐。”

夫人惊讶地上下打量了我一番，知惠则满不在乎地说：“你们脸挺像的。刚才见您在土间站着，我还想这不是小直吗？”

“不好意思啦，”夫人换了语气，“难为您来到这种地方，真是，那个，您跟上原先生以前？”

“六年前见过面，”我吞吞吐吐说着，低下头，泪快要出来了。

“让你们久等了。”阿娟端来了乌冬面。

“趁热吃吧。”夫人劝我。

“谢谢，不好意思了。”乌冬面的热气扑到脸上，我哧溜哧溜地吸着，感觉像是在品尝人生终极的凄凉。

“断头台啊断头台，休、休、休！”上原低声哼唱着来到我们房间，在我旁边盘腿坐下，无言地交给夫人一个大信封。

夫人也没看信封里面，就随手丢进火盆旁边抽屉里，笑着说：“就这些？剩下的可别糊弄我们啊。”

“怎么会，剩下的账明年再还。”

“你还记着就好。”

一万元。有这个钱的话，能买多少灯泡啊。哪怕我自己，这些钱也可以舒舒坦坦地过一年啊。

唉，这些人的脑子肯定出了毛病。可是，也许他们同我不能少了恋爱一样，不这样便无法活下去。人生在世，无论如何都要活下去，这些人为了活下去所做的，也没法过多苛责。活着。活着。啊，这真是人生中最为艰苦卓绝的事。

“总而言之啊，”隔壁房间一个绅士说。

“今后要在东京生活，就得学会脸皮厚，嘴上抹了蜜一样跟人打招呼，‘哎呀，你好啊’，不这样的话，就混不下去。什么稳重、诚实这些美德，我们还需要吗？如今再劝人家稳重、诚实，就跟谁上吊了，跑过去抱着腿往下拉差不多。呸，噗！都是狗屁。还让不让人活啊？要是学不会阿谀奉迎那一套，剩下的就只有三条路可以走了，要么去种田，要么去自杀，要么靠女人养活。”

“这些也都做不来的可怜虫，还有最后唯一的路，就是跟在上原二郎屁股后头，痛饮消愁啦。”

“断头台啊断头台，休、休、休！”

“有住宿的地方吗？”上原自言自语似的低声问。

“我？”我意识到自己好像一条仰起头准备迎战的蛇。敌意。一种近乎敌意的感情让我的身体变僵硬了。

“你不可能跟好多人睡通铺吧，好冷的。”

上原也不管我是不是发火，接着说，“不行吧？”

夫人插嘴说：“也太委屈人家了。”

“切，”上原咂着舌头，“那怎么来这种地方？”

我沉默着。我料想他肯定读了我的信，我确信他爱我胜过其他人，我从他的语气中敏锐地察觉到了。

“没办法，之后再去打扰福井，看行不行。知惠小姐能陪她过去吗？算了算了，都是女流，路上难保有什么危险。麻烦哪，老板娘，把她的木屐放在厨房那边。我去送她一下。”

门外已是深夜。风小些了。满天星斗闪烁。我们并肩走着。

“我就是睡通铺也没关系。”

上原只是困倦地嗯了一声。

“你还是想跟我单独在一起吧？”我笑着说。

“是啊，好烦人。”他笑了，我感觉到了他对我的爱。

“每晚都喝很多酒吗？”

“对，每天都喝，从早喝到晚。”

“酒好喝吗？”

“不好喝。”上原说这话的声音，我一听打了个寒战。

“你的工作怎么样？”

“不行。不管写什么，都很无聊。只是更悲哀，无可奈何。生命的黄昏。艺术的黄昏。人类的黄昏。一起都让人厌弃。”

“郁特里罗。”我几乎无意识地说。

“啊，郁特里罗，这个人好像还活着吧，酒精的亡灵，行尸走肉而已。最近十年那人的画简直俗不可耐，一无可取。”

“也不只是郁特里罗，别的大师也都……”

“都衰弱了。新芽刚刚发出来就凋零了。霜啊。Frost，全世界都像过早地下了霜一样。”

上原轻轻抱了抱我的肩膀，我像是裹在他的和服袖子里面。我没有拒绝，反而贴得更近了，慢慢走着。

路旁的树木，枝条上没有一片叶子，细细地尖锐地刺向夜空。我不禁地自言自语：“树枝真美啊。”

“嗯，黑色的树枝上开了花会很和谐。”他有些恍惚地接茬说。

“不，我是说我喜欢没有花、叶、芽，光秃秃的树枝，但还是活的树枝，不是枯枝。”

“嗯，只有自然本身是不会衰弱的。”说着，他打了好几个喷嚏。

“您没感冒吧？”

“不，不是，这是我的怪毛病，喝酒过了饱和点就会这样，就像一个酒醉的尺度表。”

“恋爱呢？”

“嗳？”

“有恋人吗？也会有饱和点吗？”

“别耍我了。女人都是一样的。很麻烦。断头台啊断头台，休、休、休！不瞒你，我有一个人，不，只是半个。”

“看过我的信了吗？”

“看过了。”

“怎么不回？”

“我讨厌贵族。总觉得他们有些趾高气扬的傲慢。你弟弟直治，虽说是贵族，倒是个很不错的人，但也偶尔会突然爆发出妄自尊大的态度来。我是农家子弟，在这样的小河边经过时，经常会感伤地想起小时候在故乡的小河边钓鲫鱼、捞大眼贼啊。”

我们正走在小河边，河水在黑夜里潺潺流动。

“你们这些贵族绝对不理解我们的感伤。不仅如此，还轻蔑我们。”

“屠格涅夫呢？”

“那家伙也是个贵族，不喜欢。”

“但《猎人笔记》……”

“那个还好吧。”

“他也写到了农村生活的感伤……”

“那家伙是乡村贵族，在这点上我们妥协吧。”

“我现在也生活在农村，我也种田，是农村的穷人。”

“现在还喜欢我吗？”他用粗暴的语气问，“还想要孩子吗？”

我没有作声。

就像岩石落下，那人的脸贴过来，狂吻着我。带着性欲味道的吻。我一面接受着，一面流泪。似乎是屈辱、悔恨的泪。怎么流都流不尽的泪。

两人又并排前行。“我完了，上钩啦。”他说着，笑了。

然而我没有笑，只是皱着眉，抿着嘴。

无可奈何吧。

能用言语表达的，就是这样的感觉了。我趿拉着木屐，歪歪扭扭向前走着。

“完了，走哪儿算哪儿吧。”他又说。

“不喜欢听这种话。”

“你这个家伙。”

他在我肩上砰地打了一拳，又打了个大喷嚏。

福井家的人好像都睡了。

“电报，电报！福井先生，电报！”他大声叫着，使劲敲着门。

“是上原君？”家里有个男人的声音回应。

“对啊，王子与公主请求在这儿留宿一夜。外面冷死啦。好不容易出来私奔，可别变成笑剧啊。”

玄关门开了，一个五十岁的秃顶小老头，穿着华丽的睡衣，有些羞赧地笑着迎接我们。

“拜托了，”上原说了这句，斗篷也没脱就进了屋里，“下边的画室冷，借给我二楼吧。”

他拉着我的手，上了走廊尽头的楼梯，进了一个黑乎乎的房间，在房间一角啪嗒打开电灯。

“这里有点像大酒店的房间。”

“嗯，暴发户的品位嘛。给他这种拙劣的画家住这种房子简直是浪费。可这个人走狗屎运，一直顺风顺水没病没灾的，他的房子不用白不用。你睡吧。”

他就像在自己家一样，从壁柜里拿出被褥铺上，“就在这儿睡吧。我要回去了。明天早上过来接你。厕所的话，下了楼梯往右拐。”

他就像滚下去一样咕咚咚下了楼，之后便安静下来。我关了灯，脱下天鹅绒外套大衣，这是用先父作为礼物从国外带回来的面料做的。我只解了腰带，就合衣睡去了。累，又喝了点酒，我的身体软塌塌的，很快就迷迷糊糊睡着了。

不知何时，那人睡到了我身边……我拼命默默抵抗了一个小时，最后忽而就像可怜他似的，放弃了。

“不这样做就不安心是吗？”

“是啊。”

“你身体不是很差吗？咯血吧？”

“你怎么知道的？确实最近咯血严重，我谁也没告诉。”

“我闻见你的气味，和母亲去世前一样。”

“都因为拼死喝酒啊。活着太悲哀了，没办法。不是苦闷、寂寥这种闲愁，而是无尽的悲哀。当听到四周的墙壁传来阴郁的叹息时，还能有自己的幸福吗？当发现自己活着必定不会有属于自己的幸福和光荣，会是什么样的心情呢？无论如何努力，也不过做了饥饿的野兽口中的食物。悲惨的人太多了，数不胜数。你不爱听了吧？”

“没有。”

“就像你信里说的，唯有爱情。”

“对。”

可是我的恋情已经消失了。

天亮了。

房间微明，我看着睡在旁边的脸，就像一个濒死人的脸，一张疲惫不堪的脸。

牺牲者的脸。高贵的牺牲者。

我的人。我的彩虹。My child. 可憎恨者。狡诈者。

此时竟觉得再也没有比这张脸更俊美的了。我的爱意又油然而生，我的心怦怦跳动。我抚摸着他的头发，吻了他。

这是成就了悲哀的恋爱。

上原闭着眼抱着我，“都怪我太拧巴了，我说农民之子。”

已经离不开这个人了。

“我现在是幸福的。四壁传来叹息声，我的幸福感饱和了。饱和得要打喷嚏了。”

上原笑了。“然而，已经晚了，黄昏了。”

“现在是早上啊。”

弟弟直治在这天早上自杀了。

七

直治的遗书

姐姐：

不行了，我要先走一步。

我完全不懂得自己为何一定要活下去。

就让那些想活的人好好活着吧。

人有活的权利，同样也有死的权利。

我的这种想法，一点也不新鲜。可是，对于这种亘古即有、理所当然的事，人们却都视若畏途，避而不谈。

想要活的人，无论如何，都会顽强地活下去，这是一件好事，也可以说是人类的荣光，但我觉得死也不是罪过。

我这样的小草，在这个世上的空气与阳光中是难以生存的。要活下去，总觉得缺了什么。能够活到今天，这已经是尽了最大的努力了。

进了高中后，我才开始交往来自不同阶级的朋友。他们的阶级与培育我的阶级完全不同。那些友人就像强劲的草，我接近他们以后，在他们的气势逼迫下，为了不服输，开始服用麻药，近乎疯狂地抵抗。入伍之后依然如此，把鸦片作为最后的生存手段。姐姐大概不理解我这种心情吧？

我真想变得下流一些，变得强大，不，强暴一些。我认为这是成为民众之友的唯一道路。仅仅依靠喝酒是不行的。必须永远地保持眩晕的状态。除了麻药，什么都不顶用。我必须忘掉自己的出身。必须反抗父亲的血统。必须拒绝母亲的优雅。必须对姐姐冷淡。若非如此，便拿不到进入民众之家的入场券。

我变得下流了，言谈也变得粗俗了。然而，其中的一半，不，百分之六十，都是装腔作势，都是些可怜的小伎俩。民众一眼就看穿了，在他们眼里，我仍然是一个讨厌的、古怪而拘谨的公子哥儿。他们从不会跟我推心置腹地交往。

然而，现在再回到贵族沙龙也不可能了。尽管现在我的下流有百分之六十是伪装的，可剩下的百分之四十却是真正的下流。我对于那种鼻孔朝天的高雅，厌恶到一刻也不能忍受。而那些众人敬仰的高官显贵，也对我的无赖相感到震惊，避之唯恐不及。我无法回归我已然放弃的世界，而民众也只是彬彬有礼但却不无恶意地只给我一个旁听席。

像我这样生活能力很弱的人，如同残缺衰败的小草，只能走向灭绝。我谈不上有什么思想，可是我也心存怨艾，明白是何等境遇让我难以苟活下去。

“是人都一样。”

这句话能算思想吗？这等怪论不是出自哪个宗教家、哲学家、艺术家，而是来自民众的酒馆，像蛆虫一样涌动出来，不知何时，也不知是谁第一次将其公布于众，之后便淹没了全世界，把整个世界都变得一塌糊涂。

这等怪论，与民主主义、马克思主义都无关系，但可以肯定是某个酒馆里的某个丑八怪对一个美男子抛出的怪话，只是焦虑与嫉妒的产物。这算不上什么思想，什么都不算。

然而，这种酒馆里由于争风吃醋而发出的怒骂，却莫名其妙地披上了思想的外衣，在民众当中大为流行。虽说它与民主主义、马克思主义全然无关，却不知何时与那些政治思想、经济思想纠缠在一起，变得更为下劣。就连梅菲斯特对于这种把胡言乱语当成思想的行径，也会感到羞耻而止步不前。

“是人都一样。”

多么卑劣的话语。不禁贬低了所有人，也贬低了自己。毫无尊严地放弃了所有努力。马克思主义主张劳动者的优势地位，没有说是人都一样。民主主义主张个人的尊严，没有说是人都一样。只有妓院里拉皮条的才会这么说：“喂，喂，装什么假清高，是人不都一样吗？”

为什么要说“都一样”？为什么不强调有的人就是优异于别人呢？这是奴隶根性的复仇。

这句话实在猥亵而可怕，让人与人互相戒备，让所有思想遭到蹂躏，让所有努力遭到嘲讽，让幸福之可能遭到否定，让美貌遭到玷污，让荣耀遭到侮辱，所谓“世纪的不安”，我以为都是由这句话而引起的。

真是一句讨厌的话，但我也被这句话所裹挟，不管做什么都胆怯、害羞，束手束脚地放不开，只觉得坐立不安，没有立足之地，索性用酒和麻药让自己眩晕，得到一点瞬息的安静，最后终究弄得乌七八糟，无法收拾。

我太弱了是吗？我真是一株残缺的小草。而当我列举出这些小道理，皮条客兴许会嘲笑说：“你本来就喜欢玩乐，跟懒汉、色鬼、自私的享乐主义者没什么两样。”从前，别人这样说我，我只会怯怯地、含糊地点点头，然而，如今我已经决定去死，我要说一句抗议的话。

姐姐。

请相信我。

我虽然花天酒地，可一点都不快乐。我就好像得了快乐无能症，我只是为了逃离自己身为贵族的幻影才耽于酒色。

姐姐，我们到底有没有罪？生为贵族，是我们的罪吗？就因为生在贵族之家，我们就要像犹大的亲属一样，惶恐谢罪，永远怀着羞愧而活着吗？

按理说我早就该死了。可是，只有一件事放不下。那就是妈妈的爱。一想到这，就不能死。人有活着的权利，同样有死的权利，但是母亲还在世，我只能暂时保留死的权利，不然就等于自杀的同时杀死了母亲一样。

现在我死去的话，不会再有人为我悲痛欲绝损坏身体了。不，我了解我死后你悲伤的程度。虚饰的感伤就算了吧。知道我死后，你肯定会哭，但对我而言，从讨厌的生命中解放出去是一种喜悦，如果你们知道这一点，悲哀就渐渐消散了。

非难我的自杀，劝我一定要活下去，这对我一点帮助也没有，只是嘴皮子功夫而已。这么干的人，大概也会觍着脸劝说天皇陛下开家水果店吧，真是异想天开的大伟人。

姐姐。

我还是死了更好。我没有所谓的生活能力。在钱的事儿上，我不懂得怎么与人争夺。我甚至都没脸蹭一顿饭。跟上原出去玩的时候，我从来没让他请过客，都是自己结账。上原把这说成是贵族小家子气的傲慢，很不高兴，但我不是出于傲慢才自己结账，而是因为，要是花上原自己辛苦工作赚来的钱，没名目地大吃大喝、眠花宿柳，我会觉得很汗颜。简单说，是因为尊重上原的工作，但这也是胡扯，究竟到底为什么，我自己也不太清楚。不过，一想到让人请客，尤其是用别人工作得来的辛苦钱，我就如坐针毡很不安。

结果呢，只是从自己家里拿钱出去，让妈妈和你伤透了心，我自己也没有什么乐趣。出版计划之类的事儿，只是空中画饼，作为搪塞而已，实际一点影儿也没有。我这么一个连让人请客都不行的人，挣钱的事怎么可能做得来。不管我何等蠢笨，这点自知之明还是有的。

姐姐。

我们已经是穷人了。本想趁现在活着，好好招待一下别人，不料竟然沦落到只能仰人鼻息的地步。

姐姐。

我还有活下去的必要吗？一切都完了。我只能去死了。我当兵时弄了药，可以轻松地死掉。

姐姐又美、又聪明，我一直以妈妈与姐姐的美而自豪。我对姐姐的事一点都不担心。我甚至都没有担心的资格。就跟小偷担心被害人一样，让人笑话。我想姐姐一定会结婚生子，靠着夫君好好生活的吧。

姐姐。

我还有一个秘密。

长期以来我对此一直秘而不宣。那个人，哪怕在战地，也时刻想着那个人，好多次在梦里见到那人，醒来后不禁伤心落泪。

她的名字，我本打算不管对谁，即便烂了嘴巴都绝口不提。现在要死了，至少该对姐姐一个人坦白这事，可还是有些忐忑，不敢说她的名字。

然而，如果我把这个秘密当作绝对秘密，到死都藏在心底，谁都不告诉，那在我的身体火葬后，我的胸腔里那颗心就会烧不尽而留有腥味儿。因此我想跟姐姐迂回地、模糊地，像是虚构小说一样，说一下这个秘密。虽然如此，姐姐一定会明白那人是谁。虽说是虚构，只不过用假名换了真名而已。

姐姐也知道这个人的吧?

按理说姐姐是知道这个人的，但可能没同她见过面。这人比姐姐稍稍年长些，单眼皮，丹凤眼，头发从没烫过，直直的垂下来，好像是那种叫做垂髫的发型。发型朴素不加修饰，衣着也很寒酸，但并不邋遢，总是干干净净、整整齐齐的。她是一位中年油画家的夫人，这位画家在战后陆续发表了一系列以新颖的笔触创作的作品而暴得大名，其行为举止很是放荡不羁，但这位夫人却很平和，总带着温柔的微笑。

我站起来，说："那，我告辞了。"

她也站起来，毫无戒心地来到我身边，仰望着我的脸，"怎么要走了？"她好像确实不太明白似的稍稍歪着脖颈，用自然而然的语气问我，注视着我的眼睛。

那人的眼神里没有丝毫邪心与虚饰。我天性怯懦，跟女性对视，会慌得不由自主赶紧将视线移开，只有这次，我没有一点羞怯地回应着她的目光，两人的脸相隔一尺左右，我很愉悦地看着她的眼睛，足足有六十秒，不觉微笑了。

"那……"

"他马上就要回来了。"她仍带着认真的表情说。

我突然想到，这样的表情就是所谓的真诚吧？真诚不是修身教科书那种古板迂腐的品德，可称之为真诚的德性，正是这种可爱的感觉吧?

"我以后再来吧。"

"好啊。"

从始至终，都是这样没多少意义的平淡对话。这是在某个夏日的午后，我去画家的公寓拜访，画家不在，"但应该很快就回来，进来等等吧。"听了夫人的话，我就进了房间，读了三十分钟的杂志，仍然不见画家归来，就站起来说要告辞，事实仅此而已。但就在那一天，就在那个时刻，那人的那双眼睛，让我对她漫长的苦恋开始了。

那样的眼神也可以说是高贵吧。我周围的贵族，除了妈妈以外，我敢断言，我从未见过这种毫无戒心的“真诚”的眼神。

后来，我又在某个冬日的黄昏，为其侧影所吸引。那次仍是在画家的公寓，我与画家围着被炉相对，从早晨就开始喝酒，将当今日本那些所谓文化人尽情挖苦取笑了一番，最终画家倒地大睡，我也躺下来打盹，忽然察觉到有人为我盖了毛毯。我眯缝着眼睛，见冬日傍晚时分的天空清澈如水，夫人正抱着女儿在公寓窗边悠闲地坐着。夫人那端庄的侧影，在浅蓝色的远方天空的背景下，就如文艺复兴时期的侧影画像，轮廓鲜明地浮现出来。她悄悄为我盖毛毯的好意，其中毫无轻佻或邪念，只能说是人性的关怀。人性这个词用在这里，一下子就变得活生生的，有了新的含义。她几乎是无意识的体贴，包含了人性中本来就有的慈悲心，她沉静地坐在那儿跟背景融为一体，眺望着远方。

我闭上眼，几乎要恋慕得发狂了，眼里不由得流出泪来，我只好拽过毯子蒙住了头。

姐姐。

我去找画家，最初为这画家作品中那奇特的笔触以及笔下所隐藏的热狂激情所迷醉。然而，在与画家交往渐深之后，我很难无视他口无遮拦、卑鄙无耻的行径，实在令人扫兴。与之相反，我却为他夫人的心灵之美所吸引，不，如同真正恋爱的人一般，我爱她，思慕她，后来去画家家里，只是为了能看她一眼。

这位画家的作品，多少也体现了艺术的高贵气息，我现在觉得，这一点正是夫人优雅心灵的反映。

现在要我如实说出感受的话，这位画家只是一个酒色之徒，一个投机取巧的商人而已。他在画布上胡乱涂抹各种颜料，迎合时髦风尚，只是为了卖个好价钱供他寻欢作乐而已。那人只是个粗鄙的乡下佬，寡廉鲜耻却志得意满，他所有的只是狡猾的商业手腕罢了。

恐怕这人对别人的画，无论外国人的也好，日本人的也好，都所知了了，就连他自己的画也未必懂得，只是为了赚钱才一味在画布上涂抹。

更令人吃惊的是，他对自己的胡作非为，没有丝毫怀疑、羞耻或畏怖心，反而对之洋洋得意。一个连自己的画都不懂的人，对他人作品的优异之处自然也不会懂，不仅如此，还一个劲儿诋毁别人。

这人一直过着颓废的生活，嘴里还老是说痛不欲生啊、苦不堪言啊之类的屁话，其实他只是个傻蛋乡巴佬，过上了从前心向往之的都市生活，并且侥幸获得了成功，就欢天喜地到处鬼混个没完没了。

有次我说："友人都在玩乐时，只有自己在学习，就觉得很羞耻、惶恐，尽管一点都不想玩，可也跟着玩儿。"

这么一说，这位中年画家说："嗳？这可真是贵族气质啊，讨厌。我呢，是这样，我要是看见别人在玩儿，自己不玩儿，就觉得自己吃了大亏，因此会大玩特玩。"

听到他这么满不在乎的回答，我对这个画家真是发自内心地轻蔑。与其说这人无忧无虑、放浪形骸，倒不如说他对自己的玩乐生涯颇为自得。

不过，何必再多说这个画家的坏话，这与姐姐并无关系。相反，在我已决意去死之际，想起与这人的长期交往，仍有些怀恋之情，甚至有想再与他出去玩一次的冲动。对他我没有半点憎恨之意。那人也懂得寂寞的味道，也算是有不少优点的人，就不再说他了。

只想让姐姐知道，我对那位夫人的苦恋是如何让我心里痛得火烧火燎。姐姐知道这事以后，不要对任何人提起此事，更不要因为这是弟弟生前的意愿，想要帮助其实现，这种矫揉造作的自找麻烦绝对毫无必要。姐姐只要一个人知道，知道原来是这么一回事就行了。如果说我还有什么愿望，那就是通过如此羞耻的告白，让姐姐一个人更深地了解我长久以来生命的苦痛，我也就可以含笑九泉了。

有次我梦见了夫人，与她握着手，发现原来夫人很早以前就喜欢我。醒来后，我手掌里还残留着夫人手指的余温，对此我已感到满足了，不再奢求更多，也死了要表白的心。不是因为道德上的顾虑，而是对那半疯狂，不，已经完全疯狂的画家恐惧得不得了。我心里的热情之火只好渐渐转向别处。我肆意寻欢作乐，不管什么样的女人都能厮混到一起，就连那个画家对此都大皱眉头。我想方设法摆脱夫人的阴影，忘掉她，可是办不到，最终，我还是只会钟情于一人的男子。我很清楚，对夫人以外的其他女朋友，我从未觉得对方美或者可爱。

姐姐。

在死之前，只写这一次吧。

菅女士。

那位夫人的姓名。

昨天，我带着一个自己一点都不喜欢的舞女（这个女人某些地方愚蠢得不可救药），来到山庄，本来并没有要死的打算。只是最近想着必死的事，而昨天恰好这个女人死乞白赖地要我带她外出旅行，我在东京也玩累了，觉得带这个蠢女人来山庄休息也不坏。虽说会对姐姐不方便，还是把她带过来了。可巧姐姐要去东京的朋友那里，我突然想，要死的话现在正当其时。

死在路旁或是荒郊野外，尸骸暴露，让看热闹的人随意摆弄自己的身体，这是我压根不喜欢的。我之前就想过死在西片町自己的房间。可是西片町的房子已经易主，现在只能死在山庄里，可是一想到姐姐发现我死去时的惊愕与恐惧，就心情沉重，因此没有横下心来在与姐姐两个人的时候自杀。

因此，现在是个好机会。姐姐不在家，这个脑袋颇为迟钝的舞女将成为发现我自杀的人。

昨晚，两个人喝了酒，女人去二楼的西式客房睡了。我一个人在母亲的房间里铺好被褥，动笔写着凄惨的手记。

姐姐。

我没有希望的地盘了。再见。

我的死终究还是自然死。人不可能单单因为思想而死。

真是不好意思，我还有一个愿望，妈妈那件麻质上衣，姐姐帮我改了，打算给直治明年夏天穿。把这件和服放在我棺木里吧。我想穿着它。

天快亮了。长期以来一直让姐姐操心，辛苦了。

昨晚喝了酒，但现在完全醒了。我不是因醉酒而死的。

再说一遍吧，再见。

姐姐。

我是贵族。

八

一场梦。

所有人都离我而去了。

为直治料理完后事，其后的一个月，我一个人在冬天的山庄里住着。

我给那个人写了一封信，恐怕是最后一封信了。心情如水一般。

似乎被您放弃了。不，是渐渐忘记了吧。

然而，我是幸福的。我好像已经如愿以偿地有了小孩。现今我失去了一切，但腹中的小生命，令我露出孤独的微笑。

我一点都不觉得那是肮脏的错事。为何世间有战争、和平、贸易、工会、政治这些呢？最近我懂了。您还不明白吧？因此您才会有不幸。我来告诉您吧，所有这些都是为了让女人生出好小孩。

从最初开始，我就没对您的人格、责任感什么的抱有指望。我只想成就自己的恋爱冒险，问题尽在于此。一旦完成了这一愿望，我现在的心情已经如森林中的池沼一样平静了。

我想我是胜利了。

玛利亚生的虽不是丈夫的儿子，但只要玛利亚感到光荣和骄傲，她与耶稣就是圣母子。

我对旧道德坦然无视，为此我得到了一个好小孩，我已经心满意足。

之后，您是否一如既往，唱着“断头台休休休”的歌，与绅士小姐们一起喝酒，继续颓废放荡的生活呢？我无意劝阻您，那也是您最后的斗争形式。

别喝酒啦，治好病啦，长命百岁、干好工作啦，这种无聊的客套话我一句都不想讲。与其劝您好好工作，还不如祝愿您用拼命的姿态继续这种所谓的败德的生活，说不定后世之人会更感谢我呢。

牺牲者。道德过渡期的牺牲者。您我皆然。

革命在何处进行呢？至少在我们周围，旧道德仍然大行其道，一点都未改变，阻挡着我们前进的路。大海的表面纵然波澜壮阔，但深处仍然是死水一团，海狸仍在下面打盹呢。

然则，迄今为止第一回合的战斗，尽管奏效甚微，已将旧道德向前推进了一步，此后，我将与我的小孩，进行第二、第三回合的战斗。

与所恋之人生的小孩，将其养育成人，是我私人道德革命的完成。

即便您已忘记我，或者因为酗酒而送了命，我也要完成我个人的这场革命，健康地活下去。

最近，有人向我讲了您人格上种种卑劣之处。然而，给了我如此强大信念的，是您。在我心里架起革命彩虹的，是您。给了我生活目标的，还是您。

我以您为骄傲，也将让我的小孩以您为骄傲。

私生子与母亲。

然而我们要与旧道德一直争斗下去，像太阳一般生活。

请您也继续战斗下去吧。

革命还没有一点儿成功的迹象。我们还需要更多，更多的高贵的令人惋惜的牺牲者。

当今世上最美的就是牺牲者。

如今就有一个小小的牺牲者。

上原君。

我对您已别无所求，但为了这个小小的牺牲者，想请您再答应我一件事。

将来想请您夫人抱一下我生的那个孩子，哪怕一次都行，那时，我会这么说：

“这是直治与某个女子所生的孩子。”

为何要这么说，我对谁都不能讲明白。就连我自己，也不清楚为何要这样做。但我一定要这么做。为了直治这个小小的牺牲者，无论如何，必须这么做。

这会让您感到不快吗？哪怕您觉得不快，也请多多包涵吧。请您务必答应这个被舍弃、被遗忘的女人，这唯一的令人厌烦的愿望吧。

致M・C My Comedian

昭和二十二年二月七日